Feldhaus

Kurve kriegen!
Roadtrip mit Wolf

Feldhaus

KURVE KRIEGEN!
Roadtrip mit Wolf

Roman

Ausführliche Informationen über
unsere Autoren und Bücher
www.dtv.de

Von Hans-Jürgen Feldhaus sind außerdem bei dtv junior lieferbar:
Quinn & Spencer – Zwei Checker, kein Plan
Quinn & Spencer – Genial verzockt!
Echt abgefahren!
Echt krank!
Echt fertig!
Echt durchgeknallt!
Echt fett! – Zwei Katastrophen in einem Band
Echt am Limit! – Zwei Katastrophen in einem Band
Fünf auf Crashkurs

Originalausgabe
© 2020 dtv Verlagsgesellschaft mbH & Co. KG, München
Umschlag- und Innengestaltung: Hans-Jürgen Feldhaus
Gesetzt aus der Le Monde Livre
Satz: Hans-Jürgen Feldhaus
Druck und Bindung: CPI Ebner & Spiegel, Ulm
Printed in Germany • ISBN 978-3-423-74054-8

Keep me searching for a heart of gold
You keep me searching and I'm growing old
Keep me searching for a heart of gold
I've been a miner for a heart of gold

Neil Young 1972

1

Mein Name ist Vincent Kramer und der dämlichste, schwärzeste, praktisch gesehen unperfekteste Tag in den letzten vierzehn Jahren meines Lebens war der 15. Juli dieses Jahres.

Wobei ich zugeben muss, dass dieser Tag eigentlich ganz passabel angefangen hatte. Was rede ich?! *Extremst* passabel hatte er angefangen ...

... Sommerferienbeginn, die Morgensonne strahlte mir ins Gesicht und ich, auf dem Weg zur Bushaltestelle schwebend, strahlte voll zurück. Reich war ich. 300 Euro in der rechten Gesäßtasche und unter dem Hemd ein Herz aus Gold. Klingt verdammt kitschig, ich weiß. Und unter normalen Umständen hätte ich auch einfach nur gesagt, dass die Dinge ganz geschmeidig liefen. Die Umstände waren aber nicht normal. Sie waren abnormal wunderreich. Weil ich neben den 300 Euro Feriengeld, die meine Eltern mir gegeben hatten, einen noch größeren Schatz mein Eigen nennen durfte: Lea, meine neue Freundin. Also was man so *neu* nennt. Weil immerhin kenne ich Lea schon seit der Grundschule. Aber neu daran war nun mal, dass wir seit vierzehn Tagen so richtig zusammen waren. Ich also, endpassabel reich und glücklich, schwebte am Morgen dieses wunderherrlichen 15. Juli auf die Bushaltestelle zu und da stand sie auch schon: Lea! Mein bester Freund Leander fehlte noch. Aber der würde sicher auch bald aufschlagen. Zum Outlet-Camping-Center wollten wir. Zu dritt eben mit dem Bus. Lea, Leander und ich. Vor allem ich brauchte dringend einen neuen Schlafsack. Für den Campingurlaub unten in Süddeutschland an der Tauber. Ein Fluss in Bayern ... oder Baden-Württemberg. So genau steige ich da bis heute nicht durch, wo der langfließt, obwohl ich bestimmt schon dreitausendmal da war. Zusammen mit Lea, Leander und noch ein paar Leuten. Birthe, Anton, Cedric und so. Früher immer mit Eltern. ... praktisch gesehen also bis letztes Jahr. Und dieses Jahr komplett elternfrei. Weil fast alle Elternteile der Meinung waren, dass wir ja nun auch schon alt genug wären und überhaupt: dass wir so einen Campingurlaub ja allmählich auch ohne *die alten Herrschaften – schmunzel, schmunzel –* verbringen wollten. Frei und eigenständig. Ich sag mal so: ja, wollten wir und war uns allen recht. Und jede Wette: den *alten Herrschaften* auch!

Nur so *ganz* eigenständig wollten sie uns dann aber auch nicht wegschicken, weshalb sie uns den guten alten Thorsten als Kindermädchen ans Bein gebunden haben. Also exakt den Mann, der sowieso *immer* schon mit dabei gewesen war.

Als unser – wie soll ich sagen – Kanu-Skipper, Camping-Guide, Survival-Experte ... oder wie Cedric es mal auf den Punkt brachte: *das Multi-Thorst. Weiß alles, kann alles ...*
... was der gute alte Thorsten nicht wissen konnte, dass er am Ende von allem noch mal ordentlich Lack kriegen würde. Und das gleich von zwei Mütterfronten sozusagen. Aber da komm ich dann später noch mal drauf zurück, weil *das* hier ist ja noch *der Anfang von allem* ... oder wenn du so willst: der Anfang vom Ende, weil ...

»Wir müssen reden, Vince!«, hat Lea mich leicht wolkenverhangen an diesem sonnigen Morgen begrüßt.

»Ja logisch! Reden ist cool ... *hö, hö!*«, habe ich unwahrscheinlich originell geantwortet und gleichzeitig meinen linken Arm um sie geworfen, was auch an diesem Morgen sehr wahrscheinlich so aussehen musste, als wäre ich halbseitig gelähmt.

Und während ich noch so dachte, dass ich da in den nächsten drei Wochen noch ordentlich dran arbeiten musste, drückte Lea mich langsam von sich weg und sagte leise: »Ich fahre nicht mit euch.«

Und ich dann noch saudoof: »Och, schade. Aber kein Thema. Fahr ich mit Leander eben allein zum Camping-Center und …«

… da traf mich der erste Tiefschlag des Tages: »Morgen mit dem Zug, Vince. Da fahre ich nicht mit«, bremste Lea mich nämlich aus. »Ich fahre schon heute Mittag mit den anderen los. In Thorstens Sprinter ist doch noch ein Platz frei.«

»… … … ach?!«, verarbeitete ich wortgewandt diesen einen Treffer. Klingt vielleicht albern, aber ich hatte mich schon auf die Zugfahrt mit Lea und Leander gefreut. Aus Platzmangel hatten wir uns freiwillig gemeldet, mit dem Zug anzureisen. Das hatte so was Unabhängiges und ganz klar auch was Romantisches. Okay, das war jetzt nicht gerade der Orientexpress, aber egal: Lea und ich – zusammen mit Leander – auf dem Weg in den Süden …

»Tut mir auch leid, Vince. Aber ich glaube, es ist besser so«, hörte ich Lea sagen und da ahnte ich schon, dass da noch was kommen würde.

Und richtig! Tiefschlag Nummer zwei: »Es ist aus, Vince!«

»… … … ???«

Dann Tiefschlag Nummer drei: »Ich bin jetzt mit jemand anderem zusammen.«

Und Tiefschlag Nummer vier: »Mit Leander.«

Nummer fünf: »Seit gestern!«

Volltreffer – versenkt!

Wie gesagt, der 15. Juli war und ist mein persönlicher Rekordhalter in puncto Arschlochtage. Aber witzig daran ist dann doch, dass alles, was in den darauffolgenden Tagen passierte, nur deshalb passierte, weil Lea sich an diesem einen Tag von mir trennte … wegen Leander … dem Arsch! – *Wie* witzig!

2

Am nächsten Morgen saßen Leander und ich uns stumm gegenüber im IC 245, der von Osnabrück über Hannover nach Berlin fuhr. Tischplätze. Wir beide am Fenster und der Gangplatz neben mir gehörte Lea.

… also er war noch reserviert für Lea, aber er war leer. Logisch. *Ach, Lea … alles ist so leer ohne dich. Meine Blicke, mein Herz aus Staub … reservierte Plätze der deutschen Bundesbahn – leer! Wegen dir, Lea … und ganz klar wegen Leander, dem Arsch! … Ach, Le…*

… eine Harfenmelodie riss mich aus meinem lustigen Gedankenkarussell. Leanders Handy auf dem Tisch. Ich schielte auf das Display, konnte dann aber nichts mehr erkennen, weil Leander das Handy schnell schnappte und darauf ganz eng vor seiner Brust hielt. Aber als er im nächsten Moment so enddebil das Display angrinste, war eh klar, von wem die Nachricht war. – Lea! Mit einer Harfenmelodie als Signalton. Wie romantisch! … kotzen hätte ich können.

Wie bescheuert sich das schon anhörte. *Lea und Leander!* Wie der Titel einer neuen Daily Soap auf *Super RTL* oder was weiß ich, wo so ein gequirlter Scheiß laufen würde.

Ich dachte also eine Weile über Lea, Leander und am Ende auch über gequirlten Scheiß auf *Super RTL* nach, da hielt mir Leander seine Tupperdose mit belegten Broten hin.

»Auch eins?«

»Nee, lass mal … danke!«

»Die sind mit Camembert.«

»Mhm-mhm, cool. Aber kein Hunger … danke!«

Er zuckte mit den Schultern und nahm sich dann selbst eins von den Broten, die ihm seine Mutter geschmiert hatte.

Ich sag mal so: Auf einer Skala von eins bis zehn war die Stimmung im IC 245 Osnabrück–Hannover–Berlin bei eins Komma fünf. Und das *Komma fünf* auch nur deshalb, weil Leander – zu Recht – ein wahnsinnig schlechtes Gewissen hatte und ich mich meinerseits wahnsinnig stark zusammenriss und ihm zum Beispiel *nicht* seine beschissenen Camembertbrote ins Gesicht gedrückt habe. – Daher!

Dann – 9:18 Uhr – Umstieg in Hannover. Was an sich total *un*bemerkenswert ist, also so was von nicht der Rede wert, weil, mein Gott, *Hannover*.

Aber weil ja immer eins zum anderen kommt, kann ich dir sagen, dass nach Leas absurder Trennung von mir der Umstieg in Hannover das zweite Ereignis war, das zum dritten ungeplanten Ereignis führte und dann zum vierten, fünften, sechsten – und auf irren Wegen immer so weiter und so fort. Praktisch gesehen so eine Art Dominoeffekt ohne Steine.

… das Drama im Detail: Leander und ich hetzten schwer bepackt mit unseren Trekkingrucksäcken von Bahnsteig 9 zu Bahnsteig 4 rüber, wo der ICE 575 Hamburg–Frankfurt–Basel um 9:26 Uhr abfahren sollte.

9:25 Uhr hatten wir Bahnsteig 4 erreicht … aber der ICE 575 fehlte. Der hatte offenbar Verspätung. Und grob geschätzt, wollte halb Hannover mit dem ICE 575 verreisen, weil: auf dem Bahnsteig 4 war schwer was los. Berufspendler, Studenten, Kleinfamilien … und um uns herum zahllose Rentner, die sich echt dreist an uns vorbeidrängelten, um auch ja als Erste den Zug stürmen zu können … wenn er denn mal einfuhr, der Zug.

Leander und ich sahen zu, wie die komplette Rentner-Gang in Beige sich dünenartig an uns vorbei nach vorne schob. Zentimeter für Zentimeter. Über die gelbe Linie, gefährlich nah an die Bahnsteigkante.

»Wie die Lemminge«, kommentierte Leander die Szene. Was ich wirklich witzig fand, aber es ihn natürlich nicht merken ließ.

Jedenfalls: Es wurde uns echt zu eng da, und bevor uns die Rentner-Horde mit in den sicheren Tod riss, machten wir einen Schritt zurück.

»**Shit!**«, fluchte unmittelbar darauf hinter mir jemand.

Ich drehte mich um und kapierte auf Anhieb, worum es ging. Der Typ, der geflucht hatte, hielt einen noch halbvollen Kaffeebecher in der Hand. Die andere Hälfte des Kaffees hatte sich dampfend über seine Jacke ergossen.

»Pass doch auf, du Trottel!«, fluchte er direkt weiter.

»Tut mir echt leid. Der Rucksack ...«, hab ich mich entschuldigt und er voll sauer zurück: »Ach, jetzt ist dein Rucksack schuld, oder was?! ... Tollpatsch, dämlicher.«

»Ansgar, jetzt reicht's aber auch! Der Junge hat sich doch entschuldigt!«, schimpfte die junge Frau, die neben dem Mann stand, der sehr wahrscheinlich Ansgar hieß.

»Das musst du schon mir überlassen, wann es reicht und wann nicht, Betty. Der Vollpfosten da hat mir meine teure Barbour-Jacke ruiniert«, knurrte er jedenfalls zurück.

»Was ja wohl kein Grund ist, so ausfallend zu werden!«, mischte sich Leander ein, worauf Ansgar und ich fast gleichzeitig meinten: »Was mischst du dich da ein?!«

»Pfff...«, machte Leander beleidigt.

»Er hat recht!«, bekam er aber Rückendeckung von dieser Betty. »Außerdem sieht man die Kaffeeflecken eh kaum auf deiner *tollen* Barbour-Jacke. Ist ja schließlich kaffeebraun.«

»Das ist *Terra di Siena gebrannt*!«, korrigierte Ansgar und Betty gab genervt zurück: »Okay, *Terra di Siena gebrannt* ... blöder Klugscheißer!«

»Kein Grund, so ausfallend zu werden!«, meinte er.

»Ach was?!«, meinte Leander.

»Halt dich raus!«, meinten Ansgar und ich und diese Betty zu ihrem Ansgar wieder: »Das ist nicht ausfallend, das ist exakt die Beschreibung, die auf dich zutrifft, ***blöder Klugscheißer!***«

»Sie wiederholen sich, *Frau Wagner*!«, bemerkte Ansgar.

»Ach, werden wir jetzt förmlich, *Herr Zimmer*?!«, schnippte Betty zurück.

»Oh Gott! Das kann ja heiter werden!«, stöhnte Ansgar Zimmer genervt.

»*Was* kann ja heiter werden?«, hakte Betty Wagner etwas zu schrill nach, weshalb sich jetzt auch ein paar Leute zu ihr, Ansgar Zimmer, Leander und mir umdrehten.

»Der Urlaub, verdammt!«, atmete Ansgar aus.

»Wo soll's denn hingehen?«, fragte ich im lockeren Plauderton dazwischen, weil ich mich ein klein wenig verantwortlich für die schlechte Stimmung hier fühlte.

»Das geht dich ja wohl gar nichts an!«, informierte Ansgar Zimmer mich und Betty Wagner erklärte mir aber extralaut und deutlich: »**Zu einem guten Freund in die Schweiz!** *Da* **geht's hin. Und von da aus mit einem alten Campingbulli von neunzehnhundertvierundsiebzig nach Italien!**« Und in Ansgars Richtung noch mal überdeutlich: »**Nur wir beide! Drei verdammte Wochen lang!**«

Um uns herum wuchs die Zahl der Zuhörer. Rentner, Studenten, Kleinfamilien – wie Theaterpublikum standen sie um uns herum und ein kleines Mädchen an der Hand ihrer Mutter plapperte in die Runde: »Das kann ja heiter werden!«

Dann Lautsprecherdurchsage: *Gleis vier – Einfahrt ICE 575 Hamburg über Frankfurt nach Basel – Vorsicht bei der Einfahrt!*

Der Ring aus Zuschauern löste sich auf und die Rentner brachten sich wieder in Pole-Position.

»Komm, wir müssen los«, meinte Leander, ich nickte und wir beide drehten uns zu dem einfahrenden Zug um.

»Neunzehnhundert*drei*undsiebzig!«, hörte ich hinter meinem Rücken Ansgar Zimmer zu Betty Wagner sagen.

»Was?«, fragte sie irritiert nach und er wieder: »Der Bulli von Thomas. Der ist von neunzehnhundert*drei*undsiebzig, nicht *vier*undsiebzig!«

Ich meine, ich kann's nicht beschwören, weil ich mich beim Einsteigen mit meinem sperrigen Rucksack nicht umdrehen konnte und hinter mir ja auch noch Leander nachrückte, aber dem Geräusch nach zu urteilen, wurde da hinter uns im nächsten Moment gegen einen extrem teuren Alukoffer getreten und ein halb gefüllter Pappbecher fiel platschend zu Boden.

3

Der ICE war voll wie ein indischer Pendelzug.

Womit ich vielleicht ein klein wenig übertreibe, aber nervig voll war er sicher. Und schlau war aber, dass wir wieder Platzreservierungen hatten. *Un*schlau war, dass wir Bahnspezialisten am falschen Ende des Zuges eingestiegen sind und uns mit unseren überdimensionalen Rucksäcken durch sämtliche Abteile rempeln mussten. Ansonsten war alles beim Alten: Tischplätze, wir beide uns gegenübersitzend am Fenster und der Gangplatz neben mir war reserviert für ... – Stimmungstechnisch hatte sich also auch nichts geändert.

Der Zug hatte sich schon längst in Bewegung gesetzt und einige Reisende suchten immer noch freie Sitzplätze. Der neben Leander wurde dann von einer älteren Dame mit Hut belegt. Ich hatte Glück. Der Platz neben mir blieb leer, weil der ja auch immer noch auf der Leuchtanzeige als reserviert gekennzeichnet war. Und in meiner derzeitigen Verfassung war mir das sehr recht. Das entspannte mich irgendwie.

»Ist der Platz noch frei?«, schoss mir eine Frauenstimme voll in meine derzeitige Verfassung. Betty Wagner, die Dramaqueen von Bahnsteig 4.

»Äh, nein, der ist reserviert!«, klärte ich schnell und zeigte auf die Leuchtanzeige über mir.

Leander hob fragend eine Augenbraue und diese Wagner fragte: »Für wen?«

Da war ich erst mal sprachlos, weil was ging sie das an – *für wen*?! Einen echten Scheiß ging sie das an und genau das wollte ich dieser neugierigen Kuh dann auch mitteilen, da antwortete Leander ihr aber schon: »Für Lea! Aber die fährt nicht mit.«

Ich guckte verständnislos zu Leander rüber, der zuckte aber nur mit den Schultern und die Kuh sagte erleichtert: »Ah, Gott sei Dank!«, stopfte ihren fetten Koffer in die Ablage und warf sich stöhnend in den Sitz, der für Lea bestimmt ... *gewesen* war. Absolutes, besiegeltes Plusquamperfekt hier!

Betty Wagner machte sich mit Thermoskanne und Zeitschriften breit, kramte ihr Handy aus der Handtasche, weil es tierisch laut bimmelte, nahm den Anruf entgegen und tackerte direkt los: **»Nein, Ansgar! Das ist *kein* Scherz! Das war's! Schluss, aus, vor... ... was? Dein Urlaub? Das ist mir doch egal, wie du den verbringst. *Ich* jedenfalls verbringe ihn in Italien! Ohne dich! *Punto!*«**

Sagte es, legte auf, guckte in die Tischrunde, die Tischrunde tat so, als wäre sie stocktaub ... was auf die ältere Dame mit Hut vielleicht ja auch zutraf, weil die sowieso nur die ganze Zeit teilnahmslos in ihrem *DB-Mobil-Magazin* herumblätterte.

»Das war Ansgar«, informierte Betty uns überflüssigerweise. Und Leander darauf höflich: »Ach, ehrlich!?«

»Ja! Ich hab Schluss gemacht, wisst ihr?«

Leander und ich nickten stumm, die Dame mit Hut blätterte weiter in der DB-Mobil herum, aber ein Mädchen, also exakt *das* Mädchen, das auch schon auf dem Bahnsteig im Publikum stand und nun zufälligerweise mit seiner Mutter auf der rechten Seite des Abteils saß, kommentierte sehr selbstverständlich: »Das war ja abzusehen!«

Einige Reisende schmunzelten, weil das ja auch immer so niedlich ist, wenn Kindergartenkinder anfangen klugzuscheißen, aber die Mutter, peinlich berührt, ermahnte die kleine Göre mit einem scharfen **Pscht!**.

»Ach, lassen Sie nur. Sie hat ja recht«, beruhigte Betty Wagner sie lächelnd, dann legte sie ihr Handy beiseite, nahm sich eine ihrer Zeitschriften, fing an, darin herumzublättern, und ich dachte *Gut so!*, und dann warf sie die Zeitschrift aber gelangweilt wieder auf den Tisch und fragte uns: »Wo soll's denn hingehen, Jungs?«

Ich rollte mit den Augen, und weil Leander aber gerade wieder so *Lea*-debil grinsend mit seinem Handy beschäftigt war, habe ich eben geantwortet: »An die Tauber ... campen.«

Nervkuh Betty Wagner wartete, ob da infotechnisch noch etwas von mir käme, kam aber natürlich nicht, weil ich einfach nur meine Ruhe habe wollte, und ...

... sie hakte nach: »Und diese Lea hat sich's anders überlegt?!«

Und ich, nicht frei von Witz, zurück: »Ja, kann man insgesamt so sagen.«

Und da fühlte Leander sich doch tatsächlich auch irgendwie angesprochen, guckte von seinem Handy hoch und ergänzte: »Die ist schon gestern gefahren. Mit den anderen.«

Wobei mir natürlich aufgefallen ist, dass er während seiner Antwort unbewusst auf sein Handy gezeigt hatte.

»Ah, du chattest gerade mit ihr, oder?!?«, fragte prompt diese sehr aufmerksame Betty Wagner nach und Leander, total überrascht mit krebsroter Birne, log schnell und schlecht: »Nein!«

Da stutzte nicht nur die Wagner, auch die ältere Dame mit Hut, die offenbar doch nicht so taub war, schaute skeptisch von ihrem Magazin zu Leander auf. Und das Mädchen aus den Sitzreihen gegenüber tuschelte seiner Mutter ins Ohr: »Der lügt!«

Der Rest des Abteils schmunzelte wieder ganz verzückt und die Mutter tuschelte zurück: »Ich weiß!«

... und Leander? Der guckte erst mal blöd aus der Wäsche, warf dann aber genervt seinen Kopf hin und her und gestand: **»Ja! Ja! Ja! Ich habe gelogen. Ich chatte gerade mit Lea! Na und? Das ist jetzt meine neue Freundin!«**

»Glückwunsch!«, konnte ich mir diese kleine Spitze an der Stelle nicht verkneifen.

Und er darauf: »**Vince, lass es doch einfach! Es ist nun mal passiert. Einfach so!**«

Und ich dann auch mal etwas lauter: »**Passiert war, dass Lea und *ICH* zusammen waren. Und *DANN* kamst *DU* und hast alles kaputt gemacht. Einfach *SO*!**«

»**Das stimmt *so* nicht!**«

»**Stimmt ja doch!**«

»**Gar nicht!**«

»**Aber so was von!**«

»Moin! Noch jemand zugestiegen?«, unterbrach da ein Schaffner mit stark hanseatischem Slang diesen niveauvollen Dialog.

Alle schwiegen betreten. Selbst Betty Wagner schaute mich nur so mitleidig an. Dann kramte sie aus ihrer Handtasche den Fahrschein, um ihn vom Schaffner abknipsen zu lassen. Nach der älteren Dame mit Hut waren wir dran und Leander zeigte dem Mann unseren Gruppenfahrschein. Er prüfte ihn, sah mit gerunzelter Stirn in die Runde und fragte freundlich: »Und, Männer? Wo ist die dritte Person?«

Bevor Leander oder ich darauf hätten antworten können, stöhnte das kleine Mädchen hinter dem Schaffner: »Falsche Frage!«

»**Pscht!**«

In der nächsten halben Stunde sagte zumindest an unserem Tisch dankenswerterweise niemand mehr was. Ich schaute aus dem Fenster. Büsche, Bäume, Felder, Wolken und der blaue Himmel verwischten vor meinem leeren Blick zu einem breiten Sommerstreifen. Ich dachte an den Sommer vor einem Jahr. Ich zusammen mit meinem kleinen Bruder Max hinten im neuen Audi. Und vorn mein Vater am Steuer, der austestete, was der Wagen *so kann*, und meine Mutter leicht gereizt daneben, weil mein Vater das Tempolimit weit überschritt ... *ihrer* Meinung nach, weil *seiner* Meinung nach gab es da kein Tempolimit und sie meinte aber *doch* und er aber *nein* und Max und ich feuerten unseren Vater an, dass zweihundertzehn auf der Uhr ja wohl noch nicht alles sein konnte, und dann ...

... sagte meine Mutter aber nur noch leise *Es reicht!*, weshalb alle schwiegen und mein Vater vom Gas runterging und die Geschwindigkeit auf müde hundertdreißig reduzierte.

Meine Eltern kriegen das immer hin. Ab und an streiten sie sich, kriegen dann aber immer die Kurve.

Ein fetter Sommerstreifen hinter der Fensterscheibe und in meinem Kopf dann die zauberhafte Vorstellung, wie sich das *Dream Couple Lea & Leander* zum ersten Mal streiten würde. Vielleicht ja schon beim ersten gemeinsamen Essen?! Lea ist nun mal eine waschechte Veganerin und Leander aber so was von gar nicht, und während er dann trotzdem seine Currywurst essen würde, würde sie irgendwann angeekelt *Mörder* zu ihm sagen und er total überrascht dann erst mal gar nix und dann aber doch kleinlaut *blöde Z...*

»In Frankfurt müssen wir raus, richtig?!«, platzte der echte Leander in meinen traumschönen Dialog. Und da war klar, dass der einfach nur wieder Anschluss zu mir suchte, sonst hätte er diese dämliche Frage nicht gestellt.

»Ja, klar!«, sage ich da auch nur und dann war wieder Schweigen und hinter der Fensterscheibe wischte wieder der Sommerstreifen vorbei, bis …

… dann meine Sitznachbarin Betty Wagner überraschend raushaute: »Das ist total bescheuert, dass ihr zusammen mit Lea die Ferien verbringen wollt.«

Leander, ich und auch die ältere Dame, die mittlerweile ihren Hut abgelegt hatte, schauten fragend zu Betty Wagner hinüber und Leander meinte dann: »Ganz ehrlich! Das geht Sie echt nichts an! Wir kriegen das schon hin!«

»Kriegt ihr nicht und sag ruhig *Du*. So alt bin ich auch wieder nicht.«

»Na ja«, kommentierte das Mädchen, die Mutter rollte nur noch genervt mit den Augen und die übrigen Reisenden verkniffen sich ihr Schmunzeln.

Leander dann: »Okay ...«

»... Betty!«, half sie mit ihrem Vornamen aus.

»Okay ... *Betty*! Wir kriegen das hin, weil Lea, Vincent und ich sind so was wie beste Freunde!«

»Sind wir so was von nicht!«, brachte ich ihn auf den neuesten Stand der Dinge, worauf er mich nur sprachlos ansah und ...

... im nächsten Moment genauso sprachlos die ältere Dame neben sich anglotzte, weil die nämlich anfing, ungefragt zu orakeln: »Freunde oder nicht. – Es wird ein Drama geben und es wird tragisch enden.«

Und Betty legte nach: »Und überhaupt: Was wollt ihr Jungs an der Tauber? Es ist langweilig da!«

»Wir sind da immer schon hingefahren. Schon als Kinder. Ist so was wie Tradition geworden«, rechtfertigte Leander sich und das Mädchen von gegenüber kommentierte: »Spießer!«

Die Mutter schwieg, das Abteil schmunzelte und die ältere Dame meinte: »Madame hat recht. Es *ist* spießig. Warum fliegt ihr nicht einfach von Frankfurt aus nach ... was weiß ich – *Griechenland* zum Beispiel.«

»... oder mit einem alten Bulli nach Italien runter. Ich kenne da zufällig einen, in dem gerade ein Platz frei geworden ist«, grinste Betty Leander und mich an und ...

… ich, ohne großartig nachzudenken, sagte: »Ich bin dabei!«
Leander guckte mich fassungslos an und Betty scannte mich irgendwie überrascht ab und hakte nach: »Ernsthaft?«

»Ja klar, ernsthaft!«, habe ich bestätigt und Leander aber voll der Empörte: »Ganz klar, *nicht* ernsthaft! – Mach keinen Scheiß, Vince!«

Und Betty hielt mir die offene Hand hin und sagte: »Dann: Hand drauf!«

»Vince?«

»Hand drauf!«, ignorierte ich Leander und schlug ein.

In der nächsten Stunde, in der wir uns Frankfurt näherten, hörte Leander einfach nicht auf, mir voll auf die Nerven zu gehen.

»Du kriegst *so* einen Ärger mit deinen Eltern!«

»Wenn du mich nicht verpetzt, nicht!«

»Ich *natürlich* nicht. Aber Thorsten! Und die anderen! *Die* werden Alarm schlagen!«

»Da lass ich mir was einfallen. Eine Entschuldigung wegen … Durchfall, Krätze … so was in der Richtung.«

Und er ließ nicht locker: »Du hast keine Fahrkarte!«

»… … … shit! Stimmt!«, knickte ich unlocker ein.

Dann aber unerwarteter Support von dem Mädchen von gegenüber, das die Augen verdrehte und uns große Jungs informierte: »Die kann man während der Fahrt lösen! Schaffner Bescheid geben, fertig!«

Und ich wieder voll da: »Da hörst du's! Kein Problem!«

Und er voll zurück: »Das wird teuer! Das kannst du dir nicht leisten!«

Und da *noch* mehr Support, von Betty diesmal, die breit grinsend eine *American-Express-Card* aus ihrem Riesenportemonnaie zog und zu mir sagte: »Ansgar lädt dich ein!«

Und bevor ich auch nur *irgendetwas* sagen konnte, hatte Betty den Schaffner aus dem hinteren Abteil herübergewinkt und mit ihm die Extrafahrkarte für mich nach Basel klargemacht.

Leander hatte sein Pulver verschossen. Stumm saß er da und glotzte mit leerem Blick aus dem Fenster. Ich konnte es praktisch in seinem Kopf so dermaßen rattern hören, wie er panisch nach einer rettenden Lösung des Problems suchte, dass er mir *fast* schon wieder leidtat.

Dann Durchsage: *Meine Damen und Herren. In Kürze erreichen wir Frankfurt Hauptbahnhof. Dort werden Sie alle Anschlüsse wie geplant erreichen.*

Betty, ich, die ältere Dame, das Mädchen, die Mutter ... das halbe Abteil schielte jetzt gespannt zu Leander rüber und man spürte förmlich, wie die eine Frage explosiv in der Luft hing: *Was wird dieser Junge als Nächstes tun?*

Unklar! Leander saß einfach nur wie paralysiert da und da kam auch schon die Durchsage, dass der ICE 575 Hamburg–Basel *jetzt* den Frankfurter Hauptbahnhof erreichte.

Viele Leute standen auf, quetschten sich in die Gänge, zogen ihre Reisetaschen und Koffer aus dem Gepäckfach, nur Leander nicht und ...

… ich mache es kurz: Er blieb noch eine Weile sitzen, und nachdem auch schon neue Bahngäste hinzugestiegen waren und es fast zu spät für den Ausstieg war, brummelte er in die Runde: »Ich fahr mit in die Schweiz!«

»**Yes!**«, machte das Mädchen von gegenüber mit geballter Faust. Im nächsten Moment hielt sie die geöffnete Hand ihrer Mutter hin, die dann auch augenrollend zwei Euro reinwarf. Alle schmunzelten …

… und ich auch ein bisschen.

4

Warst du schon mal in der Schweiz? Für den Fall, dass nein: Es stimmt alles, was man sich über die Schweizer erzählt. Sie sind reich, wahnsinnig ordentlich, diszipliniert, pünktlich und überall ist es so dermaßen sauber, dass du glaubst, auf das Wegwerfen von ... sagen wir *Kaugummipapier*, steht wahrscheinlich öffentliches Auspeitschen.

Was man aber auch nicht vergessen darf: Die Schweizer sind superhöflich, hilfsbereit und gastfreundlich. Darf man einfach nicht vergessen! Wie zum Beispiel dieser Thomas B., den Betty, Leander und ich in Schaffhausen besucht haben. Das *B* deshalb, weil ich mir seinen vollen Namen einfach nicht merken konnte. B...ugatti oder so. Auf jeden Fall was italienisch Klingendes. – Egal! Nach der Zugfahrt von Basel nach Schaffhausen standen wir drei dann am späten Nachmittag schwer bepackt und total verschwitzt in der malerischen Schaffhauser Innenstadt vor einem uralten Haus in der Safrangasse. Betty klingelte und beinah gleichzeitig riss ein Typ die Tür auf, als hätte er schon Stunden dahinter gewartet.

»Ja, Betty, grüß dich!«, begrüßte er herzlich seine alte Freundin mit diesem Special-Slang, von dem die Schweizer selbst behaupten, dass das Hochdeutsch sei.

Leander und mich begrüßte er dann natürlich auch. Aber mehr so kumpelhaft. – Handschlag hier, Schulterklopfen da. Dass Betty uns mitbringen würde, darauf hatte sie ihn schon per Handy vorgewarnt und über das Drama mit Ansgar wusste er natürlich auch voll Bescheid. Vielleicht sogar besser als Betty selbst, weil …

»… ich kenne jetzt zwei Versionen, od'r?! Ansgar hat mich ja schon angerufen und mir seine Sicht der Dinge geschildert«, hatte Thomas B. Betty dann später erklärt, als wir alle zusammen in seiner extrem aufgeräumten Schweizer Wohnung an einem sehr alten, blank polierten Eichentisch saßen und seine hausgemachte Zitronenlimonade tranken.

»Er lügt!«, hat Betty dann behauptet, ohne auch nur im Ansatz die Version von Ansgar zu kennen.

Vielleicht ist das das grundsätzliche Problem, dachte ich noch und Thomas B. meinte: »Das ist das grundsätzliche Problem. Es gibt an die acht Milliarden Menschen auf dieser Erde und jeder hat eine andere Sicht auf die Dinge, seine ureigene, subjektive Perspektive. Das ist halt so, od'r?!«

Warum Schweizer hinter jedem zweiten Satz ein *oder* pflanzen müssen, keine Ahnung, aber ich fand, Thomas B. hatte recht mit der Sicht auf die Dinge und Betty nickte die ganze Zeit und sagte am Ende: »Das ist Quatsch!«

Alle lachten und es war klar, dass auch sie kapierte, was Thomas B. meinte. Sie hatte einfach keine Lust mehr über Ansgar Zimmer zu reden.

»Also dann. Und ihr drei wollt morgen mit meinem guten, alten Bulli in den Süden fahren?«, wechselte Thomas B. dann auch einfach das Thema.

»Ja, klar!«, strahlten Betty und ich. Und Leander schwurbelte: »Schau'n mer mal!«

Da habe ich aber auch nur noch mal den Kopf in den Nacken gelegt und demonstrativ die niedrige Wohnungsdecke angeatmet.

Später hat uns Thomas B. noch zum Essen eingeladen, ein paar Straßen weiter in einen original Schweizer Gasthof. Was wirklich *verdammt* großzügig war, weil was ich vergessen hatte zu erwähnen: Die Schweiz ist megateuer ... *oder?!*

Nach dem Essen breitete Thomas B. eine Straßenkarte auf dem Restauranttisch aus und erklärte Betty die Route über die Alpen, die wir morgen zusammen fahren sollten. ... wahrscheinlich eher *ohne* Leander, diesem Weichei. – Was ich dann auch exakt so gedacht habe, als ich ihn von der Seite beobachtete, wie er emsig doof grinsend schon wieder eine Textnachricht in sein Handy wurstelte ...

»Also, was soll ich ihr jetzt schreiben? Krätze oder Durchfall?«, fragte Leander mich da sehr überraschend.

»Wie?«, fragte ich schlau zurück und lehnte mich ein wenig zur Seite, damit der Kellner hinter mir uns die Getränke servieren konnte.

»Ob wir jetzt Krätze oder Durchfall haben, will Lea wissen«, erklärte Leander ungeduldig.

»Ach so, das! Öhmm ... *Durchfall*, würde ich denken!«, Leander hatte *seine neue Freundin* anscheinend tatsächlich dazu gekriegt, eine Ausrede für unser Fehlen im Camp an Thorsten weiterzugeben.

»Krätze! Nicht Durchfall! Ihr habt die Krätze! Schreib ihr das!«, meinte Betty und der Kellner mit dem Tablett neben mir wich instinktiv zurück, wobei eines der beiden Rotweingläser auf dem Tablett umkippte und der Inhalt sich auf die komplette Südschweiz darunter ergoss. Thomas B. reagierte extrem gelassen, warf einfach eine Serviette über die Pfütze und der Kellner verteilte noch schnell die anderen Getränke und zog sich am Kopf kratzend zurück.

»Und? Was hat die Lea Sanders so gesagt?«, fragte ich dann bei Leander locker nach, als würde ich mich nach einer Person erkundigen, die ich nur flüchtig kannte.

»Wie – *was hat sie so gesagt?*?

»Na, wie sie reagiert hat, als du ihr mitgeteilt hast, dass wir jetzt in der Schweiz sind?«

Leander überlegte nervig lang und antwortete schließlich: »Cool.«

Und ich dann doch sehr unlocker zurück: »Was ist denn das jetzt für eine beschissene Antwort?!«

»Ja, was willst du hören, Vince?!«, sagte er und ich sagte nichts, weil ich ehrlich gesagt einfach nicht wusste, was ich hören wollte … oder genauer: Ich war mir ziemlich sicher, was ich *nicht* hören wollte: *Ach, Leander … Hase! Wie schade! Ich vermisse dich so sehr. Komm doch bitte und lass den Kramer einfach dort in der Schweiz. Da stört er niemanden …* wollte ich alles nicht hören und schwieg.

»Das kann ja heiter werden, od'r?!«, meinte Thomas B. noch zu Betty, die winkte entspannt ab, weil sie vielleicht auch davon ausging, dass Leander Schubert am nächsten Morgen kneifen und zurück zu seiner nigelnagelneuen Freundin an die extrem spießige Tauber fahren würde.

5

Am nächsten Tag knatterten wir mit Thomas B.'s extrem gepflegten Campingbulli mit mörderischen 105 Stundenkilometern über die Autobahn Richtung Süden. – Betty, ich … und Leander Schubert! Der saß zwischen Betty und mir auf der Beifahrerbank. Ich kramte zwei Euro aus meiner Hosentasche und bat ihn, diese Betty zu geben.

»Wieso?«, fragte er.

»Wette verloren!«, grinste ich ihn an …

… und er grinste zurück und Betty sackte die zwei Euro ein.

Wir streiften gerade den Zürichsee, da war es schon fast vier Uhr nachmittags. Allzu weit waren wir also noch nicht gekommen. Was daran lag, dass wir zusammen mit Thomas B. noch im Schaffhausener Rheinbad waren. Oder wie *wir* Schweizer sagen: *d'Rhybadi*. Ein abgefahrenes Freibad mit breiten Holzstegen, die im Rhein verankert sind. Wie aus einer anderen Zeit.

Später sind wir mit Thomas B. zu seiner Garage, wo er uns sehr stolz seinen Bulli präsentiert hat. Schwer zu glauben, dass der schon an die fünfzig Jahre alt sein sollte. Ein bis ins letzte Schräubchen penibel gepflegter *VW T2* in Rot-Weiß, komplett ausgebaut mit Küche, Tisch, Schränken und einer ausklappbaren Schlafkoje oben im Dach.

»Und bitte, Betty: Fahr schön oordäli!«, hatte Thomas B. Betty noch gebeten, schön *ordentlich* mit dem Schätzchen zu fahren. Betty nickte und fuhr mit quietschenden Reifen los. Im Seitenrückspiegel sah ich Thomas B. abgasumwölkt in seiner Safrangasse stehen. Zwischen zwei in den Asphalt eingebrannten Reifenspuren winkte er uns nach … oder nur seinem Bulli, den er so das letzte Mal gesehen haben würde. Vielleicht ahnte er das.

Wie auch immer: Betty, Leander und ich saßen nun in dem rot-weißen Bomber Richtung Italien, ließen den Zürichsee hinter uns und smilten die Berge vor uns an.

»Männer, wie weit noch?«, rief Betty nach einer Weile gegen Fahrtwind und Motorengeknatter an.

Mangels Navi blätterte Leander die stilechte Straßenkarte aus dem Handschuhfach auf und wir beide deuteten die von Rotwein verschwommenen Pfeile und Kreise, mit denen Thomas B. am Abend zuvor noch den San-Bernardino-Pass markiert hatte. Ein Pass an der Grenze zu Italien.

»Irgendwas um die hundert Kilometer« und »Immer auf der Autobahn bleiben«, informierten wir Co-Piloten Betty Wagner und …

… rund zehn Kilometer weiter war die Autobahn weg.

»Du hast dich, glaube ich, verfahren«, meinte Leander da zu ihr.

»Papperlapapp. Das kann gar nicht sein. Ich verfahre mich nie!«, behauptete Betty jetzt mal echt dreist.

»… und sie drangen in Regionen vor, die nie ein Mensch zuvor gesehen hatte …«, zitierte ich nicht ganz wortgetreu den Vorspanntext der uralten Science-Fiction-Serie *Raumschiff Enterprise*, die mindestens so alt ist wie der Bulli, mit dem wir uns verfuhren.

Die Straße wurde schmaler, kurviger, steiler und wir kamen durch Orte, die so klangen, als hätte sie sich ein Fantasy-Autor ausgedacht, der sich vielleicht schon drei Flaschen Wein reingeschraubt hatte.

Auli – Putz – Pagrüeg – Walki – Läussüggen, lasen wir uns gegenseitig die Ortsschilder mit extrastarkem Schweizer-Slang vor, dass ein jeder Einheimische dieses wunderbaren Landes sich weggeschmissen hätte vor Lachen … *od'r?!*

Aber dann – Überraschung – fuhren wir auf einen Ort zu, dessen Name uns tatsächlich was sagte: Davos.

»*Da-wo's-nix-kostet!* Hö, hö!«, kalauerte Leander.

»Zentrum der Reichen und Schönen! Man erwartet mich«, witzelte ich.

»Davos! – Ich sag ja, ich verfahre mich nie!«, verkündete Betty erneut.

Fakt war: Es war mittlerweile fast sechs Uhr abends, die Berge fingen an, mit Schatten um sich zu werfen, und wir brauchten einen vernünftigen Stellplatz für unseren Bulli, wo wir übernachten konnten.

»… aber nicht hier, Jungs! Da kostet es ja schon *Standgebührlis*, wenn man vor einer roten Ampel steht«, witzelte Betty und trat das Gaspedal des Bullis durch … in der geschlossenen Ortschaft Davos. Was sehr wahrscheinlich dazu führen würde, dass Thomas B. in Kürze Post bekam, weil: Wir wurden geblitzt!

Sei's drum: Betty gab Gas und wir fuhren weiter. An einem Fluss entlang und dann über eine Nebenstrecke ein paar Kilometer durch einen Wald steil rauf, weil es da zu einem Ort ging, der Monstein hieß. Den kannte keiner von uns, aber er klang gut, daher! Und was jetzt auch mal wieder interessant ist: Wenn das Dorf – sagen wir mal – *Oer-Erkenschwick* geheißen hätte, wären wir mit Sicherheit nicht da hoch und uns wäre einiger Ärger erspart geblieben.

… einerseits! Weil andererseits wären wir sehr wahrscheinlich niemals diesem Tier begegnet, einem amtlichen …

»… Wolf! Mit Sicherheit ist das einer!«, habe ich zu Leander rübergeknurrt, der behauptet hatte, dass dieses große, beeindruckende Tier mit dem dichten graubraunen Fell und diesen funkelnd goldenen Augen ein banaler Hund sei. – Keine fünf Meter war er von uns entfernt. … praktisch gesehen saß er zwischen zwei Typen auf derselben Gasthofterrasse wie wir – zwei Nachbartische weiter und …

… an dieser Stelle muss ich dir auch ganz ehrlich sagen: Trotz des zähen Klumpens Liebeskummer, der nervig zwischen Atemwegen und Darmtrakt in mir feststeckte, war ich in diesem Moment echt zufrieden. Ich saß mit dieser ganz erstaunlichen Betty Wagner und Leander Schubert, … dem Arsch, in der letzten Sonne vor dem Gasthof, wo wir tatsächlich noch einen Stellplatz für unseren Bulli auf einer Wiese bekommen hatten. Vor uns ein Schauspiel aus Licht und Schatten in einem umwerfenden Bergpanorama und rechts von uns zwei Tische weiter ein Drama mit Wolf und zwei Herren, die irgendwie nicht den Eindruck machten, als würden sie mit dem Tier klarkommen.

»Down! … Down! … Down *jetzt*!«, herrschte der eine den Wolf an und hielt seine Leine straff nach unten. Der Wolf aber machte nichts, außer die Lefzen hochzuziehen. Ganz offensichtlich wollte er das Steak von dem Teller haben, das der Typ versuchte, nebenbei zu essen.

»Wie wäre es mit *Wolfshund!*«, bot Betty als Kompromiss an, was natürlich absoluter Quatsch war, weil selbstverständlich hatte *ich* recht.

»**Down**, verdammt!«, fluchte der Mann wieder und gab dem Wolf mit dem Leinenende einen Klaps auf die Schnauze.

»Ach, Hardy-Spatz, nun lass ihn doch«, meinte darauf sein Begleiter, der die eigene Gabel kurz zur Seite legte und die Hand von seinem *Hardy-Spatz* sanft tätschelte.

»Die sind schwul!«, fiel dem Schnellmerker Leander auf und ich darauf: »Yep! Zwei Homos mit *Wolf!*«

»*Hund!*«, beharrte Leander.

»*Wolfshund!*«, versuchte es Betty wieder und dann überraschenderweise rief sie als Nächstes freundlich zu diesem Hardy hinüber: »Sorry, aber das muss ja wohl wirklich nicht sein, dass Sie ihren Hund schlagen!«

»Schätzchen, das geht dich ja wohl gar nichts an!«, machte Hardy ihr sofort klar und sein Partner schob etwas freundlicher hinterher: »Es ist ein Wolf, kein Hund!«

»Pah!«, triumphierte ich mit einer Drehung zu Leander hin, der mir dann auch gleich widerwillig zwei Euro rüberschob.

»Das wissen wir nicht, Edwin!«, meinte dann aber noch mal Hardy zu seinem Begleiter, worauf Leander grinsend die zwei Euro wieder zu sich zog.

»*Wolf* oder *Hund* – kein Grund, das arme Tier zu schlagen … ***Spatz!***«, meinte Betty.

Und Hardy so gespielt erstaunt: »Ach, ist die Lady jetzt eingeschnappt, weil ich sie nicht gesiezt habe?!«

»Das ist schon okay! Die *Lady* will geduzt werden ... trotz ihres hohen Alters«, grätschte Leander mutig dazwischen, worauf Betty so halb ernst mit der flachen Hand über seinen Hinterkopf titschte.

Edwin schmunzelte, der Wolf knurrte und Hardy befahl: »Down!«, was der Wolf weiterhin voll ignorierte und das Steak auf Hardys Teller knurrend fixierte.

»Wisst ihr, wir haben den Wolf im Frühjahr aus Rumänien zu uns nach Frankfurt gebracht. Ganz legal natürlich von einem Züchter«, informierte Edwin uns im Plauderton und Hardy korrigierte brummelnd: »*Taxifahrer!* Der Mann, der uns gefragt hatte, ob wir an einem Wolf interessiert wären, war *Taxifahrer.*«

»Ach richtig, hahaha. – Taxifahrer! *Und* ein bisschen auch Züchter. Ganz legal jedenfalls. Die Rumänen sind da ja sehr flexibel«, lachte Edwin und Hardy jetzt, der einfach nicht zum Essen kam, befahl vergebens dem hungrigen Wolf: »**Down, Herrgott!**«

»Vielleicht solltet ihr es dann mal mit Rumänisch versuchen. Woher soll der Hund Englisch können?!«

»Wolf!«, korrigierte ich Betty.

»Hund!«, widersprach Leander.

»Doch eher Wolf!«, wog Edwin ab und sein Partner Hardy jetzt leicht genervt: »Wir wissen es nicht!«

»Dann solltet ihr beiden euch doch eher ein Kätzchen zulegen, wenn ihr so gar keine Ahnung habt. Weder von Hunden noch von Wölfen!«, teilte Betty bissig aus.

Und da merkte man gleich, dass sie voll blind einen sensiblen

Punkt erwischt hatte, weil: Edwin rührte nun etwas nachdenklich in seinem Zürcher Geschnetzelten herum, auch Hardy schwieg und schielte abwartend zu Edwin hinüber ... was ein Fehler war, weil der Wolf nutzte diese kleine Unachtsamkeit, schnappte sich das Steak von Hardys Teller und verschwand damit unter dem Tisch.

»Oh, schaut! Jetzt macht der Wolf *down*!«, witzelte ich und nahm Leander die zwei Euro wieder weg.

»W...?«, verstand Hardy den Gag erst nicht, als er zuerst dahin glotzte, wo der Wolf zuvor gewesen war, um dann natürlich auch sofort zu peilen, dass dieser nun unter dem Tisch lag und ein Steak verputzte, was zuvor seines gewesen war. – Wieder mal unermüdliches Plusquamperfekt hier, weil außer »*Böser Wolf!*« und einem weiteren Leinen-Klaps auf das Hinterteil des Raubtieres traute sich der Hardy ganz klar nicht, ihm das Steak wieder wegzunehmen.

»Feigling!«, hörte Betty einfach nicht auf, diesem Hardy ganz mächtig auf den Sack zu gehen. Aber bevor der dann überhaupt kontern konnte, wechselte sein Partner Edwin schon geschickt das Thema: »Wo soll's denn hingehen?«

»An die Tauber!«, antwortete Leander stur, weshalb ich dann noch mal nachlegte: »*Italien!* Wir fahren selbstverständlich nach Italien und nicht an die endspießige Tauber zu Multi-Thorst und ...«, stockte ich und dachte zu Ende: ... meiner Ex-Freundin Lea!

Edwin und auch Hardy stutzten, weil sie sehr wahrscheinlich auch so gar nicht wussten, wer oder was das Multi-Thorst war. Und während Hardy als Nächstes ein weiteres Steak beim vorbeiwandelnden Kellner für sich oder den Wolf orderte, schwärmte Edwin: »Italien! Da fahren wir auch hin. In die Toskana! In ein ganz, ganz malerisches Dorf in der Nähe von Lucca. Hach, ich freu mich so. – Und ihr?«

»Wir freuen uns auch!«, antwortete Leander etwas albern.

»Ja, schon klar. Aber was ist denn das Ziel der Reise?«

»Gute Frage, nächste Frage!«, lachte ich einmal etwas irre auf, weil mir zwei Punkte tatsächlich noch nicht so ganz klar waren. – Punkt eins: das Ziel der Reise! Was habe ich mir dabei gedacht? War ich auf der Flucht? Suchte ich irgendwas? – Unklar alles. Und Punkt zwei: das Ziel der Reise!!! Also *geografisch* jetzt. Ich wusste wirklich nicht, wohin Betty Wagner eigentlich wollte. Und während ich noch über diese zwei Punkte nachgrübelte, antwortete Betty Edwin fröhlich: »Sardinien!«

»Traumhaftes Wasser dort! Ich war da mal tauchen!«, taute nun auch Hardy auf und »Mit deinem *Ex*, nicht wahr?!«, schob Edwin *sehr* unterkühlt hinterher.

Aber da reagierte Hardy nicht mehr drauf. Außerdem war der Wolf gerade fertig mit Essen und richtete sich wieder neben ihm auf und knurrte ihn erneut an. Unklar, warum diesmal. Vielleicht wegen Nachtisch. Jedenfalls kriegte der Wolf wieder mit der Leine eins drüber und Hardy bellte: »**Down!**«

»Hardy-Spatz«, flötete Betty zu Hardy rüber. »Was du brauchst, ist ein Hund ohne Beine. Der macht dann *immer* down und du brauchst dich nicht dauernd aufzuregen!«

Edwin prustete in sein Weinglas und Hardy, leicht überrumpelt, grinste dann aber auch zurück.

Und gut möglich, dass es Zufall war, aber exakt in dem Moment ließ der Wolf entspannt seine Lefzen sinken und guckte neugierig zu uns rüber, als wolle er herausfinden, was denn da so lustig war. Und Zufall oder nicht: Als er nach Betty und Leander *mich* mit seinen bernsteinfarbenen Augen fixierte und ich wie hypnotisiert zurückschielte, brachte er seinen Kopf in Schieflage und bellte einmal kurz auf. Laut und – wie soll ich sagen – *bassig* irgendwie. Vernünftige Adjektive gibt es für diesen fetten Sound nicht.

Spatz Hardy und sein Edwin jedenfalls glotzten echt erstaunt den Wolf an und Edwin hauchte aus: »Er kann bellen?!«

»Also *doch* ein Hund!«, schlussfolgerte Leander irrsinnig schlicht und grapschte nach den zwei Euro, die vor mir lagen, auf die ich aber direkt mit der flachen Hand draufklatschte, weil: Natürlich können auch Wölfe bellen. Das machen sie nur nicht besonders häufig, weil es ja auch oft einfach nichts zu sagen gibt ... also zu *bellen* eben. Anders: Im Gegensatz zu den meisten Hunden überlegen Wölfe vorher immer, bevor sie den Mund aufmachen.

Was *dieser* Wolf mir nun konkret mitteilen wollte, kann ich dir nicht sagen. Vielleicht so was in der Richtung wie: »Du und ich, liebesbekümmerter Spacko, werden noch eine Menge Spaß miteinander haben!«

… und ich sag mal so: Der Wolf sollte recht behalten! … was den Spaß betrifft. Den ganzen irren Rest hatte er verschwiegen.

6

Der Abend verlief dann noch ganz entspannt. Man plauderte über dies und das, lobte die Schweiz im Allgemeinen, lästerte aber auch ein bisschen über sie, weil ja auch immer alles so arschteuer ist. Man sprach über Berufe und Hobbys, wobei Betty und die beiden Männer sich einig waren, dass sie ihre Hobbys zum Beruf gemacht hätten. Und am Ende wurden sogar noch Visitenkarten ausgetauscht, weil man eventuell auch geschäftlich im Kontakt bleiben wollte. Hardy und Edwin mit ihrer kleinen Kunstgalerie und Betty als Fotografin. Was clever von ihr war, die Fühler auszustrecken, weil sie derzeit nur für eine Werbeagentur arbeitete, dessen Geschäftsführer – *Tataaa* – Ansgar Zimmer war. Bettys Ex.

Gegen zehn Uhr abends wollten Hardy und Edwin dann schlafen gehen. Sie hatten zufälligerweise genau neben unserem Bulli ihren Stellplatz für ihren Uralt-Saab mit Knutschkugel hintendran. Also einem kleinen, runden Wohnwagen. Der Wolf musste draußen bleiben und wurde an einer langen Kette festgemacht.

Und wir sind dann eben auch alle in die Kiste gegangen. Wortwörtlich jetzt auch, weil Thomas B.'s Bulli war jetzt nicht gerade das High-End-Wohnmobil. Aber trotzdem irgendwie ganz gemütlich. Leander und ich konnten uns unten auf der ausklappbaren Sitzbank breitmachen und Betty schlief im oberen Abteil. So eine Art gepolsterter Ziehharmonika-Koje.

Ich erledigte gerade die Tagespost – also die ganzen Handy-Nachrichten von meiner Mutter, die dreiundzwanzigtausendmal wissen wollte, ob wir gut im Camp an der Tauber angekommen wären und dass sie es schon toll fände, wenn ihr erstgeborener Sohn mal ein Selfie schicken würde. Und dann, klar, noch die Frage, ob ich sie und Papa denn schon vermissen würde. – *Nein!*, dachte ich und geschrieben habe ich natürlich: *Klar, ein bisschen schon!*

Nicht, dass du mich missverstehst: Ich finde meine Eltern top, aber ich hatte einfach zu viel um die Ohren, um jetzt auch noch die Eltern zu vermissen. Ich schickte meiner Mutter also ein paar Antworten, die sie haben wollte, und dann quatschte Leander mich von der Seite an, ob er nicht ein Selfie von uns beiden machen könnte … für *seine* Mutter eben. – Leander hatte also auch noch ein paar Fakes zu verschicken, weil ganz klar wären auch seine Eltern alles andere als begeistert gewesen, wenn sie erfahren hätten, wo wir wirklich waren.

Jedenfalls habe ich für das *Shooting* meine Einwilligung gegeben, weil ich brauchte ja auch noch ein paar halbwegs glaubwürdige Fotos für meine Mutter. Wir rückten also auf Handyformat zusammen, und bevor ich den Auslöser drückte, meinte Leander aber: »Halt, warte! Da fehlt noch einer!«

Er kramte in seinem Tourenrucksack und fand schließlich, wonach er suchte: Rudi!

Rudi sagt dir jetzt nichts, und wenn doch, würde ich mich schwer wundern, weil: Rudi ist eine lädierte Stoffratte und sie ist Leanders ständiger Begleiter. Als Talisman oder so was.

Er hat sie schon seit Ewigkeiten – oder genauer: seit der zweiten Grundschulklasse, erstes Halbjahr, dritte Stunde, Kunst! Da ist sie in seinen Besitz übergegangen. *Noch genauer: Da hat er sie mir weggenommen,* weil Rudi war bis zu dem Zeitpunkt ganz klar **meine** Stoffratte. Und weil Leander nun auch damals schon mein bester Freund … *gewesen* (!) war, habe ich ihm erlaubt, Rudi mit nach Hause zu nehmen. *Leihweise! Temporär!! Nur für ein paar Tage!!!*

Aus den Tagen wurden Wochen, dann Monate, schließlich sieben Jahre! Leander hatte Rudi schlicht und ergreifend zu seinem Eigentum erklärt. … scheint so eine Marotte von ihm geworden zu sein, wenn ich da an Lea denke.

Leander kramte also die Stoffratte Rudi aus dem Rucksack, brachte sie ganz niedlich zwischen uns in Position, wir setzten unsere gefakten Gute-Laune-Mienen auf und dann erst drückten wir die Auslöser.

»Ach, wie süß! Stör ich?«, platzte Betty in dieses oberpeinliche Fotoshooting rein ... also von oben durch die Dachluke nur mit ihrem Kopf.

»Nä, nä ...« und »... is schon okay«, haben Leander und ich so cool wie möglich geantwortet. Wir verschickten die Fotos und Betty teilte uns mit: »Jungs, wir werden einen Wolf entführen!«

Leander und ich glotzten fragend von unseren Handys auf und sie noch mal: »Den Wolf von Hardy und Edwin. Wir befreien ihn, nehmen ihn mit und setzen ihn in den Bergen aus.«

»Äh, nein, tun wir nicht!«, sagte Leander.

»Das wird großen Ärger geben. *Ganz* großen Ärger«, prophezeite ich.

»Ja, dann gibt es halt Ärger. Klar ist, dass die beiden Herren nebenan total überfordert sind mit dem Tier. Und dem Wolf geht's einfach nicht gut bei denen. Das sieht man doch!«

»Was man vor allem sieht, ist, dass der Köter echt schlechte Laune hat. Wie willst du den entführen? Ich meine, der will vielleicht gar nicht und – zack – hast du sein Gebiss am Hals«, waren Leanders Einwände.

»Das käme auf einen Versuch an«, meinte Betty.

»Könnte dann aber auch ganz klar dein letzter Versuch gewesen sein!«, spekulierte ich.

»Wer sich nichts traut, stirbt doof!«, legte sie noch mal ein ordentliches Pfund nach, weshalb ich nachdenken musste und Leander aber schon raushaute: »Und überhaupt. Wenn du den in der freien Wildbahn aussetzt, verhungert der eh nach zwei Stunden. So ein *Hund* braucht Trockenfutter!«

Das war natürlich eine ganz klare Spitze gegen mich, weil Leander ein schlechter Verlierer war, weshalb ich dann auch zu Betty meinte: »Okay, bin dabei. Kidnappen wir dann mal einen *Wolf*!«

Betty strahlte mich an, dann überlegten wir beide, wann wir zur Tat schreiten sollten und dass 5:30 Uhr ein idealer Zeitpunkt wäre und …

»Fünf Uhr dreißig ist zu spät. Da ist gerade Sonnenaufgang«, informierte uns Schweinchen Schlau Leander und schob nach einer kleinen Denkpause murrend nach: »Wir machen das um fünf!«

Frage an dich: Hast du schon mal versucht, einen Wolf zu kidnappen? Falls ja, frage ich jetzt mal nicht weiter nach, warum. Weil Wölfe kidnappen ist schon irgendwie krass. Da muss man schon verdammt gute Gründe haben … oder amtliche psychische Probleme. Sonst macht man so was nicht.

Betty, Leander und ich hatten halbwegs gute Gründe, den Wolf zu kidnappen. Redete ich mir dann jedenfalls noch mal ein, als wir drei um fünf Uhr morgens direkt vor ihm standen.

»Braver Wolf! Gaaaanz ruhig! Alles wird gut!«, flüsterte Betty dem leicht angespannten Raubtier beruhigend zu, während Leander und ich einen weiten Bogen um ihn herum machten, um an das Kettenende am Wohnwagen zu gelangen.

Wir hatten beide unsere Multitools mit Zange, Schraubendreher, Eisen- und Knochensäge dabei. Wir rechneten mit erheblichen Hürden technischer Art und …

… dann war das Kettenende aber nur über die Handbremse vom Wohnwagen gelegt. Ich nahm es vorsichtig in die Hand, was circa drei Meter weiter am anderen Ende der Kette trotzdem sofort registriert wurde. Das Knurren endete abrupt. Leander und ich blickten vorsichtig über unsere Schultern und sahen gerade noch, wie sich der Wolf auf uns zubewegte, uns dann aber gar nicht angriff, sondern verwundert auf das Kettenende schielte, das ich in der Hand hielt.

Aus dem Augenwinkel sah ich, wie Leander zur Verteidigung nervös sein Multitool aus dem Gürtelholster fummelte.

»Was hast du vor? Willst du ihn mit der Nagelschere angreifen?«, fragte ich und Leander sagte: »Quatsch! Notfalls mit dem Messer!«

»Na dann. Hoffentlich hat der Wolf etwas Zeit mitgebracht.«

»Du könntest ihn solange ablenken, bis ich es herausgekl…«

… und dann sagte keiner von uns beiden mehr was, weil der Wolf sich einfach wieder umdrehte und wegging. An Betty vorbei, über die freie Wiese auf eine Baumgruppe von hohen Tannen zu. Betty, Leander und natürlich ich mit dem Kettenende in der Hand sind hinterher und …

… ich kürze ab: Der Wolf musste pinkeln! Und nachdem er die dickste aller Tannen ausreichend markiert hatte, blickte er entspannt und abwartend zu uns auf.

Betty, Leander und ich guckten uns achselzuckend an und schlichen mit dem Wolf zu dem Bulli rüber. – Alles war so simpel. Der Wolf hüpfte freiwillig hinten rein, wir stiegen vorn ein, Betty startete den Motor und fuhr so langsam und leise wie möglich los. Vorbei an Hardys und Edwins Knutschkugel, runter von der Wiese, rauf auf die Straße – Richtung Italien.

7

Wir waren rund eine halbe Stunde unterwegs, da graute hinter den Bergen im Osten der Morgen sehr spektakulär in Rosa, Goldgelb und Hallenbadfliesenblau. Betty, Leander und ich saßen grinsend vorn nebeneinander und waren still vor Aufregung. Einen Wolf klauen, das macht man halt auch nicht alle Tage.

»Am Pass von San Bernardino lassen wir ihn frei«, sagte Betty dann doch irgendwann mit feierlicher Stimme.

»Geht klar, Frau Wagner! Wolf Freiheit schenken und fröhlich sein!«, habe ich ihr grinsend geantwortet.

Und Leander guckte sich nachdenklich nach dem Wolf um, der relaxed auf der ausgeklappten Schlafbank vor sich hin döste, und fragte: »Wie heißt der eigentlich?«

»Hm, gute Frage. Wie wär's mit Wolfgang?«, haute ich raus und Betty darauf: »*Wolfgang!* Gute Idee! Das liegt irgendwie nahe.«

Leander schüttelte verständnisfrei den Kopf, aber es war ja eh wurscht, wie wir den Wolf nannten. Schließlich sollte er in rund zwei Stunden ausgewildert werden – ab in die freie Natur. Da sind Namen eh nur Schall und Rauch.

… nach zwei Stunden waren wir da, wo wir nicht hinwollten. Auf einer Straße, die so kurvig war wie ein sehr langer, fallen gelassener Wollfaden … um das jetzt mal irgendwie zu beschreiben.

Betty hatte sich wieder mal verfahren, aber sie zeigte auf ein Schild und flötete bestgelaunt: »Seht ihr, Jungs. Das ist der Splügenpass! Goldrichtig!«

Der Splügenpass lag nach Thomas B.'s Karte aus dem Handschuhfach in etwa einen ganzen Fingerbreit rechts vom San Bernardino, also rund zehn Kilometer östlich davon. Und genau diesen Fakt habe ich Betty auch noch mal unter die Nase gehalten. Und was sagt sie drauf? – »Ja, na und?!?«, sagt sie darauf. – Unfassbar, die Dame.

Die Straße wurde schmaler und Betty steuerte den klotzigen Bulli sehr unrund durch die Spitzkehren. Hin und wieder hörten wir, wie die Bodenkanten des Bullis an Randsteinen entlangschrappten. Und Zufall wieder oder nicht: Exakt in so ein sehr unschönes Kratzgeräusch hinein bimmelte Bettys Handy, sie nahm den Anruf mit Lautsprecher entgegen. Thomas B. wollte wissen, ob mit seinem Bulli alles optimal lief.

»Äh, ja klar, optimal! Läuft alles *extrem* optimal hier, Thomas!«, log Betty in das nächste Bulliblech-Randstein-Gekratze.

»Was war das?«, fragte Thomas B. misstrauisch nach.

»Ähmmm ... schlechter Empfang!«, antwortete Betty und dann simulierte sie Funklöcher: »I...ersteh kei...ort...ehr. Ruf dich ...ieder an.«

»Hallo? Hallo? Hallihallo?«, hörten wir Thomas B. noch klar und deutlich fragen, bevor Betty das Gespräch komplett abwürgte.

Das Gekurbel auf dem Weg zum Pass hoch war schon sehr stressig. Die schmale Straße, steil abfallende Hänge und hinter uns nervte dann auch noch ein Haufen ungeduldiger Motorradfahrer, die nicht überholen konnten und deshalb ihre Maschinen oberalbern aufbrüllen ließen. Da ließ Betty sich aber nicht aus der Ruhe bringen und kratzte weiter Kurve um Kurve die Passstraße hoch. Bis wir eine Spitzkehre erreichten, von der eine kurze Schotterpiste abging. Da erbarmte sich Betty, bog ab und die Motorrad-Heinis konnten wieder ordentlich aufdrehen.

Betty zog die Handbremse, stellte den Motor ab und dann stiegen wir drei für einen Kratzer- und Beulen-Check aus. – Wenn du so willst: *Kratzer- und Beulencheck Nummer eins!*

»Ach – du – Schei – ße!«, hauchte ich aus, als ich die frischen Furchen, die tief bis ins blanke Blech gingen, an der rechten Bulliflanke sah. Die linke Seite sah nicht besser aus.

»Na, immerhin ist es symmetrisch. An beiden Seiten gleich stark verkratzt!«, versuchte Betty dem Lackschaden irgendwie etwas Positives abzugewinnen.

Leander schüttelte nur fassungslos den Kopf und fragte: »Ja, und jetzt?«

Ich hob ideenlos die Schultern und Betty aber antwortete bestgelaunt: »**Jetzt** lassen wir erst mal Wolfgang frei!«

Und genau das taten wir dann auch: Wolfgang die Freiheit schenken. Um die symmetrischen Lackschäden an Thomas B.'s Bulli konnten wir uns später immer noch kümmern, meinte Betty.

Ich weiß noch, dass das so ein ganz besonderer, feierlicher Moment für uns alle drei war, als Betty dann tatsächlich die Seitentür vom Bulli aufschob, damit Wolfgang in seine neue Heimat entschwinden konnte.

»Die kompletten Alpen! Alles deins, Wolfgang!«, habe ich ihm dann auch noch mal zum Abschied zugeflüstert, als der Wolf sich endlich von seinem Bett erhob und langsam aus dem Bulli stieg.

Betty nahm Wolfgang vorsichtig das Halsband ab und strich mit der flachen Hand mutig über seinen Kopf. Wolfgang ignorierte diese Leichtsinnigkeit, die Finger blieben dran und Leander machte hübsche Szenenfotos. Dann trabte Wolfgang davon. Und vielleicht zwanzig, dreißig Meter von uns entfernt blieb er noch einmal stehen. – Wolf vor Alpenpanorama! Unbezahlbar! Auch Betty und ich zückten schnell unsere Handys und knipsten wie wild preisverdächtige Naturfotos. – Dann senkte Wolfgang seinen Kopf und schnupperte an einer hellblauen, zarten Wildblume. – Weitere sinnliche Fotos wurden geschossen und …

… als Nächstes machte Wolfgang eine halbe Drehung, pinkelte auf das zartblaue Gewächs, scharte ein paar Mal so machohaft mit den Hinterläufen und …

… tapste zurück, hüpfte in den Bulli und machte es sich wieder auf dem Schlafpolster bequem.

»Na toll. Und was jetzt?«, fragte ich und Leander antwortete: »Wir besorgen Trockenfutter!«

8

Bis zum Splügenpass war es nicht mehr weit. Und weil wir alle, inklusive Wolfgang, noch nicht gefrühstückt hatten, legten wir einen weiteren Stopp kurz hinter der Passhöhe ein. – In Montespluga, dem ersten Dorf auf italienischer Seite. Wolfgang ließ sich von mir tatsächlich wieder das Halsband mit Kette anlegen und dann kehrten wir alle vier in einem uralten Gasthof ein und setzten uns auf die hintere Sonnenterrasse. Wirklich beeindruckend war die Aussicht auf den kristallklaren See mit den saftigen Wiesen drum herum, auf denen hellbraune Kühe mit großen, lauten Glocken um den Hals grasten. Dahinter wieder Bergketten mit weißen Spritzern drauf und darüber kräftiges Himmelblau. Ich kam mir vor wie in einem Ravensburger Puzzle mit tausend Teilen.

Ebenfalls beeindruckend war die Langsamkeit der einzigen Kellnerin von dem Laden. Mit der Eleganz eines Hooligan trampelte sie mit ihrem Tablett durch die Tischreihen, knallte hier ein Kännchen Kaffee hin, da einen Teller Rührei, dort einen O-Saft. Und dass mehrere Seniorentrupps, ein Haufen Motorradfahrer, Wanderpärchen und Großfamilien, sprich: die komplette Weltbevölkerung nach ihr winkte und rief, ignorierte sie voll.

»Signora?!«, versuchte auch Betty auf Italienisch höflich auf uns aufmerksam zu machen, und siehe da: Sie wurde erhört.

»Was gibt's?«, begrüßte uns die Signora höchst deutschsprachig und pampig, als sie unseren Tisch erreicht hatte. Sie zückte Stift und Notizblock, um die Bestellung entgegenzunehmen.

»Moooment mal!«, grätschte da aber gleich einer der Senioren mit Schiebermütze vom linken Nachbartisch dazwischen und informierte die Kellnerin: »Wir waren vor den Herrschaften da.«

»Jesus!«, stöhnte Betty auf Englisch und machte der Kellnerin mit einer wegwerfenden Handbewegung klar, dass wir dann eben warten würden.

Die Kellnerin drehte ihren Kopf daraufhin zu dem Seniorentisch um, raunte »Glückwunsch!« … und wandte sich dann wieder überraschend Betty zu.

»Ja, das ist ja wohl … «, fehlten dem Herrn die Worte und die Dame neben ihm ergänzte zeternd: »… **eine Frechheit ist das! Wir waren zuerst da!**«

Worauf die Kellnerin sich noch mal zu der Seniorengruppe umdrehte und der Dame leicht gereizt erklärte: »Ja, logisch wart ihr zuerst da. Ihr seid immer zuerst da. Weil ihr ja auch schon so alt seid!«

Da fiel der angesprochenen Dame erst mal nur die Kinnlade hinunter, die Kellnerin widmete sich wieder uns und …

… vom Tisch hinter ihr quatschte sie einer von den Motorradfahrern an: »Hey, Lady! Mein Rührei ist kalt!«

Die Lady … also die Kellnerin drehte sich langsam zu dem Herrn um, musterte sein rundes Gesicht mit den grauen Stoppeln und sprach extralaut und deutlich: »**Sag mal, *Oppa*, hast du dich wieder an den falschen Tisch gesetzt? Gehörst du nicht zu den *Beige-Angels* da?**« … und zeigte auf die Seniorengruppe, die sich vorher beschwert hatte.

Schallendes Gelächter von den anderen Motorradheinis, die unwesentlich jünger waren als ihr Kumpel mit dem kalten Rührei. Und bevor der überhaupt in der Lage war, vernünftige Widerworte zu geben, war die Kellnerin auch schon wieder voll bei Betty und meinte: »Ich höre!«

Betty gab sogleich die Bestellung für unser Frühstück auf. Inklusive eines extragroßen Steaks für Wolfgang. Nur kurz angebraten. – *Englisch* also.

»Das ist Quatsch!«, kommentierte die Kellnerin die Extrabestellung, wandte sich nochmals der sprachlosen Seniorengruppe zu und erklärte, bevor sie reinging, betont freundlich und wieder extradeutlich: »**Bin gleich wieder da! Nicht wegsterben!**«

Ich sag mal so: Wenn mir diese Reisegruppe von älteren Menschen auch nur einen Hauch sympathischer gewesen wäre, hätte ich irgendwie Mitleid gehabt. Immer älter und älter und älter zu werden, da kann ja auch wirklich keiner was für. Und dann will man ja auch noch was vom Leben haben, stelle ich mir so vor. Was Schönes unternehmen, auf Reisen sein, Spaß haben …

»… einen von fünf Sternen kriegen die von mir! Hörst du, Regine? *Einen!*«, informierte der Schiebermützenheinz vom Seniorentisch aber vollkommen spaßfrei seine Regine. Und die nickte eifrig: »Recht so, Gerd, recht so!«

Betty, Leander, ich … und möglicherweise auch Wolfgang beobachteten, wie Gerd aus seiner Weste mit unendlichen vielen Taschen ein altes Handy herausfummelte und anfing, auf dessen Display herumzuhacken.

»… wenn ich jemals anfange, Bewertungen auf Google zu schreiben, erschieß mich, okay?!«, bat Leander mich.

»Wäre *Abstechen* so rein vorsorglich auch in Ordnung?«, habe ich zurückgegrinst und mir eins von den stumpfen Frühstücksmessern aus dem Krug vor mir geschnappt und ihm aus Spaß auf die Brust gedrückt.

»Ha, ha … sehr witzig, Kramer!«, stöhnte Leander halb ernst und Betty flötete: »Jungs, benehmt euch! Vorm Frühstück keine Toten!«

»Sag mal, Mädel, du bist doch die Braut mit dem Bulli?«, quatschte sie da jemand von den Motorradheinis an – der stoppelbärtige Typ mit dem kalten Rührei. Wolfgang neben mir fing erstaunlicherweise direkt an, leise zu knurren, weshalb ich seine Kette sicherheitshalber noch ein weiteres Mal um meine linke Hand wickelte.

»Äh ... Braut, nein – Bulli, ja! Warum?«, war Bettys Antwort und der Typ nicht unfreundlich, aber mörderblöd: »Weißt du, wir Biker sind friedliebende Kerle, aber wenn du uns im Rückspiegel hast – einfach mal früher Platz machen, sonst ...«

»... sonst passiert was?«, quatschte die Kellnerin dem *Biker* von hinten in die oberpeinliche Belehrung. Überraschend schnell war sie mit unserem Frühstück zurück. Überraschend auch wohl für den Biker, der zusammenzuckte, sich dann aber wieder im Griff hatte und zurückfragte: »Was?«

Und die Kellnerin geduldig wie ein Pitbull auf Koks zurück: »Wie *was*?! Ich könnte kotzen, wenn ich das höre. Der ganze Biker-Macho-Quatsch. Dein kleines, verficktes Moped macht dich nicht zum Superhelden, hörst du?!«

»Hö, hö ... mein *kleines verficktes Moped* hat tausend Kubik«, grinste der Herr Biker noch so überheblich, seine Kumpels ebenfalls. Die Kellnerin aber rechnete ihm direkt vor: »Tausend Kubik sind ein Liter Milch, du Eimer. Was machen wir jetzt mit *der* Info, hm?!«

Da sagte der Ein-Liter-Mann erst nichts und dann doch: »Nenn mich noch einmal *Eimer* und ...«

»... und dann was, *Eimer*?«

»... Geschäftsführer! Ich verlange, den Geschäftsführer zu sprechen!«, hakte jetzt überraschend der Gerd vom Seniorentisch ein.

»**Chef!**«, brüllte die Kellnerin direkt und total unbeeindruckt über die Tische zur Terrassentür rüber.

Aus der Tür heraus guckte ein untersetzter Typ mit Halbglatze und der rief zurück: »**Wasse, Freddy?**«

»**Hier ist so ein altes Hutzelmännchen, das starkes Verlangen nach dir hat.**«

»Das ... unverschämt ... ich ... *ein Stern* ... Regine ... hörst du ... *nur einen!*«, schnappatmete der arme Gerd seiner Regine ins Gesicht.

Der Chef verzog genervt das Gesicht und machte sich aber auf den Weg zu seiner Kellnerin. Und die knallte uns in der Zwischenzeit das Tablett auf den Tisch und verteilte Frühstück. Brot, Marmelade, Käse, Eier für Betty, Leander und mich und für Wolfgang Fleisch! Jede Menge Fleisch! Eine ganze Schüssel voll mit Speck, halben Würsten und so was.

»Reste vom Vortag! Für lau!«, grinste Kellnerin Freddy. »Das ist ja wohl besser als das überteuerte Steak, oder?!«

Wir nickten und sahen zu, wie unser Wolfgang seine Schnauze gierig in die überquellende Schüssel drückte.

Der Chef vom Gasthof stand nun vor Freddy und fragte sie mit Kopf im Nacken: »Allora, wasse gibtse, Freddy?«

»Ihre Mitarbeiterin ist unverschämt und inkompe...«, legte Gerd vom Seniortisch direkt los und Freddy aber bremste ihn aus: »Sag mal, Gerd, seit wann heißt du Freddy?«

»Das ... ist ... das ist ja wohl ...«, suchte Gerd wieder nach Worten und seine Regine vollendete: »... eine Frechheit ist das, eine bodenlose!«

»Genau so ist das!«, bekam sie Zuspruch von dem Motorradheinz. Der Chef drehte sich fragend zu ihm um und *der* erklärte: »Meine Eier sind kalt!«

Das klang *so* etwas missverständlich, weshalb da auch der komplette Motorradheinzitisch herzlich lachte und Freddy ihm anbot: »Soll ich dir ein Deckchen holen?«

»Scusi, Signore!«, entschuldigte sich der Chef beim Motorradheinz, als er mit Blick auf den Tisch peilte, dass es hier um ein erkaltetes Rührei ging. Und dass der Seniorentisch sich über Freddy beschwerte, wunderte den Chef irgendwie nicht: »Freddy, habe iche dich gewarnt oder habe iche nicht?! Keine Ärger mehr mit die Gäste! Heute Abend du packst und morgen früh du gehst!«

»Jawoll!« und »Recht so!«, kläfften Gerd und seine Regine. Der Motorradheinz nickte einmal kurz und triumphierend.

»Du schmeißt mich also raus, fristlos sozusagen?!«, fragte Freddy nach.

»Si!«

»Dann geh ich jetzt! Nicht erst morgen früh!«

»W...«, fragte der Wirt irgendwas, weil damit hatte er nun nicht gerechnet. »Dasse iste impossibile! Heute ich habe keine Ersatze fur diche!«

»Dasse iste mir kack-e-galo, *Ex*-Schäffe!«, konterte Freddy ungerührt. Dann wandte sie sich an uns und fragte in die Runde: »Wohin fahrt ihr?«

Leander und ich schwiegen, weil wir so eine Ahnung hatten, dass diese stressige Kampf-Lady mit uns mitfahren wollte, wenn die Richtung stimmte. Aber dann war es natürlich Betty, die fröhlich raushaute: »Sardinien! Fahr mit, wenn du willst!«

Und die Kampf-Lady wollte!

9

Interessant war, dass Wolfgang aber nicht wollte, dass Freddy mitfuhr. ... also *erst* wollte er nicht. Auf mich jedenfalls machte er den Eindruck, als hätte er diese Freddy von oben bis unten abgescannt, bevor er ihr erlaubte, in den Bulli zu steigen. Das signalisierte er so, indem er sie von jetzt auf gleich ganz einfach ignorierte und sich wieder auf sein Schlafpolster begab.

Freddy stieg mit ihrer Reisetasche ebenfalls hinten ein und setzte sich auf die kurze Bank gegenüber von Wolfgang und nicht direkt neben ihn. ... was ich für instinktiv richtig hielt.

Betty, Leander und ich stiegen wieder vorne ein und ...

... dann stieg Betty wieder aus, weil ihr eingefallen war, dass Thomas B. sie darum gebeten hatte, regelmäßig nach dem Öl zu gucken.

»Muss das wirklich *jetzt* sein?«, fragte Freddy überraschend ungeduldig nach.

»Ja, das muss wirklich *jetzt* sein! Am Ende hat der Bulli einen Motorschaden. Das würde ich mir selbst nicht verzeihen, wenn das Schätzchen von Thomas hier Schaden nehmen würde«, antwortete Betty, stieg aus, ging gemütlich zum Heck rüber, öffnete dort die Motorklappe und suchte nach dem Ölmessstab.

Was irgendwie auffiel, war, dass Freddy leicht nervös zum Gasthof hinüberschielte, sobald jemand herauskam. Und das waren jetzt einige. Erst der komplette Seniorentrupp um Gerd und seine Regine, die auf ihren Reisebus zumarschierten.

»Scheint da einen Versorgungsengpass zu geben!«, stellte Leander grinsend fest.

»... weshalb noch weitere Todessterne auf Google vergeben werden«, ergänzte ich.

Und Leander stieg drauf ein: »... von Gerd, dem Sith-Lord der beigen Seite!«

Was jetzt mal wirklich witzig war, aber wer so was von überhaupt nicht lachte, war Freddy. Angespannt hielt sie den Eingang im Visier, aus dem als Nächstes ihr spezieller Freund, der Motorradheinz mit kaltem Rührei, herausgestapft kam. Also *ohne* das Rührei jetzt. Aber gefolgt von den anderen Motorradheinzelmännern.

Betty hatte offenbar den Ölmessstab gefunden und informierte uns: »Sieht, glaube ich, ganz gut aus!«

»Prima! Können wir dann?«, fragte Freddy schnell nach.

»Ja, klar. Jetzt gleich!«, antwortete Betty entspannt, schloss die Motorraumklappe, schlenderte wieder nach vorn zur Fahrertür und setzte sich hinter das Lenkrad.

»Und da kommt der Pate! Godfather of Montespluga!«, alberte ich mit heiserer Mafia-Boss-Stimme rum, als erneut die Tür vom Gasthof aufflog und der kleine Wirt herausgesprungen kam.

»Können wir dann bitte auch *jetzt gleich* losfahren?!?«, wiederholte Freddy noch und dann hörten wir jemanden von der gegenüberliegenden Straßenseite auf Italienisch brüllen. – Der Wirt warf seinen kurzen Arm in unsere Richtung und wetzte los.

Betty guckte erst verdutzt zum heransprintenden Wirt hinüber, dann in Freddys unentspanntes Gesicht, zählte irgendwie eins und eins zusammen, startete den Motor und fuhr mit quietschenden Reifen den Bulli an. Jedoch …

… zu spät. Der erstaunlich wendige Wirt hatte den Bulli erreicht und griff mit seinem rechten Patschhändchen hinten links in das offene Schiebefenster.

»**Stopp! Stopp! Stopp!**«, bellte er und schlug mit seiner linken Hand immer wieder auf das Bulliblech.

Was ein echter Fehler war, weil von jetzt auf gleich sprang Wolfgang hoch, baute sich vor dem Fenster auf und bellte zurück. Obwohl es das auch wieder nicht so richtig trifft. Sein Bellen war irgendwie ziemlich einsilbig und ging direkt in ein zähnefletschendes, mächtig respekteinflößendes Geknurre über. Der Wirt erschrak und zog sofort seine Wurstfinger aus dem Fenster. Und während Betty nun das Gaspedal voll durchdrückte und wir hinter der nächsten Kurve verschwanden, sah ich noch, wie der Wirt sich brüllend zu dem Motorradheinzelmann-Club umdrehte und mit seinem linken Ärmchen wieder in unsere Richtung fuchtelte.

»Braver Hund!«, lobte Freddy dankbar den Wolfgang.

»Wolf!«, korrigierte ich sie.

»Das weiß man nicht!«, schob Leander wieder hartnäckig nach.

Und Betty fragte Freddy: »Was war denn das?«

Aber Freddy zu Betty nur: »Wie – *was war denn das?*«

Worauf Betty gar nichts sagte und sich bei circa hundert km/h umdrehte und Freddy betont gelangweilt in die Augen sah. Und Freddy guckte so überheblich zurück.

Gut war: Wir befanden uns auf einer schnurgeraden, freien Strecke, die direkt am See von Montespluga entlangführte.

Schlecht war: Der Bulli hatte einen leichten Rechtsdrall, weshalb er auf den nächsten zweihundert Metern Blindfahrt auf die Straßenkante zum See hin zurollte.

»Betty, würdest du **bitte** wieder auf die Straße gucken!«, forderte Leander unsere Fahrerin leicht angespannt auf. Wo er mich im Tonfall sehr an meine Mutter erinnerte. Unterschied: Wenn meine Mutter das während der Fahrt zu meinem Vater sagt, legt er sofort das Handy weg oder die Zeitung oder was weiß ich, womit er sich bei 140 km/h auf der Autobahn so die Zeit vertreibt. – Betty hingegen guckte weiterhin der nun leicht verunsicherten Freddy in die Augen und die beiden rechten Bulliräder hatten summend den Seitenstreifen erreicht.

»**Fein! Fein! Fein! Fein! Fein! Ich sag's dir! Aber guck nach vorne, okay?!**«, platzte es auch endlich aus Freddy raus.

»Ja-klar-okay!«, flötete Betty fröhlich, widmete sich wieder der Straße und steuerte den Bulli zurück in die Spur.

»Ich habe mich eben sozusagen selber ausbezahlt!«, gestand Freddy.

»Aha?!«, tat Betty total überrascht.

Und Freddy weiter: »Ja, für die letzte Woche!« Und nach einer kleinen Rechenpause noch weiter: »... und für die kommenden drei Wochen auch noch!« Und nach einer weiteren Denkphase: »Praktisch gesehen, habe ich Luigis Kasse geplündert!«

»Du hast geklaut!«, stellte ich fest.

»Oder so, ja! Aber *plündern* klingt irgendwie fluffiger.«

»Jesus!«, stöhnte Betty wieder auf Englisch und fuhr aber weiter, geschmeidig um die nächste lang gezogene Kurve.

»Du drehst also nicht um?«, fragte Freddy ehrlich überrascht nach.

Und Betty grinste sie über den Rückspiegel an und fragte zurück: »Sollte ich?«

Freddy schüttelte ebenfalls grinsend den Kopf und ...

... dann bimmelte Bettys Handy aus der Ablage vor ihr. Sie sah auf dem Display nach, wer dran war, und da hatten Leander und ich zumindest schon so eine Ahnung, wer dran war, weil Bettys Gesichtsausdruck knipste direkt um von heiter auf wolkig.

»Was willst du?«, nahm sie den Anruf genervt entgegen und aus dem Handylautsprecher hörten wir ihren Ex, Ansgar Zimmer, antworten: »Was ich will? Was ist das überhaupt für eine Begrüßung? Können wir vielleicht auch vernünftig miteinander reden?«

Und bevor Betty vielleicht noch darauf *vernünftig* geantwortet hätte, grätschte Freddy von hinten überraschend ins Telefonat: »Das waren jetzt original drei Gegenfragen, Schätzchen! Vernünftig reden geht anders!«

»W… wer war das?«, stellte Ansgar irritiert Frage Numero vier.

»Das geht dich nichts an. Aber du hast die Lady ja gehört, *Schätzchen!* Also was willst du?«, wiederholte Betty sichtlich besser gelaunt ihre Frage.

»Pfff… so nicht! Nicht in diesem Ton! Nicht auf diesem Niv…«, zickte Ansgar nun rum und Betty fiel ihm mit fröhlicher Singsangstimme ins Wort: »O-kay!«, und drückte das Gespräch einfach weg.

Und kurz darauf bimmelte ihr Handy noch einmal, Betty nahm den Anruf wieder mit Lautsprecher entgegen und stellte direkt klar: »Wenn du nicht mit der Trennung klarkommst, besprich das mit deiner Mutti, aber nicht mit mir, hörst du?!«

Stille am anderen Ende, bis dann doch jemand etwas irritiert fragte: »Hallo, Betty? Bist du das? Hier ist Hardy!«

»Oh, sorry! Hab dich verwechselt!«, switchte Betty auch gleich wieder auf *heiter* um und dann fragte sie doch tatsächlich nach: »Was kann ich denn für dich tun … *Spatz?*«

Und da muss ich schon sagen: Respekt! Weil, klar: Betty wusste ja hundertprozentig, was sie für *Hardy-Spatz* hätte tun können! – Ihm nämlich den Wolf zurückgeben, der hinten auf dem Schlafpolster im Bulli saß und jetzt interessiert nach vorn schaute, weil er vielleicht auch an der Stimme erkannt hatte, mit wem Betty telefonierte. Mit seinem *Ex*-Herrchen.

Und dieses ... also *Hardy* jetzt, antwortete: »Ach, du glaubst es ja nicht, Betty. Aber unser Yves ist verschwunden!«

Betty, Leander und ich guckten uns kurz und verdutzt an und Betty fragte dann auch nach: »Wer ist Yves?«

»Na, unser Hund«, antwortete Hardy und im Hintergrund hörte man jemanden sagen: »Wolf!«

»Ja, ja, ja!«, stöhnte Hardy gereizt und echt gereizt weiter: »Wolf – Hund – Wolfshund! Ganz egal! Jedenfalls ist Yves weg!«

Und jetzt weiß ich wirklich nicht so genau, woran es lag. An Hardys Stimme, seiner Gereiztheit, vielleicht eine Kombi aus beidem ... jedenfalls mischte der Wolf sich von hinten mit einem Knurren ein, als wollte er sagen: »Geh mir bitte nicht auf den Sack ... *Spatz!*«

»Was war das?«, fragte Hardy da natürlich direkt nach.

»Öhm ... weiß nicht, was du meinst«, knödelte Betty heraus.

»Das Knurren gerade!« und »Das war doch Yves!«, checkten Hardy und sein Edwin ziemlich gleichzeitig die Fakten.

Betty überlegte.

»Hallo? Bist du noch dran?«, fragte Hardy nach.

Betty räusperte sich kurz und gestand laut und deutlich: »Ja, es ist euer Yves!«

»... der jetzt Wolfgang heißt!«, ergänzte ich.

Schweigen am anderen Ende der Leitung. Dann aber Hardy: »Ihr habt unseren Yves geklaut?!«, und Edwin ungläubig hinterher: »... und ihn in *Wolfgang* umgetauft?!«

»Yep! Beides korrekt!«, bestätigte Betty. »Wir wussten aber nicht, dass er *Yves* heißt.«

»Und selbst wenn«, mischte Freddy sich ein. »Wer kommt auf die bescheuerte Idee, einen Wolf *Wolfgang* zu nennen?!«

»Ganz meiner Meinung!«, meinte Edwin und Hardy dann aber direkt hinterher: »Das ist ja jetzt auch wohl scheißegal, Leute! Fakt ist, Betty: Du hast unseren Hund geklaut!«

»Wolf!«, korrigierten Edwin und ich gleichzeitig und Leander stur: »Man weiß es nicht!«, und Zufall wieder oder nicht: Wolfgang bellte einmal kurz und bassig.

»Aus!«, rutschte es Hardy da genervt raus, Wolfgang bellte überraschenderweise noch einmal extralaut und Betty erklärte: »Siehst du, Hardy? Deswegen hatte ich mich entschieden, den Wolf mitzunehmen. Weil ihr nicht miteinander klarkommt.«

Und dann verriet sie den beiden Herren, dass der Plan ist, Wolfgang auszuwildern. Vielleicht eher auf Sardinien als in den Alpen, weil es ihm hier vielleicht auch ein wenig zu frisch war.

»Betty?«, meinte Hardy dann nach einer längeren, sprachlosen Pause.

»Ja?«

»Du hast ehrlich nicht mehr alle Tassen im Schrank! Das ist *unser* Yves!«

»… was im Übrigen genauso bescheuert ist, einen ausgewachsenen Wolf oder Hund oder Wolfshund *Yves* zu nennen!«, warf Freddy ein und Hardy fuhr unbeeindruckt fort: »Das gibt Ärger! Hörst du, Betty? *Richtig* großen Ärger! Wir finden euch!«

… und da hörte man Edwin zart nachfragen: »Ach ja? Wie denn, Spatz?«

Hardys Antwort darauf hat man dann leider nicht mehr hören können, weil er vorher das Telefonat beendet hatte. Und ...

... dann spielte eine Harfe!

»Was ist das denn? Engel auf Droge?«, haute Freddy hinter mir raus.

»Das ist Lea«, antwortete ich weitgehend emotionslos und zeigte mit dem Daumen auf Leanders Smartphone, das er gerade etwas zu hektisch aus seiner Hoody-Tasche gekramt hatte.

Was auch der Freddy irgendwie nicht entgangen ist, weil die grinste dann nur so bedeutungsvoll: »Verstehe!«

Ich schielte unauffällig zu Leander rüber und sah, wie er wieder so unbeschreiblich blöde das Display angrinste. Ich versuchte mich zu erinnern, ob ich während der knapp zweiwöchigen Beziehung, die Lea und ich hatten, ebenfalls so peinlich aus der Wäsche geglotzt habe, und dann ...

... wurde das Thema – Gott sei Dank – in meinem Kopf mal wieder vorübergehend ausgeknipst, weil Freddy hinter uns nämlich verkündete: »Mädels! Wir kriegen Besuch!«

Leander und ich drehten uns um und sahen, wie ein Motorrad hinter uns zügig aufholte. Eine BMW älteren Typs. Was ich deshalb so genau wusste, weil mein Vater auch mal so ein Ding fuhr. Und man kann sie halt schon von Weitem gut erkennen, weil sie so speziell ausladende Zylinder untenrum haben.

»Wer soll das sein?«, fragte Betty in den Rückspiegel schauend.

»Das kalte Rührei!«, antwortete Freddy. »Moment! Da sitzt noch was hintendrauf … ja! Jetzt seh ich's. Das ist Luigi, der alte Schreihals! Ohne Helm!«

Erstaunlich an der BMW R100r ist, dass sie trotz überschaubarer PS-Leistung ordentlich Power hat. Das liegt an den tausend Kubik. Wenn du so willst: an dem Liter Milch! – Jedenfalls kam der Motorradheinz mit dem krakeelenden Luigi hintendrauf, bemerkenswert schnell näher. Schließlich hatte er uns eingeholt. Nur *über*holen konnte er uns nicht, weil Betty ihn einfach nicht vorbeiließ.

»Du musst hart in die Eisen gehen!«, erklärte Freddy Betty, als unsere Verfolger wieder genau hinter uns auf Tuchfühlung fuhren.

»Das kann ich nicht machen! Am Ende brechen die sich das Genick und der Bulli hat Beulen.«

»Ja, das mit den Beulen wäre schon schlimm!«, meinte Freddy und dann durchforstete sie den Bulli nach irgendetwas …

… und wurde im Kühlschrank fündig.

»Okay … Typi!«, meinte Freddy dann zu mir.

»Vincent! Vincent Kramer!«, half ich ihr mit meinem Namen aus.

»Kramer … auch gut! Hüpf mal rüber. Ich brauch dich hier.«

Ich tat ihr den Gefallen. Und als sie dann selbst vorbei an Wolfgang zu der Heckklappe robbte und diese auch noch während der Fahrt öffnete, hatte ich so eine Ahnung, wofür sie mich brauchte. Eier, Käse, Bircher Müsli in Plastikbechern und ein Liter Milch waren im Kühlschrank. Freddy brachte sich in Position und gab mir die Order: »Schmeiß rüber! Erst die Eier!«

Und ich schmiss die Eier. Sie fing sie auf wie eine Baseballspielerin und katapultierte sie in einer fließenden Handbewegung nach draußen. Das erste Geschoss verfehlte das Ziel. … oder genauer: Das *eigentliche* Ziel! Der Motorradheinz ahnte, dass Freddy ihn bewerfen wollte, und duckte sich weg, weshalb das erste Ei den Kopf des Hintermannes voll traf – Luigis! Ei Nummer zwei detonierte dafür aber präzise am Helm vom Motorradheinz.

»Schneller, Betty!«, rief Freddy nach vorn und Betty rief zurück: »Schwierig! Wir fahren auf eine Spitzkehre zu!«

»Ah! Sehr gut!«, nahm Freddy die Info positiv auf und zu mir brüllte sie rüber: »Die Milch!«

Ich schnappte mir das Tetra Pak Alpenvollmilch aus dem kleinen Kühlschrank, warf es zu Freddy rüber und ...

... sie schleuderte es dann aber nicht gleich aus dem Bulli. Und interessant jetzt: Betty trat das Gaspedal dann doch bis zum Anschlag durch, weil – voll die weibliche Intuition – sie wusste, was Freddy vorhatte. Auf der abschüssigen Passstraße bis zur ersten Spitzkehre kriegten wir ordentlich Speed drauf und so auch unsere Verfolger.

Dann, unpassend: Bettys Handy bimmelte wieder. Sie nahm aber trotzdem ab und aus dem Lautsprecher hörten wir: »Sali, Betty! Hier ist der Thomas noch mal!«

»Du, Thomas. Im Moment ist es ganz, ganz schlecht! Ich ruf zurück, ja?!«, flötete Betty betont heiter in das Handy in der Ablage und wollte Thomas B. dann auch einfach wieder wegdrücken, kam aber nicht mehr rechtzeitig an das Handy heran, weil sie nämlich nun, kurz vor der Spitzkehre, eine Hand fürs Lenkrad und die andere für die Handbremse brauchte.

»Jetzt!«, brüllte Betty nach hinten und Freddy warf das Tetra Pak Milch clever abgefälscht voll in das offene Visier vom Motorradheinz, der zu früh wieder aus seiner Deckung herausgekommen war.

»**Alle Mann festhalten!**«, brüllte Betty erneut, riss das Lenkrad scharf rechts herum, zog gleichzeitig die Handbremse, sodass der Bulli mit quietschenden Reifen wie auf Skiern um die Spitzkehre glitt ...

... während der sozusagen von Milch geblendete Motorradheinz und sein kreischender Sozius Luigi weiter geradeaus fuhren. Was falsch war! Ganz falsch! Geradeaus gab es nur Wiese, Kühe und einen Bach! Wo sie da genau reingebrettert sind, konnten wir nicht mehr sehen. – Fakt war: Wir hatten sie abgehängt!

»YES!«, rief Betty euphorisch mit geballter Faust und »STRIKE!«, rief Freddy, Leander und ich klatschten uns die Hände ab, Wolfgang bellte und ...

... Thomas aus dem Handy fragte mit besorgter Stimme: »Betty? Ist alles okay bei euch?«

»Oh, fuck!«, rutschte es Betty gedämpft heraus, weil sie vergessen hatte, dass Thomas B. noch in der Leitung war. »Ja, alles tipptopp-optimali hier! Ich hatte gerade nur mal die Bremsen auf freier Strecke ausgetestet. Sicher ist sicher. Du verstehst schon.«

»Ja, das verstehe ich. Aber keine Sorge! Die Bremsen sind nagelneu. Aber sag mal: Ich habe da eben auch einen Hund gehört, od'r?!«

»... oder was?«, fragte Freddy ein bisschen albern nach.

Da hörte man praktisch gesehen erst mal nur stille Verwunderung und dann wieder Thomas B.'s Stimme: »Wer war denn das?«

Und bevor Freddy selber wieder irgendetwas provokant Grundbescheuertes raushauen konnte, zeigte Betty ihr ganz niedlich einen *Schweigefuchs* mit der rechten Hand und antwortete selbst: »Das war ... ähm ... Eva-Maria, eine katholische Pilgerin aus dem Harz. Die haben wir am San Bernardino aufgegabelt. Sie kann sehr gut Hunde imitieren.«

»Ah! Das ist ja lustig! Ha, ha, ha ...! Weißt du, Tiere in meinem Bulli fände ich auch nicht so günstig. Die ganzen Haare, Flecken ... und das alles! Das ist schwer wieder rauszukriegen, od'r?!«, sagte Thomas B. und schob dann noch hinterher: »Aber du, Betty! Bevor ich's vergesse: Ich hatte für Ansgar und dich den Kühlschrank befüllt. Also, du weißt schon, *vor* der Trennung! ... egal! Der Kühlschrank ist jedenfalls voll! Greift zu, bevor etwas verdirbt!«

Betty hielt sich kurz den Mund mit der flachen Hand zu, riss sich dann aber stark zusammen und sagte zu Thomas B.:

»Ja, das haben wir schon gesehen. Supernett von dir, Thomas. Nur die Milch und die Eier …«

»Was ist damit?«

»Die mussten wir wegwerfen!«, antwortete Betty. Und das war dann ja nicht einmal gelogen.

10

Dass Betty sich mit dem Pass verhauen hatte, war eine Tatsache. Und sehr speziell war dann eben, dass die Lady trotzdem behauptet hatte, alles goldrichtig gemacht zu haben. Selbst noch auf der Fahrt den Splügenpass runter. Die war nämlich noch anstrengender als die Fahrt rauf. Für Betty und ganz klar auch für Wolfgang. Der kam mit der extrem kurvigen Strecke entlang der Steilhänge nur ganz schlecht zurecht – *ganz* schlecht. Wortwörtlich auch, weil er in der x-ten Spitzkehre, durch die Betty den Bulli manövrierte, sein komplettes Frühstück vor sich auf das orange karierte Schlafpolster reiherte.

»Das glaubt einem ja auch keine Sau«, kommentierte Freddy den Hergang. »Ich sitze in einem Bulli aus dem achtzehnten Jahrhundert und mir gegenüber ein kotzender Wolf.«

»Ach du meine Güte!«, seufzte Betty und fuhr den Bulli bei der nächstbesten Gelegenheit rechts ran.

Ich nahm Wolfgang an die Kette und ging mit ihm ein paar Meter in den Wald, frische Luft schnappen und so was. Die anderen nahmen sich in der Zwischenzeit das Schlafpolster vor und wuschen Wolfgangs Frühstück mit Mineralwasser und einem Fleckenentferner raus. Den hatte Leander *rein zufällig* dabei ... der alte Spießer.

Als Wolfgang und ich wiederkamen, war der Fleck weg ... und das orange karierte Muster an der Stelle aber auch komplett ausgebleicht.

»Ach, Thomas! Es tut mir sooo leid!«, seufzte Betty die verblichene Stelle an und Freddy meinte: »Möglicherweise mein Fehler! Ich schätze, dem Wolfgang ist der Fleischberg nicht bekommen. ... Trockenfutter wäre wahrscheinlich besser.«

»Meine Rede!«, klinkte sich Leander da natürlich sofort ein.

Und möglich, dass ich mir das wieder eingebildet habe, aber ich meine gesehen zu haben, dass auch Wolfgang neben mir genervt mit den Augen rollte, bevor er wieder mit uns in den Bulli stieg.

Dann fuhren wir weiter. Immer weiter runter. Die Straße wurde allmählich etwas gefälliger, das Klima milder, die Landschaft grüner und irgendwann sahen wir sogar am Fuße der Alpen die ersten Palmen. Leander machte während der Fahrt ein paar Handyfotos und verschickte sie.

»An wen?«, wollte Freddy wieder wissen.

»An Lea«, antwortete ich wieder für ihn ... weitgehend emotionslos auch. Leander grinste derweil nur sein entgleistes Grinsen auf die Glasplatte seines Smartphones, während Freddy ihn und auch mich wieder mit hochgezogener Augenbraue nachdenklich betrachtete und ...

… dann flogen sie und Wolfgang voll nach vorn. – Betty war hinter einer Kurve ohne Vorwarnung hart in die Eisen gegangen. Wegen eines Typen, der da stumpf auf der Straße herumstand. Mit einem Buch in der Hand und einem großen, alten Leinenrucksack auf dem Rücken. Was vorteilhaft für den Typen war, weil er, als der Bulli mit quietschenden Reifen auf ihn zugeschossen kam, panisch einen unkontrollierten Satz nach hinten gemacht hatte und auf den Asphalt geknallt war. Vorteilhaft eben, weil der riesige Rucksack den Sturz sehr wahrscheinlich abgefedert hatte. Aber nun lag der Typ trotzdem benommen da wie ein Käfer auf dem Rücken.

»Ach-du-Schei-ße!«, atmete Betty völlig aufgelöst aus, stellte den Motor sofort ab, zog den Warnblinkschalter, dann die Handbremse und öffnete die Fahrertür, da …

… meinte Leander: »Und wenn das eine Falle ist?«

Betty blieb und fragte: »Wie – *eine Falle*? Was meinst du damit?«

»Was ich meine, ist, dass das ein Fake sein könnte und hinter dem Busch da vielleicht noch ein paar Typen lauern, die uns überfallen wollen!«

Ich checkte die Gegend ab, die Straße, den dunkelhäutigen Typen, der auf ihr regungslos rumlag, und den kleinen Busch, den Leander meinte, und kam zu dem Schluss: »Das ist Quatsch. Wer soll sich dahinter verstecken?«

»Zehn kleine Negerlein!«, haute Freddy raus.

»Das ist rassistisch!«, sagte Leander.

»Pfff... wer hat denn damit angefangen?«, fragte sie zurück.

»Ja, ich nicht! Ich sag ja nur, dass das eine Falle sein *könnte*.«

»Weil der Typi da schwarz ist!«

»Das habe ich doch gar nicht gesagt!«

»Aber gedacht.«

»Kannst du jetzt Gedanken lesen, oder was?!«

»Also doch!«

»*Also doch* was?«

»Dass du gedacht hast, dass der schwarz ist.«

»Natürlich habe ich gedacht, dass der schwarz ist. Ich bin ja nicht blind, aber ...«

»Kinners! Ich steig jetzt aus und guck nach, was mit dem Jungen ist«, unterbrach Betty den von Freddy gegrillten Leander und dann ...

... stiegen wir *alle* aus. Bis auf Wolfgang, der auf der Vorderbank sitzend sehr genau beobachtete, was da auf der Straße vor sich ging. Und das war im Großen und Ganzen sehr wenig! Wir vier bückten uns über unser *Unfallopfer* und wurden *nicht* überfallen.

»Hello? Everything all right da unten … äh … down there?«, sprach Betty den Typen an, weil sie wohl davon ausging, dass der mit seiner dunklen Hautfarbe mindestens Amerikaner oder so was sein musste.

»What?«, fragte der auch erst noch leicht benommen zurück, kam dann aber langsam zu sich und antwortete in absolut akzentfreiem Deutsch: »Ja-ja, nä-nä, nix passiert.« Dann hob er seine leeren Hände und fragte erschrocken: »Mein Buch … wo ist mein Buch?«

Wir schauten uns um und ich entdeckte es schließlich auf dem Dach vom Bulli. Ich holte es für den Typen runter und warf einen Blick auf die zufällig aufgeschlagene Doppelseite. Gesehen habe ich eine – wie soll ich sagen – Skizze einer Landschaft, die vielleicht die sein sollte, in der wir uns gerade befanden … nur echt schlecht gezeichnet.

Leander und Freddy hatten *Mister Black* mit Dreadlocks aufgeholfen, ich gab ihm das Krickelbuch zurück und er strahlte mich erleichtert, glücklich an: »Dank dir! Das ist mein Skizzenbuch, weißt du?!«

»Äh … nein, wusste ich nicht«, habe ich da schnell und schlecht gelogen, weil ich Angst hatte, er könnte nachfragen, was ich von dem Mist halte.

Und dann war das Thema aber eh vom Tisch, weil Betty ihn leicht vorwurfsvoll fragte, was er mitten auf der Straße verloren gehabt hatte.

»Ich trampe!«, war seine Antwort und Freddy darauf: »Ist das jetzt eine neue Methode, oder was? *H.T.T.* oder so?!«

»Was?«, fragte der Typ perplex nach.

»Die *Harakiri Tramp Technik*! Effektiv und endgültig. Man wirft sich auf die Straße, wird überfahren und kommt ohne Umwege da an, woran man so glaubt.«

»Ich hab mich nicht auf die Straße geworfen. Ich hab gepennt und …«, fing der Tramper an, sich zu rechtfertigen, und Leander klärte ihn müde auf: »Vergiss es, Mann. Lass dich nicht drauf ein!«

Und Freddy umfasste aber so, wie soll ich sagen, *plump vertraut* die Schulter von dem Typen und fragte ihn: »Hey *Bro*, wie heißt du, Mann?«

»Äh … Ruben!«

»Ruben also. Das ist sehr, sehr cool!«, schleimte Freddy und verriet dem Ruben: »Das ist Leander. Er denkt, du bist kriminell, weil du schwarz bist …«

Und bevor Leander da voll sauer reingrätschen konnte und die elende Diskussion von vorn begann, fragte Betty diesen Ruben: »Können wir dich mitnehmen, Ruben?«

Der lächelte und wollte vielleicht auch schon *Ja* sagen, da entdeckte er Wolfgang hinter der Windschutzscheibe, der jede seiner Regungen *ganz* genau verfolgte.

»Oh, das ist ein Wolf!«, klärte Betty Ruben auf. »Den bringen wir nach Sardinien und wildern ihn dort aus.«

Da wirkte Rubens Lächeln etwas gekünstelt, als er noch mal in unsere Runde schaute.

»Ähm … das ist echt nett, Leute! Aber ich glaub, ich …«, druckste er rum und dann guckte er in die Ferne, weil er dort vielleicht die Worte fand, nach denen er gerade rang. Was es da aber nur zu sehen gab, war ein orangefarbener Punkt, der sich wie wir zuvor die Serpentinen herunterquälte. Schätzungsweise ein Vespa-Roller. Schwer zu sagen aus der Entfernung.

Jedenfalls hatte Ruben anscheinend noch mal ordentlich nachgedacht und fuhr fort: »… bin dabei! Wolf nach Sardinien bringen! Ist doch toll!«

… und jetzt war das für mich aber nicht die allergrößte Überraschung, dass einer so was von überhaupt gar nicht begeistert war, dass Betty Ruben eingeladen hatte, mitzukommen – der Wolf selbst!

Wolfgang machte vor dem offenen Bulli wieder einen auf Türsteher. Misstrauisch beäugte er den Typen mit seinem lädierten Uralt-Rucksack und andersrum der Typ den Wolf.

»Das ist Wolfgang. Der tut nix!«, habe ich versucht, Ruben zu beruhigen.

Und Leander nüchtern hinterher: »Der will nur spielen!«

»Aha?!«, sagte Ruben nicht wirklich überzeugt, während Wolfgang um ihn herumging, ihn beschnupperte und ...

... dann aber von jetzt auf gleich einfach wieder in den Bulli stieg und sich auf seinem Schlafpolster nach ein paar Drehungen um sich selbst einmümmelte.

»Er liebt dich«, grinste Freddy Ruben an und da lächelte der auch zum ersten Mal entspannt zurück und antwortete: »Ich weiß ... *Sis!*«

11

Wir fuhren weiter Richtung Mittelmeer. Oder sagen wir mal: *grobe Richtung* Mittelmeer, weil Betty sich natürlich auch auf diesem Weg total verfranzt hatte. In Mailand schon. Unfassbar. Da gaben fünf Karten-Apps unserer fünf Smartphones fünf absolut identische Wege an, die ganz klar um Mailand herumführten, und wo landeten wir? Mitten drin direkt vorm Mailänder Dom. Und zwar ganz genau da, wo man so was von absolut gar nicht mit dem Auto lang darf.

»Ach, schaut doch mal, Leute. Ist das nicht toll?!«, rief Betty, während sie im Schritttempo an der zugegebenermaßen wirklich beeindruckenden Domvorderseite vorbeituckerte. Um uns herum waren Trauben von Touristen. Holländer, Engländer, Franzosen, sehr viele Asiaten – vielleicht Japaner oder Chinesen, die aber alle eines verband: Wir waren denen komplett egal. Nur *eine* Gruppe beobachtete uns argwöhnisch und versperrte uns schließlich auch den Weg vom Domplatz herunter. Eine Blockade von deutschen Bildungsreisenden, wie es schien.

»Sie da! Fahren Sie gefälligst zurück! Das ist hier alles autofreies Areal!«, unterrichtete uns eine aufgebrachte Dame. Und da wollte Betty ja auch schon sagen, dass wir ja eigentlich im Begriff waren weiterzufahren, da tackerte neben der Dame ein Mann mit Kinnbart los: »Sie haben meine Frau gehört. Sie fahren jetzt sofort den Weg zurück, den sie gekommen sind, sonst informiere ich die Polizei!«

Da war nicht nur Betty sprachlos. Hinter mir hörte ich Wolfgang leise knurren und Freddy schwer schnaufen, die, wie wir alle wussten, eine verdammt kurze Zündschnur hatte. Ich bereitete mich innerlich also auf größtmöglichen Ärger vor und dann ...

... super überraschend rief Ruben sehr entspannt aus dem hinteren Fenster zu der Bildungsfront hinüber: »Meine sehr verehrten Damen und Herren. Treten Sie bitte zur Seite. Dies hier ist eine internationale Kunst-Performance, die von *Arte* in Kooperation mit *3sat* und dem italienischen Sender *RAI Cultura* dokumentiert wird.«

Wir alle im Bulli – einschließlich Wolfgang – schauten Ruben verdutzt an und von draußen hörten wir sogleich ehrfürchtiges Raunen – Oh ... *RAI Cultura! Arte! 3sat* ...

Interessant dann: Der deutsche Bildungsbürger-Trupp machte *sofort* Platz und bildete eine Rettungsgasse für die Kunst. – Und dass auf dem kompletten autofreien Areal nicht eine einzige TV-Kamera zu sehen war, schien irgendwie niemanden zu irritieren.

Nach einer Extra-Rundfahrt durch Mailands Gewerbegebiet hatte Betty dann aber endlich die korrekte Autobahnauffahrt gefunden. Wir waren auf dem Weg nach Genua! Die Autobahn war wie leer gefegt, die späte Morgensonne schien gelb und warm auf mein Gesicht und durch die offenen Fensterschlitze strömte milde Luft in den Bulli. Es roch nach den Blüten der Oleandersträucher, die auf dem Mittelstreifen der A7 gediehen wie bei uns in Deutschland bestenfalls diese gelben Pissnelken auf Verkehrsinseln. – Wie schön.

Die Tachonadel des Bullis zeigte hundertzehn, was sehr wahrscheinlich die Höchstgeschwindigkeit des VW T2 von 1973 war. Betty trat das Gaspedal jedenfalls voll durch und der Bulli knatterte durch die Landschaft, die, so weit man sehen konnte, flach wie Holland war.

»Mann, ist das langweilig!«, kommentierte Freddy die Gegend.

»Das ist die Po-Ebene«, klärte Ruben sie auf, während er irgendwas in sein Skizzenbuch zeichnete, was nur der dösende Wolfgang neben ihm sehen konnte.

»Am Arsch der Welt! Verstehe!«, verstand Leander extra falsch und dann fing der Bulli leicht an zu schlingern, weil Betty mit einer Hand am Lenkrad und mit der anderen im Handschuhfach herumkramte.

»Wonach suchst du?«, fragte ich sie.

»Musikkassetten«, grinste sie und nickte auf das Kassettenfach vom Autoradio.

»Betty, würdest du das *bitte* mich machen lassen?«, bat Leander sie da in einem spitzen, sehr gereizten Tonfall, der mich wieder stark an meine Mutter erinnerte, wenn sie meinen fahrigen Vater auf Autofahrten ermahnte.

Betty hatte nichts dagegen, konzentrierte sich wieder voll auf die unendliche Weite der Po-Ebene, Leander kramte im Handschuhfach herum und Ruben fragte uns nachdenklich: »Sagt mal, der Wagen hier hat doch Schweizer Kennzeichen, aber ihr kommt nicht von da ... *od'r?*«

»Bist du verrückt? Natürlich nicht!«, haute Freddy direkt und fast ein bisschen beleidigt raus und erklärte: »Ich bin Bremerin! Woher unsere Chauffeuse und die beiden Prinzen da kommen, keine Ahnung.«

Die *Chauffeuse* aus Hannover und die beiden Osnabrücker *Prinzen* klärten Ruben auf und Betty ergänzte noch: »... der Bulli gehört einem guten Freund aus Schaffhausen. – Und du,

Ruben? Woher kommst du? Dein Vorname, der klingt so nach Kuba, Hawaii, New Y...«

»... Gütersloh! Und mein vollständiger Name lautet Ruben Piepenbrock«, zerstörte unser dunkelhäutiger Künstler mit Dreadlocks sämtliche Illusionen.

»Ach ... Gütersloh. Das kenne ich. Da hatte ich mal ein Fotoshooting. Das ist ganz ... *nett* da!«, sagte Betty höflich und Ruben *aus dem Hause Piepenbrock* aber antwortete ohne Umschweife: »Es ist der *amtliche* Arsch der Welt und ich wohne auch schon lange nicht mehr dort.« Und dann vertiefte er sich wieder in sein Skizzenbuch und murmelte kritzelnd: »Wohne jetzt in Berlin. Bei Freunden. So lange jedenfalls, bis die mich an der Hochschule annehmen.«

»Um was geht's?«, fragte ich nach und da drehte er sein Skizzenbuch zu mir hin und strahlte mich an: »*Illustration!* Ich werde Grafikdesign studieren und später Kinderbücher illustrieren. Genau mein Ding, weißt du?!«

... nein, wusste ich nicht. Ruben war ein höchst sympathischer Mensch, aber mit Blick auf die Doppelseite, die er mir stolz präsentierte, dachte ich, dass die Buntstift-Krickelbilder meines kleinen Bruders Max mehr Tiefe und Ausdruck hatten als dieser Murks.

Ruben guckte jetzt irgendwie so erwartungsvoll, weil er nun vielleicht doch hören wollte, was ich von all dem Elend hielt, und ...

... da wechselte aber Leander mit einer Musikkassette in der Hand zu meiner Erleichterung das Thema und informierte uns: »Hab was gefunden!«

Er steckte die Kassette in das Fach des Autoradios, drückte auf die Play-Taste und im selben Augenblick eierte aus den Türlautsprechern eine uralte Schnulze der Popband *ABBA*, die es in etwa auch schon so lange gab wie diesen Bulli ...

The winner takes it all
The loser has to fall
It's simple and it's plain
Why should I complain ...

»Na toll!«, stöhnte ich unwillkürlich, als ich die Textzeilen des Refrains für mich grob übersetzt hatte ... *der Gewinner kriegt alles, der Loser hat auf die Fresse zu fallen!* – Genau mein Lied!

»Ich mach mal besser wieder aus«, meinte Leander, der wohl dasselbe dachte wie ich ... halt nur aus einer anderen Perspektive, versteht sich. Aus der des *Winners* eben.

»Lass doch!«, tat ich so, als wäre nichts.

»Wer hätte das gedacht. Thomas hört ABBA!«, stellte Betty fröhlich fest.

»Jeder Mensch hat eine dunkle Seite! Auch Schweizer!«, wusste Ruben.

Und Freddy? Die sagte nichts und guckte nur leicht grinsend zu Leander und mir herüber und ...

… dann grinste niemand mehr, weil es plötzlich laut knallte und der Bulli voll nach rechts in die Po-Ebene ausbrach.

Und da kann man mal sehen, wie relativ Geschwindigkeit ist. 110 km/h unter normalen Umständen wirken eher überschaubar langweilig. Aber 110 km/h, während der rechte Vorderreifen platzt, sind der absolute Adrenalinflash, weil man auch so gar nicht absehen kann, wie so ein schlängelnder Bulli aus dem letzten Jahrtausend auf so ein Ungleichgewicht reagiert.

Wer top reagiert hat, war Betty Wagner. Wie ein Steuermann im Sturm stemmte sie sich gegen das Lenkrad und brachte den Bulli nach ein paar holprigen Metern auf dem Seitenstreifen zum Stehen.

Nach ein paar Schrecksekunden drückte ich als Erstes den nervigen *Auf-die-Fresse-Flieger-Loser-Hit* von ABBA weg. Dann stiegen wir alle aus. Zwecks Schadensbesichtigung. Und als wir alle im Halbkreis um den Schaden herumstanden und ihn ausgiebig besichtigt hatten, waren wir einstimmig der Ansicht, dass dieser Reifen tatsächlich platt war. So weit, so einstimmig. Problem war, dass niemand von uns jemals zuvor einen Reifen gewechselt hatte. Und was *dazu* wieder perfekt passte: Es gab niemanden sonst auf der Autobahn, den wir hätten anhalten und um Hilfe bitten können. Um diese Zeit hatten die Italiener anscheinend alle Pause oder sie waren alle in der Sonntagsmesse oder was weiß ich.

»Was man braucht, ist ein Andreaskreuz! So viel ist schon mal klar«, war Ruben sich sehr sicher.

»Das ist aber doch ein Warnhinweis vor Bahnübergängen«, wandte Betty ein.

»Ach?!«, staunte Ruben und Freddy meinte: »Die Dinger heißen Wagenkreuze. Und was wir außerdem benötigen, ist ... so ein Dings ...«

»... Tortenheber?«, grinste ich.

»Exakt! Einen Tortenheber!«, grinste auch Freddy und dann machten wir uns alle im und um den Bulli herum sehr fachmännisch auf die Suche nach Wagenkreuz und *Wagenheber*.

Hinten im Motorraum war Fehlanzeige und vorne war zwar das Reserverad, aber nicht ein Werkzeug, das uns irgendwie weitergebracht hätte.

»Okay, ich ruf Thomas an. Der wird nicht begeistert sein, aber was soll's!«, entschied Betty, holte ihr Handy und stellte direkt auf laut, damit wir mithören konnten.

Nach einem halben Signalton war Thomas B. auch schon dran. Das war so dermaßen schnell, dass ich mir vorstellte, dass der einfach den ganzen Tag an seinem blank polierten Eichentisch sitzt und vor sich auf sein Handy starrt. In Erwartung eines Anrufes von Betty.

Thomas B. fragte besorgt, ob etwas passiert sei und – Supertiming dann – brüllte Freddy aus dem Bulli heraus: »**Hab eine Knarre gefunden! Unter Wolfgangs Schlafsofa!**«

Da fiel erstmal niemandem von uns etwas ein, als sie tatsächlich mit einem amtlichen Armeegewehr in den Händen aus dem Bulli kam.

»… ach herrje!«, hörten wir Thomas B. aus Bettys Handy aufseufzen.

»Ich sag ja: *Dunkle Seiten!* Auch die Schweizer!«, grinste Ruben.

»W…?«, fragte Thomas wieder was und weiter: »Wer war denn jetzt das, Betty?«

»Ruben Piepenbrock.«

Thomas B. zählte möglicherweise eins und eins zusammen, weil kurz darauf fragte er dann auch: »Und wer ist dann Wolfgang?«

»Welcher Wolfgang?«, stellte Betty sich extradoof, und bevor Thomas B. möglicherweise auch noch mal nachhaken würde, fragte sie gleich weiter: »Sag mal, Thomas, warum ist da überhaupt ein Gewehr im Bulli? Und warum wusste ich davon nichts?«

Da hörte man den Thomas B. praktisch gesehen durch den Handylautsprecher über die lange Leitung in die Schweiz nach Schaffhausen in der Safrangasse an seinem blank polierten Eichentisch nach guten Erklärungen ringen, bis er schließlich zugab: »Hab's verschlampt!«

Und weil auch Betty noch immer nichts sagte, knödelte er weiter: »Es ist das *Karabiner einunddreißig*. Ein altes Armee-Gewehr von meinem Vater. Der hat es mir vor einiger Zeit überlassen. Ich hab es mit dem Bulli transportiert und … dann vergessen, aus der Bank herauszunehmen.« Und dann fügte er noch schnell hinzu: »Aber es ist keine Munition mehr drin! Das ist ja auch gar nicht erlaubt, od'r?!«

»Verstehe! Und sonst noch irgendwelche ulkigen Überraschungen? Handgranaten, Landminen, Atombomben oder so was?«, fragte Betty, worauf Thomas aber nur noch mal seufzte: »Also, Betty! Du hast mich ja nicht wegen des Gewehrs angerufen. Wie kann ich dir helfen?«

»Ah ja! Wagenheber und Wagenkreuz! Wo finden wir das? Der Vorderreifen ist geplatzt und ...«

»Hat sich erledigt!«, flötete Freddy fröhlich in das Telefonat. »Lag beides unter dem Gewehr! ... neben der Gummimaske und den Handschellen!«

Wir alle schauten Freddy echt irritiert an, merkten dann aber auch an ihrer Mimik, dass sie einen Scherz gemacht hatte.

»Alles in Ordnung, mein Lieber! *Many Gruezis* und bis bald!«, beruhigte Betty Thomas B., dessen Fragezeichen man förmlich aus dem Handy hüpfen sehen konnte. Dann kappte sie die Verbindung.

... was vielleicht doch ein Fehler war, weil ein paar Tipps von Thomas B. in Sachen Reifenwechsel wären schon hilfreich gewesen. Aber da blieb Betty stur und meinte, dass wir das ohne Hilfe hinbekommen würden. Und bekamen wir dann ja auch. ... also so gut wie.

»Hier fehlt jetzt eine Mutter!«, bemerkte Ruben mit dem Wagenkreuz in der Hand, nachdem wir das Ersatzrad auf die Achse geschraubt hatten. ... also *so gut wie*.

»Welche Mutter?«, wollte Freddy wissen.

»Na, die Schraubenmutter!«, klärte Leander sie auf.

»Hier ist nichts mehr!«, habe ich gesagt, nachdem ich auch noch mal gründlich unter dem Bulli nachgesehen habe.

»Ist doch auch egal. Vier Mütter sind mehr als genug!«, meinte Freddy.

»*Muttern* heißt die Mehrzahl in dem Fall«, korrigierte Ruben sie.

»*Mütter – Muttern* ... komplett egal. Die werden sowieso total überbewertet«, behauptete Freddy jetzt.

»Hm ... kann sein«, meinte Ruben noch mal. »Aber ich meine, die VW-Leute damals da in Wolfsburg, die werden sich ja irgendwas dabei gedacht haben, als sie die Räder dieses Bullis hier mit jeweils fünf Muttern für fünf ganze Schrauben bedachten.«

Und Freddy so aufgebracht zurück: »Das ist so typisch deutsch, so ... *autoritätshörig!* Weißt du, Ruben?! Und es kotzt mich an, dass die das in Gütersloh geschafft haben, dich so kleinzukriegen!«

»Na ja, ich bin da geboren«, erklärte Piepenbrocks Ruben und Betty entschied: »Also gut! Vier Muttern sind besser als gar keine! Vielleicht taucht die verschollene Mutter ja auch wieder auf.«

»Gott bewahre. Keine Dramen bitte«, hat Freddy Betty jetzt noch mal extra falsch verstanden.

Ruben kurbelte den Wagenheber herunter und Leander und ich kloppten die Radkappe an das montierte Reserverad. Was dann ja auch gleich viel sicherer wirkte.

Und dann, interessant jetzt, war da wieder ein orangefarbener Punkt in der flirrenden Ferne. Sehr klein noch, aber er kam näher. Vermutlich wieder eine Vespa oder so was. Das ist für sich genommen total uninteressant, weil wir bis dato ja auch niemanden kennengelernt, bestohlen oder mit Milch beworfen hatten, der eine orangefarbene Vespa fuhr. Also Freddy, Betty, Leander, ich und auch Wolfgang nicht. Aber Ruben. Der kannte sehr wahrscheinlich jemanden, der mit einem orangefarbenen Roller durch die Gegend fuhr. Jedenfalls guckte er auffallend nervös in die Richtung, in der der orangefarbene Punkt noch am Horizont klebte, und fragte dann so übertrieben lässig: »Können wir dann!?«

Und Betty fiel das natürlich auch irgendwie auf, dass es zwischen dem orangefarbenen Klecks am Horizont und Ruben Piepenbrock aus Gütersloh irgendeinen Zusammenhang gab. Sie sah ihn nachdenklich an, klatschte dann ein paarmal in die Hände und befahl: »Okay, Leute! Wagenkreuze, Wagenheber und Wölfe einsammeln und einsteigen! Es geht weiter!«

… und klar: Wir waren keine drei Minuten unterwegs, da fragte Betty Ruben: »Und? Wen hast du so an den Hacken?«

Der guckte erst verdutzt und smilte dann aber: »Einen orangefarbenen Klecks, der mich töten will!«

»Ah, verstehe!«, grinste Betty in den Rückspiegel und dann …

… lächelte sie einfach wieder die Po-Ebene vor uns an und sagte nichts mehr. Weshalb Freddy – auch klar – so total empört fragte: »Und das war's, ja? Das ist alles?! Ich werde gelöchert und ausgequetscht, bis ich weinend umfalle und gestehe, und jetzt das?!«

»Jetzt *was*?«, habe ich nachgefragt und sie direkt zurück: »Das da neben mir?! Auf eine sehr konkrete Frage antwortet Mister Sunshine-Piepenbrock hier aus dem aufregenden Gütersloh irgendeinen albernen Scheiß und das Fräulein Wagner hakt *nicht* nach??? Das ist ungerecht. *Sehr, sehr* ungerecht! Und, ja: Es macht mich sprachlos! Ich …«

»… okay, okay, okay!«, bremst Betty da Freddys Sprachlosigkeit aus, dreht sich bei soeben erlangter Höchstgeschwindigkeit zu Ruben um und fragt ihn: »Hast du geklaut? Geld? Hunde? Wölfe? Irgendwas?«

»Nein!«

»Na dann …«, lächelte Betty und widmete sich wieder dem Lenken des Bullis … worüber sich auch Leander sehr freute.

»Nein, nein, nein! So geht das nicht!«, erhob Freddy Einspruch und bombardierte Ruben mit Fragen …

»Wenn du nicht geklaut hast, hast du Leute verletzt? Wurden Herzen gebrochen? Aktiv oder womöglich auch passiv? Will sagen: Dir jetzt? Bist du deshalb auf der Flucht?«

»Sowohl als auch und weder noch!«, smilte Ruben in Rätseln und …

… ich musste mich stark zusammenreißen, um nicht rauszuhauen: Ich hier! *Mir* hier! Mir wurde das Herz gebrochen! Mehrfach!

Sehr gut möglich, dass mein direkter Arsch-Nachbar Leander Schubert ahnte, was ich dachte, weil der suchte nun – voll der

Verlegenheitshandelnde – das Handschuhfach nach weiteren Musikkassetten ab.

»Da ist doch noch eine drin!«, habe ich dann so cool wie möglich gesagt und dann auch direkt die Kassette quietschend vorgespult. Bis zu einer Stelle, wo ich das Gefühl hatte, dass ABBA mit ihrem Loser-Song durch waren. Da drückte ich dann die Starttaste und aus den Lautsprechern der Bullitüren ertönte dann auch ein anderer Song. Einer von den Beatles ...

I'm a loser
And I lost someone who's near to me
I'm a loser
And I'm not what I appear to be ...

12

Irgendwo am Rande der Po-Ebene steuerte Betty einen Rastplatz an. Tanken, Proviant für Mensch und Tier kaufen, Essen, Pinkeln und ...

... dann ging's auch schon weiter. Und bevor Betty die VW-Rakete wieder auf schwindelerregende 110 km/h hochgepeitscht hatte, verputzte Wolfgang seine dritte Dose Whiskas. Die hatte Freddy ihm besorgt. Als Wiedergutmachung für das Reste-Frühstück.

»Schäm dich, Wolfgang! Das ist Pussy-Food«, schimpfte Sunshine Ruben mit ihm.

»Na, dann passt es doch. *Pussy-Wolfgang. Mein* Kätzchen«, meinte Freddy.

»Er ist ein Wolf und er gehört niemandem«, stellte ich klar.

»Wolfshund!«, schob Leander automatisch doof hinterher.

»Jetzt geht *das* wieder los«, stöhnte ich und Betty fluchend hinterher: »So ein Penner!«

»Wer jetzt?«, wollte Leander wissen.

»Du jetzt!«, sagte ich.

»Der jetzt!«, stellte Betty klar und zeigte auf den Wohnwagen, der mit schätzungsweise 108 km/h auf der linken Überholspur unterwegs war.

»Ja, überhol den Penner doch von rechts. Ist doch egal!«, meinte Freddy.

»Das ist verboten! Wenn der dann plötzlich selber nach

rechts zieht, war's das!«, folgte die prompte Antwort von Leander, dem alten Spießer.

Betty schätzte die Lage ab und entschied: »Da ist Platz genug.«

Darauf zog sie den Bulli auf die rechte Spur rüber und trat das Gaspedal wieder bis zum Anschlag durch, um die Schlaftablette mit Wohnwagen hintendran zu überholen.

Leander verdrehte die Augen und schwenkte seinen Kopf demonstrativ nach rechts in Richtung Po-Ebene, wo es nach wie vor wenig zu sehen gab.

»**Richtig so!**« und »**Streck ihn nieder!**«, feuerten Freddy und ich Betty an.

Der Überholvorgang war erwartungsgemäß so sportlich wie das Duell zweier Fernfahrer-Spacken mit ihren voll beladenen Lkw's. – Zentimeter für Zentimeter schoben wir uns an dem Wohnwagen-Gespann vorbei, bis …

… wir auf Höhe der Zugmaschine waren. Also dem Pkw jetzt, einem *Saab 96 Convertible* von 1975 mit offenem Schiebedach. Und aus dem glotzten zu uns in den Bulli hoch? – Richtig! Hardy und Edwin. Mächtig verdutzt auch. Und Betty und ich glotzten ebenso verdutzt zurück.

»Ach du Scheiße!«, stöhnte ich.

»Wie *Ach du Scheiße*?«, wiederholte Leander besorgt, wandte seinen Blick wieder nach links und sagte dann selber: »Ach du Scheiße! Hardy und Edwin.«

»Jetzt echt? Das sind die Homos?«, fragte Freddy von hinten neugierig nach und Ruben etwas irritiert: »Bitte wer?«

Da kriegte er aber vorerst keine Antwort mehr drauf, weil Hardy durch das offene Bullifenster rief: »**Halt an, Betty!**«

»**Ich denk ja nicht dran!**«, rief Betty zurück und stemmte ihren ganzen Körper demonstrativ noch fester gegen das Gaspedal, was aber tempotechnisch gesehen überhaupt keinen Effekt hatte, weil fester als fest ging halt nicht.

»**Wir wollen doch einfach nur unseren Yves zurück!**«, rief Edwin.

»**Den ich euch aber einfach nicht zurückgebe!**«, rief Betty.

»Und wer ist jetzt Yves?«, fragte Ruben.

»Wolfgang!«, klärte ich ihn auf.

»Verstehe!«, sagte Ruben stirnrunzelnd.

Und weil Betty wirklich keine Anstalten machte, vom Gas herunterzugehen, drohte Hardy uns von der rechten Fahrbahn in Richtung Randstreifen abzudrängen. Mit einer minimalen Kursänderung seines kompletten Saab-Knutschkugel-Gespanns.

»Sag mal, hast du sie noch alle, du Spast?«, brüllte Freddy ihn durch das hintere Schiebefenster an.

Der antwortete aber gar nicht und manövrierte Saab und Gehänge noch weiter zu unserem Bulli herüber.

»Was habe ich gesagt?! Nie rechts überholen! Das geht nicht gut! Das geht nicht gut! Oh – mein – Gott!«, jammerte Leander.

»Jetzt reiß dich mal zusammen. Das ist peinlich!«, brachte ich ihn dann zum Schweigen. Aber auch nur kurz, weil Betty nun etwas tat, womit sie selber wahrscheinlich nicht gerechnet hatte: Sie zog den Bulli nach links und rammte den Saab.

»Oh mein Gott! Oh mein Gott!«, jammerte Leander.

»Oups!«, machte Betty.

»Respekt, Frau Wagner! Respekt!«, lobte Freddy.

»Kennt ihr den Film *Mad Max Fury Road*?«, fragte Ruben in die Runde.

»Nicht witzig!«, nuschelte Leander.

Und Ruben entspannt zurück: »*Ganz* großes Kino! Und *doch* echt witzig: Auch hier in der Live-Version spielt ein Hardy eine Hauptrolle. Wer von beiden ist es?«

»Der, der hinterm Steuer sitzt und rumschreit!«, antwortete Betty.

»Mach noch mal!«, quengelte Freddy und rüttelte am Fahrersitz. Aber selbst wenn Betty gewollt hätte, sie konnte dem Saab gar nicht mehr in die Seite brettern, weil *Mad Max Hardy* hinterm Steuer nämlich vom Gas gegangen war und sich mit einem Schlenker direkt hinter den Bulli zurückfallen ließ.

Und exakt in dem Moment tauchte Wolfgang aus der Versenkung auf, weil er offenbar fertig mit Whiskas war, und guckte interessiert in die Runde, als wollte er sagen: *Was ist los, Leute? Habe ich was verpasst?*

Ja, hatte er! Den halben Film ... um im Bild zu bleiben. Aber dann folgte auch schon Teil zwei dieses furiosen Endzeit-Roadmovies ...

... Bulli vs. Saab – Giganten im Stau!

Wenn wir uns in der kompletten Po-Ebene noch gefragt hatten, wo, zum Teufel, die ganzen Italiener waren, kriegten wir ein paar Kilometer vor Genua die Antwort: Sie standen alle im Stau. Dessen Ende lag ziemlich ungünstig hinter einer lang gezogenen Linkskurve. Und exakt dort hätten wir auch um ein Haar unser persönliches Ende gefunden, wenn Betty nicht auch dieses Mal fantastisch reagiert hätte. Wieder ging sie voll in die Eisen und zog den Bulli gleichzeitig in die schmale Lücke zwischen linker und rechter Spur. Quietschend flogen wir durch die Blechlawine, ohne aber auch nur ein einziges Auto zu touchieren. Auf den letzten Metern schaffte es Betty, den Bulli in eine Lücke auf der linken Fahrbahn zu manövrieren, wo der Bremsweg dann auch endete. Praktisch gesehen einen Fingerbreit hinter einem zitronengelben Ferrari.

»Hut ab, Miss Marvel! Ein kühnes Manöver«, lobte diesmal Ruben unsere Fahrerin schwer beeindruckt.

Und sie selbst schwer beeindruckt zurück: »Ich hab nichts gemacht. Das war der Bulli selbst.«

»Ja, ja, nä, nä, schon klar«, meinte Freddy nicht sehr überzeugt und ich darauf aber noch: »Könnte ja sein, dass der Bulli jetzt beim Bremsen nach links zieht. Wegen des Ersatzreifens und der fehlenden Mutter, verstehst du?!«

»Ich sag ja, die VW-Fritzen da in Wolfsburg! Da läuft gar nichts unter fünf Muttern pro Rad!«, wiederholte Ruben noch mal und …

… da informierte uns Leander mit dem Blick in den rechten Außenrückspiegel: »Leute, wir bekommen Besuch!«

Alle guckten sich um und sahen dann auch Hardy und Edwin, die vom Stauende her auf uns zugelaufen kamen. Den Saab mit Knutschkugel hintendran hatten sie warnblinkend hinter dem letzten Wagen geparkt.

»Türen abschließen und Scheiben hoch!«, gab Betty die Anweisung, die blind befolgt wurde. Also *blind* wortwörtlich auch, weil Ruben nicht geblickt hatte, wie man die hintere Schiebetür von innen verriegelte.

»Da muss doch irgendein Knopf sein, Ruben. Guck halt nach!«, forderte Leander ihn ein klein wenig hysterisch auf.

Ruben guckte nach, fand aber keinen Knopf und …

… schon wurde die Tür von Hardy aufgeschoben. Aber auch nur zur Hälfte, weil Ruben sich blitzschnell dagegenstemmte und sie wieder zuschob. Worauf Hardy sie erneut aufschob. Diesmal unter Mithilfe von Edwin, der seine Finger in die Innenkante der Schiebetür verkeilte. Was ein Fehler war.

»Yves! Komm! Spring, Yves! Komm, komm, komm!«, versuchte Edwin noch unseren Wolfgang nach draußen zu locken. Vergebens natürlich!

Und da sprang Freddy zur Schiebetür rüber und hämmerte mit ihrem Handballen voll auf Edwins Finger. Der zog seine Hand auch sofort zurück und fluchte: »**Autsch! Verdammtes Miststück!**«

»Sprache, Edwin, Sprache!«, ermahnte ihn Freddy grinsend und dann half sie Ruben, die Tür wieder zuzuschieben, und der fand dann auch endlich diesen Schiebeknopf, mit dem er die Tür verriegeln konnte.

Hardy aber, hartnäckig, versuchte sie trotzdem wieder aufzuziehen. Und weil die Autoschlange vor uns sich um schätzungsweise zwei Meter weiterbewegte, schloss auch Betty mit dem Bulli ein wenig zu ruckartig zum Ferrari auf. Womit Hardy aber so was von gar nicht gerechnet hatte, mit der Hand am Türgriff mit nach vorn gerissen wurde und ganz blöd über seine eigenen Beine stolperte.

»**Oh Gott, Hardy! Die teure Gucci!**«, hörten wir Edwin Hardys hellgelbe Markenhose bejammern und der genervt vom Straßenbelag zu ihm zurück: »Danke, Schatz! Mir ist nichts passiert!«

Dann: Hupkonzert! Gute fünfzig Meter hinter uns. Also von ungefähr da, wo ein herrenloser Saab die rechte Fahrbahn blockierte und es deshalb dort nicht mal mehr im Schritttempo voranging. Hardy tauchte wie eine Handpuppe aus der Sesamstraße am unteren Fensterrand vom Bulli wieder auf, gab seinem Schatz Zeichen, dass er die Stellung halten sollte, und wetzte zurück zum Saab.

Edwin deutete Leander mit kurbelnder Handbewegung an,

dass der die Fensterscheibe herunterdrehen sollte, Leander guckte fragend zu Betty rüber, die nickte und er drehte die Scheibe eine Handbreit nach unten.

»Du kidnappst unseren Yves, rammst unseren Saab ... Betty! Warum bist du so?«, fragte Edwin Betty total vorwurfvoll.

»Es nennt sich Verantwortung?«, antwortete Betty mit einer Frage, die keine war.

»Anderen Leuten Macken ins Auto zu fahren?«, zickte Edwin zurück.

»Das war keine Absicht. Und überhaupt: Du weißt genau, was ich meine. Es geht um Wolfgang«, stellte Betty klar.

»... der immer noch *Yves* heißt, bitte schön!«

Das Gehupe hinter uns verebbte. Hardy hatte den Saab erreicht und schloss bis zum nächsten Fahrzeug in der rechten Schlange auf. Abstand zu unserem Bulli: noch knapp zwanzig Meter.

Dann: Der quietschgelbe Ferrari vor uns fuhr ebenfalls im Schritttempo weiter. Und Edwin musste durch die Scheibe zusehen, wie Betty den ersten Gang einlegte, um aufzurücken. Doch bevor sie weiterfuhr, jumpte Edwin kurz entschlossen mit einem überraschend sportlichen Hüpfer vor den Bulli und blieb dort trotzig stehen.

Betty, Leander, Freddy, Ruben, ich und auch Wolfgang glotzten Edwin schräg durch die Windschutzscheibe an. – Hinter uns: erneutes Hupkonzert. Wegen uns dann. Klar!

Betty kurbelte jetzt auch die Scheibe auf der Fahrerseite herunter und rief: »Edwin, was soll das? Das nervt. Geh da weg!«

»Nicht ohne meinen Wolf!«

Gehupe hinter uns und die Autoschlange rechts, mit Hardy und Saab mittendrin, zog langsam an uns vorbei.

»Edwin, mein Lieber. Wenn du nicht Platz machst, wird Betty dich möglicherweise anfahren!«, pokerte Ruben von hinten etwas hoch und ...

... Freddy pokerte fantasievoll weiter: »Sie wird dich todsicher umnieten und dann noch mal den Rückwärtsgang einlegen, um noch einmal über deine gebrochenen Beine zu fahren. Und dann wieder vor und wieder zurück und ...«

»Das wird sie nicht tun!«, quetschte Betty nur für Freddy und uns hörbar mit einem gequälten Grinsen durch die Zähne und ließ dann den Bullimotor für Edwin aber auch noch mal so ganz gefährlich ferrarimäßig aufbrüllen.

Edwin bewegte sich nicht. Er fixierte Bettys Blick und sie seinen. Unklar, ob Edwin eingeschüchtert war, und sowieso superunklar, was er als Nächstes tun würde, weil als Nächstes hatte Hardy uns mit seinem Saab eingeholt. Er öffnete die Fahrertür, um erneut auszusteigen, und exakt in dem Moment schoss aber ein orangefarbener Vesparoller durch die Staugasse und bretterte dann trotz Vollbremsung in die offene Fahrertür des penibel gepflegten *Saab 96 Convertible* von 1975.

»**Oh Gott, Su Bin!!!**«, rief Ruben von hinten, entriegelte die Schiebetür, stürmte auf die Fahrbahn und beugte sich zu dem behelmten Rollerfahrer hinunter.

Dann – Gott sei Dank – regte er sich, rappelte sich hoch, nahm den Helm ab und ...

… zum Vorschein kam ein echt hübsches Mädchen mit asiatischen Zügen.

»Bist du verletzt? Geht's dir gut?«, fragte der kreidebleiche Hardy noch im Saab sitzend sie ehrlich erschrocken und wiederholte die Fragen auch noch mal auf Italienisch, Französisch und … *Mandarin* oder so was.

»Antwort auf Frage eins lautet: Nein, nicht verletzt! und zu Frage zwei: Bestens!«, übersetzte die breit grinsende Freddy simultan, wie die Vespa-Lady dem Hardy voll sauer eine scheuerte.

Und Ruben? Der lächelte diese Su Bin sehr erleichtert an. Aber bevor die ihn am Hemd zu fassen bekam, sprang er schon zurück in den Bulli und schob die Tür wieder zu und fand dieses Mal auch sofort den Knopf, mit dem er sie verriegeln konnte.

Edwin seinerseits gab seine Bulli-Barrikade auf und eilte besorgt zu seinem Hardy-Spatz hinüber, der sich die linke Wange hielt. Unfallopfer Su Bin sprang auf wie eine Katze, stürzte auf den Bulli zu, hämmerte einmal voll sauer mit der geballten Faust gegen die Scheibe und verfluchte Ruben auf Koreanisch … Japanisch … oder auf *Mandarin*?! … asiatisch auf jeden Fall.

»Wenn wir dann weiterfahren könnten?!«, meinte Ruben zu Betty höflich, und da es dieser Su Bin ganz offensichtlich blendend ging, gab sie Gas.

Wir konnten noch sehen, wie Hardy und Edwin der Asiatin halfen, den Roller wieder aufzurichten. Ob das Ding Schrott war, konnten wir aber nicht mehr erkennen, weil der Stau sich langsam auflöste und wir in der lang gezogenen Kurve verschwanden. – Wir hatten sie abgehängt!

… vorläufig jedenfalls.

13

Genua! Wenn ich einen Bericht für ein Reisejournal über diese Hafenstadt liefern müsste, würde der in etwa so ausfallen: *Nicht schön da! Nicht hinfahren! Meiden!*

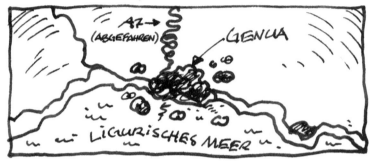

Aber ehrlich, Mann! Die ganze Stadt ist Stress. Bis wir endlich den Hafen gefunden hatten, von wo aus die Fähren auslaufen, waren gefühlte Stunden in staubig stickiger Hitze vergangen. – Okay, dafür kann Genua nix. Betty ist halt die Queen der Orientierungslosigkeit. Und ich sag dir: Den Titel hat sie sich wirklich verdient ... aber dazu später mehr!

Fakt ist: Der Teil, den ich von Genua kennenlernen durfte, ist potthässlich ... inklusive eines grauen Feinkies-Strandes, wo wir uns den Nachmittag um die Ohren gehauen haben, bis wir gegen Abend endlich auf die Fähre nach Sardinien einchecken konnten. Da standen wir aus unbestimmten Gründen noch ziemlich lange in einer Autoschlange herum – aber immerhin: Wir hatten Zeit genug für einen weiteren Bulli-Schadenskontrollrundgang ...

»Es erinnert mit den leichten Erhebungen hier links an den Horizont der Po-Ebene«, versuchte Ruben den fetten, lang durchgezogenen Kratzer, der nach der Havarie mit einem Saab auf der Fahrerseite zurückgeblieben ist, noch irgendwie schönzureden.

»Oder an eine Herzkurve auf einem EKG-Monitor«, grinste Freddy. Und zu Betty: »Also exakt an *deine* Herzkurve, nachdem du den Bulli diesem Thomas zurückgegeben haben wirst und er dich daraufhin nach guter alter helvetischer Sitte mit einem Schweizer Alphorn pfählen wird.«

Und Leander befand: »Yep, das sieht richtig kacke aus.«

»Ach komm. Das geht doch noch!«, meinte Betty aber. »Das polieren wir auf Sardinien irgendwie raus. Und die Macken hier unten aus den Alpen auch. Das kriegen wir schon hin.«

»Respekt, Betty. Von Natur aus auf Optimismus eingegroovt! Das gefällt mir«, lobte Ruben sie.

Und dann bewegte sich die Schlange vor uns ein paar Meter weiter und wir stiegen wieder zu unserem dösenden Wolfgang in den Bulli. Betty checkte noch mal die Online-Tickets, die sie für uns alle großzügig per Smartphone geordert hatte. Also *großzügig* in erster Linie von ihrem Ex Ansgar, weil es war wieder mal seine Kreditkarte, mit der sie die Tickets bezahlt hatte. … auch das von Leander, der ja von Anfang an eigentlich gar nicht mitwollte nach Sardinien. Und dann aber doch, weil er wohl merkte, dass er mich einfach nicht dazu kriegte, mit ihm umzukehren. Zurück nach Deutschland … zur Tauber … zum Camp vom *Multi-Thorst* … zurück zu *seiner* Lea.

Egal alles. Irgendwann waren wir dann auch mal mit unserem Bulli weit vorn in der Schlange und wir kapierten, warum alles so irrsinnig lang dauerte: Der junge Typ in weißen Offiziersklamotten, der die Bordtickets checkte, hatte ein technisches Problem. Er scannte die Tickets von dem Skodafahrer vor uns und das Gerät zeigte ihm anscheinend nicht das, was es sollte. Jedenfalls haute er mit der flachen Hand so lange dagegen, bis er zufrieden war, und dann erst ließ er den Skoda passieren. Und als wir als Nächstes an der Reihe waren, dasselbe. Oder *fast* dasselbe. Er scannte unsere Tickets auf Bettys Handy-Display ab, kontrollierte auf dem Bildschirm die Daten und …

… lachte einmal irre auf! Offensichtlich war das Gerät jetzt komplett hinüber und zeigte nur noch Schwachsinn an. Jedenfalls haute der Typ nicht einmal mehr dagegen und winkte uns einfach nur noch entnervt durch.

Ein Stück Glück funkelt zwischen Genua und Sardinien! – So oder so ähnlich würde ich eine Reportage über eine nächtliche Fährfahrt übers Mittelmeer, die ich für ein Reisejournal schreiben müsste, betiteln. Und jetzt nur mal so für den Fall, dass du noch nie mit einer solchen Fähre nachts unterwegs warst, der Geheimtipp für lau: Vergiss die Sitzabteile unter Deck! Da sitzt du in den Sesseln wie ein Huhn in frostig klimatisierter Käfighaltung. Und Wölfe sind da schon mal gar nicht gern gesehen. Jedenfalls kriegten wir direkt mit einer jungen Mutter neben uns ordentlich Stress, als deren Kleinkind versuchte, unseren Wolfgang zu streicheln.

Es war dann Rubens Idee, die sternenklare Nacht ganz entspannt auf dem Oberdeck zu verbringen. Und Leander, der alte Spießer, wollte erst mal wieder nicht, weil wir eine amtliche Absperrung ignorieren mussten, um bis an den Bug der Fähre zu gelangen …

»Wie abgefahren?!«, strahlte ich voll selig an der Spitze der Fähre in die dunkle See vor mir.

»Festhalten! Schön festhalten!«, hauchte mir plötzlich Ruben zärtlich von hinten in mein rechtes Ohr und umklammerte meine beiden Handgelenke, hob sie an, bis meine Arme die Position von Tragflächen erreicht hatten.

»Welcher Film?«, fragte er grinsend Betty, Freddy und Leander, die zusammen mit Wolfgang auf unseren ausgebreiteten Schlafsäcken lagen.

»Das ist leicht!«, antwortete Freddy. »*Der Untergang*. Mit den Vollspasten Adolf Hitler und Joseph Goebbels in den Hauptrollen.«

Was sie natürlich nicht ernst gemeint hatte, aber Leander korrigierte sie peilfrei: »Quatsch! Ruben meint *Titanic* mit Leonardo DiCaprio und ... äh ... *Dings* ...«

»... Kate Winslet!«, half Betty aus. »Ruben als Leo und Vincent, unsere Katy.«

»Exactly!«, grinste Ruben und dann umschloss er – eben wie im Film – mit seinen Händen zärtlich meine Taille.

»Wenn du mich jetzt küsst, hau ich dich!«, warnte ich ihn.

»Da verpasst du was«, zwinkerte er mir noch mal zu, ließ dann aber auch ab von mir und wir beide legten uns zu den anderen auf unsere Schlafsäcke.

Der Beat der Schiffsmotoren pulsierte ruhig und bassig durch den Rumpf, vom Bug her drang das Rauschen der Gischt zu uns hoch und über uns: die wolkenlose, funkelnde Unendlichkeit.

»*Weißt du, wie viel Sternlein stehen …*«, stimmte Betty mutig das Wiegenlied an und Freddy haute direkt raus: »Zweihundertfünfzig Milliarden plus-minus einhundertfünfzig Milliarden geschätzt!«

»Hmmm…«, stöhnte die ausgebremste Betty etwas enttäuscht und Ruben meinte aber: »Das weiß man nicht. Die alten Griechen sagen zum Beispiel, dass unsere Galaxie verspritzte Muttermilch von Zeus' göttlicher Frau Hera war. Wegen Herakles, der als Baby heimlich an ihrer Brust nuckelte, während sie schlief, und dann schreckte sie auf und …«

»Das ist krank!«, meinte Freddy angewidert. »Und *danke* auch, Mister Piepenbrock! Ich werde nie wieder *ohne* dieses Bild in den Nachthimmel gucken können.«

»Mir gefällt das. Es ist so poetisch«, fand Betty.

»Es gibt da einen Volksstamm in Südafrika, die nennen die Milchstraße *Rückgrat der Nacht*«, steuerte für mich überraschend Leander dann noch ein weiteres Bild bei.

»Das ist auch Quatsch, aber besser als verplemperte Muttermilch!«, stöhnte Freddy.

Leander sagte nichts mehr und hielt sein Handy hoch und machte ein Foto vom *Rückgrat der Nacht*. Und dann rückte er plötzlich ganz nah zu mir rüber und sagte: »Komm, jetzt noch ein Selfie für zu Hause!«

Ich stutzte, nickte dann aber, zückte ebenfalls mein Handy aus der Jackentasche und wir beide machten wieder Fake-Camp-Urlaubsbilder für unsere Familien. Mit unverdächtigem Schlafsackhintergrund, aber diesmal ohne Rudi, die Stoffratte. Das war Leander wohl doch zu peinlich, die vor den anderen aus dem Rucksack zu kramen.

»Ach, wie süß. Die *Milchstraßenbubis* machen Selfies für ihre Muttis!«, konnte Freddy einfach nicht aufhören, uns ganz blöd auf den Sack zu gehen, weshalb Leander da auch echt sauer platzte: »Sag mal, was stimmt eigentlich nicht mit dir? Wenn du eine beschissene Kindheit hattest, musst du's nicht an uns auslassen. Wir machen halt Fotos für *unsere Muttis*! Da freuen die sich! Was ist so schlimm daran?!?«

Da war Freddy doch tatsächlich sprachlos. ... also für geschätzte dreieinhalb Sekunden und dann erst antwortete sie: »Schätzchen, ich hatte *gar keine* Kindheit. Und in deinem Alter war ich schon längst ausgezogen!«

Und da wusste Leander nicht so recht, wie er mit dieser Info umgehen sollte, und ich dann aber ehrlich überrascht: »Jetzt echt?«

»Jetzt echt! Vor vier Jahren bin ich raus und lebe seither sozusagen als Traveler. Wenn du so willst, ist Europa mein Zuhause, nicht Deutschland.«

»Und ich dachte, du wärst stolze Bremerin. Klang jedenfalls so durch«, bemerkte Ruben.

»Man kann ja seinen Heimatort gut finden und trotzdem als Europäerin leben, oder?!«, meinte Freddy und Betty rechnete: »Seit vier Jahren. Spannend! Dann bist du jetzt so um die neunzehn. Also zu Leanders fünfzehn Jahren gerechnet.«

Freddy rechnete anscheinend selber kurz nach und nickte: »Ja, noch! Im September werde ich zwanzig.«

»Aha?«, machte Ruben, weshalb Freddy ihn anzickte: »Wie *Aha?* Du glaubst mir nicht, was? Obwohl ich hier die Einzige bin, die überhaupt mal etwas von sich erzählt.«

»Mich fragt ja keiner«, sagte Ruben darauf und Leander dann: »Okay, Ruben! Wer ist Su Bin und was will sie von dir?«

»Das geht dich nichts an«, grinste Ruben zurück.

»Pfff…«, machte Leander eingeschnappt und widmete sich wieder seinem Handy.

»Ich finde auch, dass man nicht immer alles von sich erzählen muss«, war ich der Meinung.

»Was bei euch zwei Herzbuben ja auch gar nicht nötig ist«, grinste Freddy wieder.

»Was soll das denn heißen?«, habe ich da vielleicht selbst

eine Spur zu zickig nachgefragt und sie dann direkt zurück: »Soll heißen, dass es bei euch nichts nachzufragen gibt. Der da neben dir ist de facto fünfzehn, du schätzungsweise einen Tick jünger, also noch vierzehn, und ihr seid – korrigiere – *wart* beste Freunde, weil Leander-Baby neben dir hat dir die Freundin ausgespannt, weshalb du, Vinci-*Katy*, überhaupt hier bist und er dann eben auch, weil er ein wahnsinnig schlechtes Gewissen hat und dich nicht allein lassen kann.«

Leander glotzte von seinem Handy zu ihr hoch, Ruben und Betty guckten ebenfalls verblüfft und mir fiel schon mal absolut gar nichts ein, was ich alldem entgegensetzen konnte, weil es absolut nichts entgegenzusetzen gab. Freddy hatte, wie soll ich sagen, alles so sherlockhaft auf den Punkt gebracht.

»Alles korrekt, Freddy!«, lobte Betty sie, merkte dann aber auch, dass das einfach ein echtes Kack-Thema für so eine traumschöne Sommernacht auf See war. »Und dich lassen wir auf Sardinien frei!«, switchte sie daher geschickt auf Thema *Wolf* um und streichelte Wolfgang sanft über den Kopf … was der sich von Betty auch gefallen ließ. Nach seinen Maßstäben war sie vielleicht so was wie das Alpha-Weibchen im Rudel, das alles durfte.

»Ist das *The Mission*?«, fragte Ruben nach.

»Yep!«, grinste ich zurück und ebenfalls auf Englisch weiter: »*Mission Wolfgääang!*«

»Dann bring ich ihm Italienisch bei«, bot Freddy an. »Die drei wichtigsten Vokabeln heißen *Cazzo!*, *Stronzo!* und *Porca puttana!*. Damit kommst du in Italien überall durch.«

»Oh, du sprichst Italienisch. Und was heißt das?«, fragte Betty nach.

»Das darf ich leider nicht laut sagen, weil nicht jugendfrei und hier sind Kinder«, war ihre superlustige Antwort. Sie streichelte Leander über den Kopf … der sich das natürlich *nicht* gefallen ließ und ihre Hand genervt wegschlug.

Ich hab dann eben selber per Handy nach einer Übersetzung gegoogelt und …

… ich sag mal so: Wenn dir ein Italiener oder eine Italienerin gegenübersteht, solltest du dir gut überlegen, ob du einen dieser Ausdrücke benutzt, weil: Besonders weit kommst du damit sehr wahrscheinlich nicht!

»*Mission Wolfgang* also!«, wiederholte Ruben. »Einen Wolf auf Sardinien auswildern. Was für eine irre, grundbescheuerte Idee! *Porca puttana!* – **Ich bin dabei!**«

Fluchte es fröhlich in die Nacht und kraulte Wolfgang unangekündigt das Rückenfell kräftig durch. Verdutzt reckte der seinen Kopf nach Ruben und hat ihm – nach einer Schrecksekunde, in der Betty, Freddy, Leander und ich den Atem anhielten – dann auch nicht zur Strafe die Hand oder so was abgebissen, weil für Wolfgang anscheinend klar war: Auch Ruben gehörte zum Rudel!

Weshalb Freddy ganz logisch schlussfolgerte: »Rudelregel Nummer eins: Wer zum Rudel gehört, darf gekrault werden!«

Leander guckte sie nachdenklich an, grinste und hielt ihr dann freiwillig den Kopf hin, den Freddy dann auch kurz und kräftig durchwuschelte.

Der Beat der Schiffsmotoren durch den Rumpf, die Gischt vom Bug her ... und unser Lachen in die funkelnde Unendlichkeit über uns! – Wie gesagt, Headline – Reisereportage: *Ein Stück Glück liegt zwischen Genua und Sardinien!*

Allerdings – fetter Fehler gleich in der Headline meiner Reportage, denn ...

14

… sieben Uhr am nächsten Morgen: Ankunft auf Korsika!

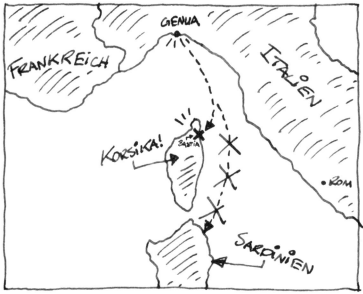

Wir hatten uns verfahren! Genauer: *Betty* hatte sich verfahren. Aber so was von. Also konkret hatte sie nur die Piers, von denen die Fähren ablegen, verwechselt. Korsika- statt Sardinienfähre eben. Weshalb uns dann auch klar wurde, warum der Typ, der unsere Sardinien-Tickets kontrolliert hatte, so irre aufgelacht hat, weil er eben dachte, dass sein Scanner nun komplett spinnen würde.

De facto aber hatte Betty sich jedenfalls mal wieder verfahren und hatte somit den amtlichen Titel *Queen der Orientierungslosigkeit* voll verdient.

Und was behauptete Betty? Betty behauptete: »Korsika ist goldrichtig!«

Da hat aber keiner mehr was zu gesagt und dann fuhr sie mit dem Bulli auch schon raus aus Bastia und rein in die korsischen Berge.

Und was soll ich sagen: Betty hatte recht. Korsika war goldrichtig! – Für uns und für einen ausgewachsenen Wolf allemal. Mächtig hohe Berge, in deren zerklüfteten Tälern die Wildbäche rauschen, riesige Wälder, die immer wieder von saftgrünen Wiesen unterbrochen werden. – Natur ohne Ende. Und: Die reinste Fleischtheke für unseren Wolfgang. Bergziegen, Wildschweine und – sehr speziell – haufenweise verwilderte Hausschweine, die gleich rudelweise an den Straßenrändern im Halbschatten dösen …

Ich hatte zur Abwechslung mal mit Freddy die Plätze getauscht und diskutierte gerade mit Ruben über die wirklich wichtigen, wahren Serien, die die göttlichen Streamingdienste dieser Welt zu bieten haben. Und natürlich hatte *ich* recht, weil …

»… die beste Serie aller Zeiten ist sowieso schon mal *STAR TREK DISCOVERY*. Die ist wahnsinnig tricky, intelligent und überhaupt: Diese Michael Burnham, also die Hauptdarstellerin jetzt, die ist ja wohl, wie soll ich sagen …«

»… sehr, sehr heiß?!«, wusste Ruben ganz klar.

»… nein, eher cool!«, korrigierte ich aber schnell, laut und deutlich, weil ich auf jeden Fall irgendwelche wahnsinnig originellen Kommentare von der Ladyfront (inklusive Leander) vermeiden wollte. Jedoch: Zu spät …

»Oh, ein Männergespräch! Wie interessant!«, grinste nämlich Betty wahnsinnig lustig über ihre Schulter und …

»**Pass auf!**«, brüllte da plötzlich Freddy und griff ihr voll ins Lenkrad, um dem Hindernis hinter der nächsten Straßenkurve auszuweichen – einem Rudel verwilderter Hausschweine, das gerade sehr bescheuert über die Straße hoppelte … oder wie man eben so bei verwilderten Hausschweinen sagt. Egal wie man so sagt, weil: Betty riss den Kopf rum, peilte sofort, was Sache war, ging in die Eisen und dank Freddy vernichtete der Bulli keines der echt niedlich bunt gefleckten Ferkel.

Kurz nach diesem Manöver standen wir trotzdem wieder draußen um den Bulli herum … zwecks Schadenskontrollbesichtigung. Da hatten wir mittlerweile ja echt Erfahrung …

»Das mit dem Felsen war jetzt mal echt Pech!«, knödelte Freddy ein wenig undeutlich herum, weil sie den Bulli praktisch gesehen *in* einem Felsen am Straßenrand geparkt hatte.

»Das ist Ansichtssache! Eine beinah philosophische Frage sogar. Wäre der Felsen nicht gewesen, wäre der Bulli aller Wahrscheinlichkeit nach hier hinuntergekracht«, beruhigte sie Ruben und zeigte auf den steilen, bewaldeten Abhang neben der Straße.

»Genau, Freddy. Alles kein Problem! Du hast super reagiert. Und das mit der Lampe da kriegen wir schon wieder hin«, meinte auch Betty.

»Da hilft jetzt aber kein Auspolieren mehr«, schob Leander, der alte Skeptiker, nach und er hatte recht! Die Stoßstange hatte ordentlich was abgekriegt und das linke Bulliauge war komplett zersplittert.

Betty betrachtete den Schaden nachdenklich und da meinte ich schließlich: »Überhaupt kein Problem. Das bisschen Glas. Und sowieso mal: Scherben bringen Glück ... höhö!«

»*That's my boy!*«, grinste Betty mich über beide Backen an und dann stiegen wir auch schon wieder ein und fuhren weiter ins Innere der Insel. Auf der Suche nach dem perfekten Ort für unseren Wolfgang. Und der lag in der Nähe von einer Stadt namens Corte. Im Hochgebirge an einem See. *Lac de Melo* hieß der. Und entdeckt hatte ich ihn. Während eines Zwischenstopps in Corte in einem Straßenbistro: auf einem Platzdeckchen mit aufgedruckter Landkarte von der Region.

»Sehr gut!«, lobte Betty mich und tippte auf mein Platzdeckchen: »Wir fahren mit dem Bulli diese Straße hoch und das Stückchen da zum See gehen wir einfach zu Fuß weiter.«

»Was für eine Scheißidee!«, stöhnte zwei Stunden später Freddy vor mir schlurfend auf dem schmalen Wanderpfad zum *Lac de Melo*.

Ich sagte nichts, weil was sollte ich auch sagen?! Sie hatte absolut recht! Es war eine Scheißidee, mit dem Bulli die wahnsinnig enge Holperstraße hochzugurken, auf der es mathematisch betrachtet eigentlich gar keinen Gegenverkehr geben durfte. Weil rein mathematisch betrachtet waren zwei sich entgegenkommende Fahrzeuge zusammenaddiert breiter als die Straße selbst, deren Ränder streckenweise richtig steil und tief ins Bodenlose abfielen. Und exakt auf so einem Streckenabschnitt der Unausweichlichkeit kam uns ein Unimog entgegen, dessen Fahrer die mathematischen Grundregeln einfach voll ignorierte und ungebremst auf uns zuballerte. Und weil alles zusammenaddiert eben so gar nicht passte, hat der Fahrer beim Vorbeibrettern mal eben die Gesamtbreite um einen Bulli-Außenspiegel auf der Fahrerseite subtrahiert. – *Tschang!*

»Mist!«, fluchte Betty da, bremste sofort ab, um mit dem Unimog-Fahrer die Versicherungsdaten zwecks Schadensregulierung auszutauschen …

… von der der Unimog-Fahrer sehr wahrscheinlich ebenso wenig wusste wie von mathematischen Grundregeln, weil der nämlich einfach stumpf weiterfuhr. Und weil wir nicht wenden konnten und eine Verfolgung somit absolut ausgeschlossen war, fuhren wir eben die Bergstraße weiter hoch. Bis es ein, zwei Kilometer weiter einfach keine Bergstraße mehr gab, die man hätte fahren können. Wir waren am Ziel. Nach meiner

Papierplatzdeckchenkarte musste der See gleich hinter der nächsten Bergkuppe sein. – Betty parkte den Bulli auf einem Feld am Rande eines Wildbaches und dann sind wir zu Fuß weiter. Betty, Freddy, Leander, Ruben und ich mit Wolfgang an der Kette. Ohne Proviant, ohne Wasser, aber dafür nur mit Sandalen und Espadrilles an den Füßen. ... und noch perfekter: mit Badelatschen in Freddys Fall. – Es waren ja auch nur ein paar Meter bis zum See ...

»Was für eine verfickte scheiß Kackidee?!«, fluchte Freddy nach gefühlten zehn weiteren Kilometern noch einmal eine Spur entnervter, als sie mit den Plastikdingern an den Füßen auf dem steilen Pfad zum x-ten Mal wegrutschte.

Worauf Wolfgang an meiner Seite leise knurrte, was ich mir damit erklärte, dass er es einfach nicht leiden kann, wenn jemand die Fassung verliert ... oder aber mit seinen Badelatschen doof wegrutscht.

Dann aber, ein paar Hundert Meter weiter, waren wir endlich da: 1700 Meter über dem Meeresspiegel, am Lac de Melo. Ein glasklarer See, in dem sich die karstige Bergwelt und der strahlend blaue Himmel darüber spiegelte.

»Okay, Vince! Es ist so weit! Lass den Wolf von der Kette!«, schnappatmete Ruben erschöpft die frische Luft ein und aus.

Und was soll ich sagen: Das war dann wirklich ein ganz besonderer Moment, als wir Wolfgang die Freiheit schenkten. Hier – abseits der Zivilisation. Wir stellten uns um ihn herum auf, ich strich ihm noch mal sanft über den Kopf und dann nahm ich ihm das Halsband mit der langen Kette ab.

»Okay, Wolfgang, das war's! Du bist frei!«, informierte Betty den Wolf feierlich und dann …

… drehte der sich um und trabte los. Erst mal zum Seeufer, an dem er schlabbernd Wasser trank. Dann richtete er sich auf, reckte seine Schnauze in den tiefblauen Himmel und trabte weiter bis zum nächsten Kamm hoch. Und exakt dort hielt er noch einmal inne, als wollte er uns sagen: »Leute, wenn ihr jetzt noch einen Schnappschuss für den nächsten Fotowettbewerb des Geo-Magazins machen wollt, wäre jetzt der geeignete Zeitpunkt.«

Hektisch kramte ich mein Handy aus der Tasche, hielt es gegen das Bergpanorama mit blauem Himmel und …

… da war das Hauptmotiv weg. Wolfgang hatte nicht gewartet und war hinter der Bergkuppe verschwunden. … so einfach konnte Abschied sein. … und gleichzeitig so schwer auch. Weil ich vermisste ihn noch im selben Moment.

Der Abstieg war in etwa genauso ekelhaft anstrengend wie der Aufstieg. Mit dem Unterschied vielleicht, dass mir beim Abstieg Muskeln in den Beinen brannten, von denen ich bis dato nicht einmal wusste, dass sie existierten. – Die Sonne brannte auf Schultern und Kopf, ich hatte Hunger, Durst, und gerade, als ich dachte, dass es unmöglich noch schlimmer kommen könnte, verlor ich den Halt und rutschte über das Geröll in die Hacken von meinem Vordermann ... also Vorder*frau*, um genau zu sein. – Freddy! Die verlor natürlich auch die Kontrolle über Beine und Badelatschen, flog hintenüber auf mich drauf und wir beide rutschten gute fünf Meter den Hang hinunter.

»Fuck!«, fluchte sie in die Staubwolke. »Fuck! Fuck! Fuck!«, fluchte sie weiter und Leander rief von oben: »**Oh Gott, Vincent! Alles in Ordnung?**«

Nein, nichts war in Ordnung. Mein ganzer Körper fühlte sich an wie nach einer Rutschpartie über eine Käsereibe.

»Ja, ja, alles okay hier«, stöhnte ich aber genervt und dann ...

... schoss mir plötzlich durch den Kopf, wie absurd das hier alles war: Vor nicht allzu langer Zeit hatte ich jemanden von der Kette gelassen, der mir irgendwie echt was bedeutete – Wolfgang! Und jetzt fragte mich mein ehemals bester Freund, der mir letzte Woche noch die Freundin ausgespannt hatte, ob alles in Ordnung sei. – Total absurd war das.

Und sehr, sehr plötzlich fühlte ich mich verdammt einsam – trotz einer aufgebrachten Lady, die fluchend auf meinem Bauch saß.

Aber: Ich riss mich stark zusammen und ...

… *dann* erst flossen die Tränen.

Derweil rollte Freddy elegant wie ein Stein von meinem Bauch herunter, guckte mich echt sauer an und …

… dann fragte sie mich verwundert: »Sag mal, flennst du?«

»Nein!«

»Na klar flennst du!«

»Und?«

»Nichts *und*! Hör auf damit oder heul woandershin. Das stört mich!«

»… … …?!«, fiel mir voll perplex so gar nichts ein, was ich darauf hätte antworten können.

»**Freddy! Vincent! Ist wirklich alles okay bei euch?**«, rief Betty nun besorgt den Geröllhang hinunter.

Da guckte Freddy mich an, wischte mir plötzlich mit ihren dreckigen Händen die Tränen aus dem Gesicht und brüllte nach oben: »**Ja klar, Boss! Alles tippi-toppi hier!**«

Dann sprang sie auf, hielt mir die Hand hin und zog mich hoch … und zwinkerte mir lächelnd zu. Einmal kurz und nur für mich sichtbar.

Nach einem elendig langen, wackligen Marsch ohne weitere Zwischenfälle kamen wir endlich wieder da an, wo Betty den Bulli neben dem rauschenden Wildbach geparkt hatte. Es hatte schon angefangen zu dämmern und wir alle hatten kein Bedürfnis, uns auch nur noch einen Meter fortzubewegen. Weder wandernd noch per Bulli, dem eh mit einer kaputten Leuchte der rechte Weitblick in den Steilhängen fehlte.

Uns war heiß, und ohne großartig darüber nachzudenken, rissen wir uns die Klamotten von der staub- und schweißverschmierten Haut und stiegen nackt in die erfrischende Kühle dieses mineralwasserklaren Baches.

Und – ganz ehrlich – ich schwöre: Ich habe Freddys Brüste *nicht* so lange intensiv abgesucht, bis ich das Tattoo auf ihrer linken Seite entdeckte. Ich konnte es einfach nicht übersehen, weil Freddy mir direkt gegenüberstand. Stromaufwärts leicht erhöht auch noch. – Daher!

Ich hab dann natürlich irgendwo anders hingeguckt …
… und dann doch immer wieder so unauffällig wie möglich auf Freddys linke Brust, weil ich einfach nicht erkannte, was das Tattoo darauf darstellen sollte. Ein kopfloses Schwein? Ein Alien? Ein echt krankes Gummibärchen? … ich kam nicht drauf.

»Es ist ein Bärtierchen!«, klärte Freddy mich grinsend auf, der irgendwie einfach nie irgendetwas zu entgehen schien.

»Ja klaaar!«, stöhnte neben mir Leander und patschte sich erlöst und erleuchtet an die Stirn. »Jetzt sehe ich es auch!«

Und da war es Betty, die die ganze peinliche Aufmerksamkeit auf meinen geschundenen Körper lenkte. Man prüfte meine blauen Flecken und Schrammen von der Rutschpartie und Ruben befand: »Siehst besser aus als der Bulli!«

Dann: Abendessen. Erfrischt und in sauberen Klamotten saßen wir um einen kleinen Klapptisch herum und aßen im Kerzenschein Nudeln. Die hatte Ruben in der winzigen Kochnische des Bullis zubereitet. Und es waren jetzt nicht einfach nur Nudeln, sondern frische Spaghetti, die er mit Chili, Knoblauch, Pinienkernen und ordentlich Olivenöl veredelt hatte. Und zur Krönung hatte er sie mit Parmesan und einigen Basilikumblättern verfeinert. Die Zutaten für all das hatten wir während unseres Zwischenstopps in einem Intermarché gekauft.

»*Porca miseria*, Ruben, du dunkle Macht! Das ist sehr, sehr geil!«, flippte Freddy aus. »Wieso kannst du kochen? Ist diese Su Bin deshalb hinter dir her?«, fädelte sie leicht durchschaubar diese Fangfrage mit ein, auf die Ruben cool antwortete: »Verrate ich dir vielleicht ... wenn du uns verrätst, warum du dir ausgerechnet ein Bärtierchen auf die linke Brust hast tätowieren lassen.«

»Echt?«, tat Betty sehr überrascht, obwohl klar war: *Jeder* hatte ein Auge auf Freddys linke Brust geworfen.

Und die spülte jetzt ihren letzten Bissen mit Cidre herunter und smilte in die Runde: »Ich habe mich für dieses Tier entschieden, weil es mich von allen mir bekannten Lebensformen am allermeisten fasziniert.«

»Ein Gummibärchen?!«, bemerkte Leander trocken.

»Schätzchen! Dieses *Gummibärchen* ist ein winzig kleiner Überlebenskünstler. Es kommt sowohl mit der enormen Tiefe des Indischen Ozeans als auch mit den eisigen Höhen des Himalayas klar. Es überlebt kochendes Wasser, extremste

Trockenheit und selbst im Weltraum stellt es sich einfach tot und wartet, bis bessere Zeiten kommen.«

Genau mein Ding, dachte ich. Sich tot stellen, bis alles wieder gut ist.

Und interessant dann – Betty fragte: »Angenommen, ihr könntet euch aussuchen, als was ihr wiedergeboren werden möchtet. Was wäre das?«

Leander neben mir überlegte kurz und antwortete überraschend: »Waschbär!«

Und ich darauf zu ihm: »Passt zu dir! Die nerven und machen alles kaputt.«

»Arsch!«, sagte er.

»Selber Arsch!«, sagte ich und …

… Ruben antwortete auf Bettys Frage: »Ich wäre dann gern ein Schmetterling!«

Worauf Freddy total verständnislos reagierte: »Was soll denn *das*, Mann? Schmetterlinge sind sauempfindlich, schwach, doof und ihr Leben ist kurz!«

»Ich weiß«, wusste Ruben. »Oft ein Jahr nur. Und manche Arten leben nur Tage oder sogar nur Stunden.« Und bevor Freddy da noch mal nachklatschen konnte, schob er hinterher: »Aber es ist alles eine Frage der Perspektive, mein zähes *Bärchen*. Erst werde ich eine fantastische Kindheit als Raupe haben. Mit unendlich vielen Spielkameraden auf einem Apfelbaum vielleicht. Dann werde ich mich verwandeln in einen wunderschönen Schmetterling, dem die eigene Lebensdauer vielleicht so lang erscheint wie uns hundert Menschenjahre.

Und selbst wenn das nicht der Fall sein sollte: Am Ende dieses einen Tages werde ich mich zufrieden auf einer Aster niederlassen. Dort, wo meine sterbende Schmetterlingsfreundin auf mich wartet. Wir werden uns anlächeln und sagen: Unser Leben war bunt. Und wir konnten fliegen.«

... an der Stelle muss ich neidlos gestehen: Ruben hatte es einfach drauf. Er konnte Freddy zum Schweigen bringen, die jetzt so tat, als wäre ihr was ins Auge geflogen.

Nur Betty wischte sich ungeniert die Tränen aus dem Gesicht und seufzte: »Wie schön!«, und dann ...

... bimmelte ihr Handy auf dem Campingtisch. Sie guckte nach, wer anrief, nahm den Anruf entgegen, wobei sie das Handy aber einfach auf dem Campingtisch liegen ließ und wie gewohnt auf laut stellte.

»Hallo, Ansgar!«, sprach sie fast zärtlich zu dem Campingtisch.

Und da sagte Ansgar erst mal nichts und man spürte praktisch in die Stille hinein, dass Betty ihn total ausgebremst hatte. Bis er sich schließlich räusperte und entgegnete: »Äh ... hallo, Betty. Du, hör mal. Was ich sagen wollte ... das mit meiner Kreditkarte, weißt du – das ist schon irgendwie echt blö...«

»Wir unterhalten uns gerade über Reinkarnation, Ansgar«, unterbrach Betty ihn aber einfach.

»... und über Gummibärchen!«, vervollständigte Leander.

»... ach?!«, machte Ansgar und Betty fragte ihn, als was er denn reinkarniert werden möchte, nur mal so für den Fall.

Da war wieder längeres Schweigen am anderen Ende. Bis

Ansgar schließlich ohne Ironie in der Stimme antwortete: »Als Bergziege!«

»Jetzt echt? Ich hätte schwören können, du würdest irgendein Raubtier wählen. Löwe, Tiger – weiß der Geier – irgendwas Großes halt.«

»Viel zu stressig!«, erklärte Ansgar. »Die sind nur unterwegs, müssen dauernd irgendeinen Scheiß jagen und reißen, und wenn sie nicht aufpassen, werden sie vom nächstbesten Konkurrenten selbst gerissen, weil der jünger ist, stärker ist, es besser draufhat als man selbst; als Löwe eben, Tiger oder weiß der Geier, was.«

Und da schwieg Betty ein Weilchen, bis Ansgar fragte: »Hallo?«

»Das ist süß!«

»Ach, ich weiß nicht. Aber Bergziege wäre schon top. – Aber Betty, hör mal! Weshalb ich anrufe: Das mit meiner Kreditkarte! Ich hab die Kontoauszüge hier auf dem Bildschirm und … na ja, das find ich jetzt nicht ganz so optimal, dass du die benutzt, weil …«, meckerte Bergziege Ansgar Zimmer verhalten und …

… was er sonst noch *nicht ganz so optimal fand*, wusste am Ende nur er, weil Betty das Telefonat dann einfach abbrach und das Handy komplett ausschaltete.

»Jetzt du, Betty! Was wäre dein Favourite im nächsten Leben?«, machte Freddy einfach weiter im Text.

Betty schaute nachdenklich in den Sternenhimmel, der auch auf Korsika extrem brillierte: »Gehen auch Pflanzen?«

Freddy patschte sich wie verzweifelt an die Stirn und Betty gab sich selbst die Antwort: »Natürlich gehen auch Pflanzen.

Dann wäre ich im nächsten Leben gern eine Rose in einem alten, verwilderten Garten.«

»Rosen können nix!«, behauptete Freddy.

»Doch, natürlich! Sie stechen!«, hielt Leander dagegen.

Und Freddy wieder: »Ja, aber nur passiv. Sie stechen nur dann, wenn irgendein Penner sie falsch anfasst.«

»Ich schätze, deswegen wäre Betty vielleicht gern eine Rose«, lächelte Ruben, der alte Frauenversteher, und nickte beiläufig auf ihr Handy, das noch immer auf dem Campingtisch lag.

Betty strahlte Ruben an und klatsche ihm die hingehaltene Hand ab. Freddy schüttelte verständnislos den Kopf und fragte dann mich: »Und wie sieht's mit dir aus, Digger? Als was wärst du gern im nächsten Leben am Start? Nelke, Nuss, ein Brot vielleicht? Da geht noch was!«

»Gehen auch Badelatschen?«, grinste ich sie an und da fiel mir spontan ein, als was ich wirklich gern neu am Start wäre, und sagte: »Dann als Wolf!«

»YES! So geht Wiedergeburt!«, freute sich Freddy. »Ein Wolf! Wild und gefährlich! – Vince, ein amtliches Raubtier!«

»Äh, darum geht es mir nicht!«, musste ich sie da enttäuschen. »Mehr so um die Unabhängigkeit, Freiheit und sein Leben im Rudel, darum geht's mir. Verstehst du?«

Ja, das verstand Freddy … und Betty, Ruben und Leander rechts neben mir auch. Und den grinste ich dann aber auch noch mal an und warnte ihn: »Zieh dich schon mal warm an! Waschbären stehen ebenfalls auf der Speisekarte von Wölfen.«

Da ging Leander aber geduldig drüber hinweg, kramte sein

Handy raus, rückte näher an mich ran und grinste: »Selfie-Time, du Tier!«

Worauf Freddy natürlich noch mal raushauen musste: »Sooo süß! *Wölfchen und Waschbär!* Wenn es das noch nicht gibt, sollte mal jemand ein Kinderbuch draus machen!«

»Ich vielleicht!«, strahlte Ruben und da ist dann aber niemand mehr konkret drauf eingestiegen, weil *alle* wussten, dass Ruben als Illustrator eine echte Nullnummer war ... außer Ruben selbst.

Später: Schlafenszeit! Leander und ich haben freiwillig unser Zelt vor dem Bulli aufgeschlagen, weil es zu fünft in einem alten Reisemobil doch schon verdammt eng geworden wäre. Ruben durfte allein mit den beiden Ladys die VW-Bulli-Schlafgemächer teilen. Also Freddy und Betty schliefen im oberen Ziehharmonikaabteil und Ruben ganz brav unten auf der ausgezogenen Schlafcouch.

»Nacht!«, brummelte Leander neben mir und ich brummelte »Nacht!« zurück und kurz darauf ...

... brummelte es draußen vor dem Zelt: »*Nacht auch!*«

Verblüfft richtete ich mich auf und zippte den Reißverschluss des Zeltes auf, um nachzusehen, wer da mit so einer tiefen, angerauten Stimme gesprochen hatte. – Wolfgang war's! Lässig mit überkreuzten Vorderpfoten lag er direkt vor dem Zelteingang.

»Wolfgang?«, frage ich reichlich verwundert nach.

»Ja, wer denn sonst?«, fragt der zurück und guckt mich an, als hätte ich nicht alle Tassen im Schrank.

Das ignoriere ich dann aber einfach und frage ihn: »Warum bist du zurückgekommen? Ich hatte dir doch die Freiheit geschenkt.«

Da lacht Wolfgang einmal so *reibeisig* auf und antwortet wieder mit Gegenfrage: »... sagt noch mal wer? Ach ja: Vincent Kramer, der unfreieste Held aus Nordrhein-Westfalen.«

»Niedersachsen!«, korrigiere ich leicht angefressen.

»Wie?«, fragt Wolfgang nach.

»Niedersachsen! Osnabrück liegt ganz klar in Niedersachsen. Da vertun sich aber viele mit«, erkläre ich ihm ganz normal.

»Ach ...?!«

»Ja, *ach!*«, wiederhole ich und dann auch noch mal die Frage, warum er zurückgekehrt ist.

»Ja, wenn du *das* selber nicht weißt, kann ich es dir auch nicht beantworten«, spricht der wieder in Rätseln, weshalb ich dann leicht ungeduldig werde: »Wolfgang, was soll der Scheiß?! *Ich* habe *dir* die Freiheit geschenkt und *du* bist zu *mir* zurückgekommen ... du alte Fellwurst!«

»Nicht unhöflich werden, Freundchen. Oder willst du jetzt auch noch Stress mit mir? Reicht dir der Ärger mit dem Waschbären nicht?«

»Welcher Wasch...?«, frage ich noch so halb nach und da höre ich schon so ein zynisches Gekicher aus dem Zelt hinter mir. Ich drehe mich langsam um und mein Blick trifft direkt auf den eines Waschbären, der mich mit kleinen, bösen Augen angrinst – die leibhaftige Reinkarnation von Leander! Und der springt mir ohne Vorwarnung ins Gesicht, legt mich flach auf den Rücken, drückt mir seine spitzen Krallen tief in beide Wangen und hebt meine Mundwinkel zu einem grotesk absurden Lächeln an und fragt mich irre: »Alles in Ordnung, Vincent?«

Ich kann nicht antworten, was dann aber auch sowieso keine Rolle spielt, weil im nächsten Moment Waschbär Leander mit seinen messerscharfen Zähnen nach meiner Nase schnappt. – Stechende Schmerzen, ich weine vor Schmerzen und …

»Vincent? Wach auf! Vincent!«, sagt der höchst verstrahlte Waschbär über mir und …

… da schlug ich auch endlich die Augen auf und blickte in das besorgte Gesicht von Leander, den ich deshalb als den echten Leander *ohne* Waschbärfell im Gesicht erkannte, weil die Nacht vorbei war und der erste Strahl der Morgensonne auf unser Zelt traf.

»Blöd geträumt, was?!«, zählte Leander wahnsinnig scharfsinnig eins und eins zusammen.

»Hm … ein bisschen!«, habe ich wahnsinnig cool geantwortet und ihn von mir weggedrückt. Etwas unsicher auch, weil ich ihn immer noch so halb als irren Waschbären in meiner noch leicht traumvernebelten Birne hatte.

»Wie spät ist es?«, habe ich ihn beiläufig gefragt und mich aufgerichtet.

»Weiß nicht. Halb sechs vielleicht. Ich guck mal nach«, hat er geantwortet, während ich den Reißverschluss von dem Zelt aufgezogen habe und …

… ganz real in die Augen eines Wolfes glotzte, der vor unserem Zelt lag – Wolfgang!

15

Der zweite Tag auf Korsika fing also echt überraschend an und ...

... endete in einer von mir herbeigeführten, total bescheuerten Kacklage! – Kann man mal jetzt echt so sagen, aber ...

... alles hübsch der Reihe nach! Der zweite Tag auf Korsika fing also überraschend und auch sehr optimal an, weil: Wolfgang war zurückgekehrt. Ob und wie lange er bleiben würde, war unklar, wie eben so ziemlich alles sehr unklar war in diesen Tagen.

»Wolfgang?«, flüsterte ich noch aus dem Zelt und da musste ich gleich wieder an meinen seltsamen Traum denken.

»So sieht's aus!«, antwortete dann natürlich nicht er selbst, sondern Ruben, der anscheinend schon eine Weile in der offenen Bullitür gesessen hatte und etwas in sein Skizzenbuch krickelte.

»Der hat da was am Mund«, bemerkte Leander, der ebenso erstaunt wie ich auf Wolfgang glotzte.

Eine Feder war's. Bräunlich mit schwarzen Flecken drauf.

»Ich schätze, dass der gute alte Wolfgang einen Vogel vernascht hat. Ente vielleicht«, tippte Ruben.

»Eine Ente?! Hier oben in den Bergen?!«, zweifelte ich stark.

»Ja, was weiß ich. Eine heimische *Berg*ente vielleicht, die es nur hier gibt. Der *Donald Duck von Korsika*! Nur echt mit braunen Federn und schwarzen Punkten«, ging es jetzt schon in der Früh mit Ruben durch und da knurrte hinter ihm aus dem oberen Bulliabteil jemand sehr genervt: »Geht das vielleicht auch etwas leiser da unten, *Brooo*? Hier schlafen noch Leute!!!« – Freddy natürlich!

»**Der Wolf ist zurück!**«, verkündete Ruben dann aber offiziell und bestgelaunt.

Etwas später saßen wir alle wieder am Campingtisch beim Frühstück und Betty sah nachdenklich zu Wolfgang runter und fragte ihn: »Warum bist du wohl zurückgekommen?«

»Dasselbe habe ich ihn heute Nacht in meinem Traum gefragt«, ist mir dann doof rausgerutscht.

Da hat aber nur Freddy blöde gegrinst, und bevor die wieder irgendwelche endwitzigen Bemerkungen machen konnte, habe ich eben allen von dem Traum mit Wolfgang erzählt. … nur das mit Leander, dem Waschbären, habe ich dann doch weggelassen, weil: zu peinlich!

»Hm … vielleicht ist Wolfgang ja dein Krafttier«, sinnierte Betty und klärte mich persönlich dann auch in Sachen Schamanismus auf. So ein Ding der Indianer, die daran glauben, dass jeder Mensch einen Begleiter hat, der einen durch die Ober- und Unterwelt führt – ein Krafttier eben.

»Frau Wagner: das ist Bullshit!«, urteilte Freddy hart und vermutete selbst: »Ich schätze, dem Wolfgang passt die Gegend hier einfach nicht. Zu kalt, zu öde. Würde mir persönlich auch ziemlich auf den Sack gehen.«

»Du hast keinen Sack«, stellte Leander fest.

»Woher willst du das wissen, Schätzchen?«, fragte sie zurück.

Da fiel Leander nichts drauf ein, aber Ruben grinste vielsagend: »Tja, wer weiß. Unsere Bremerin steckt voller Überraschungen, nicht wahr?!«

»*Mission Wolfgang!* Wir sollten es woanders versuchen«, habe ich mich wieder auf das eigentliche Thema konzentriert.

»Yep! Vielleicht weiter unten in so einem Kastanienwald. Ist nicht ganz so frisch wie hier oben und zu fressen hat Wolfgang da auch ordentlich. Schweine und ... Kram halt«, war Leanders Vorschlag.

»So machen wir das!«, war Betty wieder voll im Actionmodus.

Wir packten zusammen und fuhren los. Wieder über die engkurvige Straße nach Corte runter und von da aus einfach Richtung Süden. Das Ziel war auch diesmal nebensächlich. Hauptsache war, wir würden einen vernünftigen Wald für unseren Wolfgang finden. Und fanden wir dann natürlich auch. Wenn Korsika eins zu bieten hat, dann einen Haufen Wälder. Alles schon erzählt.

Fernab der Hauptstraße lag es: das Paradies! Ein Wildbach, der kaskadenartig von hoch oben aus Steilhängen bis tief in ein blätterschattiges Tal rauschte. Wasser, so glasklar, dass man bis auf den Grund der metertiefen Naturbecken sehen konnte, wo fette Fische ihre Bahnen zogen. Forellen vielleicht oder Barsche ... was weiß ich.

»Perfekt!«, brachte es Betty noch auf den Punkt, ich nahm Wolfgang wieder das Halsband und die Kette ab und – im Chor diesmal – riefen wir ihm zu: »Du bist **jetzt** frei! Lauf, Wolf, lauf!«

Das war erneut hoch emotional oder sagen wir mal: *Wäre es gewesen*, wenn Wolfgang sich wenigstens ein bisschen bewegt hätte. Hat er aber nicht. Höchst gelangweilt blickte er in unseren Halbkreis und setzte sich einfach hin.

»Vielleicht will er, dass wir gehen«, war dann meine Vermutung und da haben wir uns alle angesehen, zugenickt, uns umgedreht und sind zurück zum Bulli gelaufen und …

… Wolfgang hinterher!

»Das läuft irgendwie nicht rund mit Wolfgangs Auswilderung«, meinte Freddy etwas später, als alle wieder im Bulli saßen und weiterfuhren – Betty, Leander und diesmal Ruben vorne und Freddy und ich hinten … und zwischen uns Wolfgang.

Und als hätte er es geahnt, dass auch die letzte Auswilderungsaktion nicht ganz nach Plan verlaufen war, rief Hardy an.

»Hallöchen, Hardy-Spatz«, nahm Betty den Anruf wieder mit Freisprechfunktion entgegen.

»… äh … hallo, Betty-*Maus*!«, antwortete Hardy erst noch ganz entspannt und dann kam er aber auch gleich zur Sache: »Was ist mit unserem Yves? Habt ihr ihn ausgesetzt? Und wenn ja, dann *wo*, bitte?«

Und Betty auf alle Fragen sehr ehrlich: »Die Auswilderung von **Wolfgang** dauert noch an, und wenn es soweit ist, sage ich es euch! Aber garantiert nicht, wo!«

»Das wissen wir eh! Ihr seid …«, warf nun Edwin überraschend ein. Worauf ihm Hardy hastig ins Wort fiel und den Satz vervollständigte: »… sehr wahrscheinlich jetzt auf

Sardinien, nicht wahr?!«

Da fiel nicht nur mir auf, dass Hardy und Edwin echt verdammt schlecht pokerten und uns irgendeinen Mist erzählten. Und Ruben sprach dann auch in Bettys Handy in der Ablage: »Das weiß man alles nicht!«

»Oh! **Ruben!** Bist du das?«, fragte Hardy so extragut gelaunt überrascht nach.

»Woher …«

»Schöne Grüße von Su Bin! Wir sollen dir ausrichten, dass sie dich beim nächsten Mal …«

… und was Su Bin mit Ruben beim nächsten Mal anstellen würde, blieb da unklar, weil Ruben Bettys Handy von der Ablage genommen und das Gespräch einfach abgewürgt hat.

Betty hat nur eine Augenbraue hochgezogen und es einfach dabei belassen. Genauso wie Leander und ich. Nur Freddy haute noch raus: »Don't worry, Black Panther! Wir werden dich vor der kleinen Ninja-Kämpferin beschützen. Notfalls mit Waffengewalt.« Sagte es und klopfte gegen die Seitenwand der Kiste unter dem Schlafsofa.

Da ging aber niemand mehr drauf ein und Ruben selbst smilte im nächsten Moment wieder locker in die Runde: »Wir sollten Wolfgang noch eine Chance geben und einen noch besseren Ort für ihn finden.«

»Einen besseren Ort als in dem Wald vorhin gibt es nicht«, meinte Leander.

Und Ruben: »Vielleicht hat Wolfgang ja eine Kastanienbaumallergie.«

»Dann wäre Korsika im Allgemeinen schlecht für ihn. *Ganz* schlecht!«, meinte Freddy und ich dann aber noch: »Wie wäre es mit der Küstengegend? Da hätte er das ganze Programm. Am Strand rumrennen, im Wasser planschen, Fische jagen, Enten jagen, Schweine jagen … wonach ihm halt so ist.«

»Können Wölfe Fische jagen?«, hat Leander überlegt.

»Wenn nicht, bringen wir es ihm bei!«, war Bettys Antwort, die den Bulli direkt an den Straßenrand lenkte und ihn mit ein, zwei … drei-vier-fünf Wendemanövern auf neuen Kurs brachte: Nämlich zur Ostküste, die Bettys Gefühl nach nicht mehr allzu weit entfernt sein konnte, und …

… etliche Stunden später landeten wir nachmittags an der *West*küste! An einem kleinen, weißen Sandstrand in der Nähe von … nichts! Also da war jetzt nicht nur *nichts*, auch klar. Aber außer dem staubigen Weg, den wir durch dichten Wald, Buschwerk, Felsen und das alles hierhergekommen sind, deutete nichts auf Zivilisation hin.

»Traumhaft!«, seufzte Betty versonnen.

»Nach meinem Handy ist das hier die *Westküste*«, betonte Freddy.

»Ja und?«, fragte Betty.

Freddy streckte mit angehobenen Schultern die Arme aus und erklärte leicht ungeduldig: »*West*küste ist nicht *Ost*küste. Du hast dich verfahren, Frau Wagner! Gib's zu!«

Die aber schüttelte verständnislos den Kopf und – Zufall dann – Leander und ich teilten Freddy so ziemlich synchron mit: »Betty verfährt sich *nie*!«

Freddy verzog gespielt verzweifelt ihr Gesicht, sagte aber nichts mehr und dann war das Thema *Queen of Orientierungslosigkeit* sowieso beendet. ... vorerst jedenfalls!

Diesmal war es Betty, die Wolfgang das Halsband mit der Kette abnahm. – Und diesmal sagte niemand was. Gebannt starrten wir auf Wolfgang, gespannt darauf, was er als Nächstes tun würde. Und das war ...

... nichts! Wolfgang tat absolut nichts! Und nachdem er das ausgiebig getan hatte, setzte er sich einfach hin und kratzte sich mit dem Hinterlauf am Ohr.

»... uuuuund Action!«, kommentierte Ruben die Szene.

Da kam mir aber eine Idee: »Wir sollten vielleicht eine Weile hierbleiben. Was weiß ich, bis morgen oder so. Wolfgang kann sich dann an die Gegend gewöhnen, und wenn er dann will, fahren wir ohne ihn weiter.«

»Nicht blöd, gar nicht mal so blöd, du alter Wolfversteher!«, lobte mich Freddy überschwänglich.

Auch Ruben und Leander nickten und Betty entschied wieder hocherfreut: »So machen wir das!«

Und so machten wir das! Betty fuhr den Bulli direkt auf den Strand, wir schlugen unser Lager auf und dann kundschafteten wir Abenteurer und Wolfbefreier die Gegend aus …

… also wir alle schlurften einfach mal so gemütlich am Wasser entlang – mit einem Wolf, der uns hinterherdackelte.

Bis Ruben irgendwann stehen blieb, nachdenklich aufs Meer schaute und fragte: »Warum ist Wasser eigentlich immer türkis?«

Wir folgten seinem Blick auf das unglaublich klare Wasser vor uns, dessen Farbe eben von durchsichtig ins Türkise überging, je tiefer es wurde.

»Das hat was mit Lichtbrechung zu tun. Die weißen Sonnenstrahlen werden refl…«, erklärte ich und dann …

… gar nichts mehr, weil Freddy plötzlich und ohne jede Vorwarnung böse grinsend über mich herfiel und uns beide voll bekleidet ins türkisfarbene Mittelmeer riss. Und – das nennt mal wohl Rudeltrieb – die anderen, ebenfalls vollständig bekleidet, sprangen lachend hinterher.

… nur Wolfgang nicht! Total irritiert glotzte der uns nach, sprang im seichten Wasser hin und her und gab besorgt klingende Kläff- und Jaullaute von sich, als wir uns mit Wasser bespritzten und uns, nur so aus Spaß, gegenseitig zu ertränken versuchten.

Dann war Abend! Die Sonne leuchtete unseren Strand mit diesem weichen, warmen Licht aus, das man sonst nur von

Instagram-Filtern kennt. Und wir saßen still mit unseren Klappstühlen in einer Reihe am Ufer und sahen den Schwalben zu, wie sie nach spektakulären Sturzflugmanövern pfeilschnell über die glatte Wasseroberfläche schossen. Auf der Jagd nach Insekten ... oder einfach, weil es ihnen sehr gefiel.

»*Jetzt* hätte ich gern ein schönes Glas Rotwein!«, unterbrach Betty die Stille fröhlich und Leander, der alte Spießer, belehrte sie: »So viel Alkohol ist gar nicht gut. Es trübt den Verstand und die Sinneswahrnehmungen. Und, was die wenigsten wissen, Alkohol ist ein Nervengift.«

Da guckte Betty Leander ganz erschrocken an und grinste dann aber auch nahtlos hinterher: »Das ist haargenau das, was ich jetzt gern hätte!«

Und weil im Kühlschrank nur noch eine halb volle Flasche Cidre war, beschloss Betty, Rotwein zu besorgen. Weiter südlich hinter den Hügeln gab es laut Karten-App wohl ein kleines Dorf und da wollte sie dann auch hin. Ruben, voll der Gentleman, bot sich als Begleitschutz an. Freddy wollte ebenfalls mit, weil sie noch irgendeinen Hygienekram aus der Apotheke brauchte, und Wolfgang *musste* mit, weil Betty meinte, dass der sich dann eben per *Gassigehen* mit der Gegend vertraut machen sollte, wenn er schon nicht freiwillig losging.

Es blieben also zurück: Leander Schubert und Vincent Kramer! Er und ich! Und jetzt sag ich mal so: Wenn der Penner ebenfalls mitgegangen wäre, hätte ich niemals diesen total bescheuerten Fehler begangen, der diesen Abend so dermaßen übel werden ließ.

16

Es dämmerte schön rot und kitschig und die Schwalben machten wortwörtlich den Abflug. Vom Meer her kam eine leichte Brise auf, weshalb Leander und ich auf die Idee kamen, ein kleines Lagerfeuer zu entfachen. Im Wald hinter dem Strand fanden wir genügend Brennholz und wir waren auch so schlau, das Feuer nicht direkt hinter Thomas B.'s eh schon geschundenem Bulli anzuzünden, sondern ein paar Meter weiter zum Wasser hin. – Perfekt ... so weit!

Wir glotzten ins knisternde Feuer vor uns und dann war das doch alles etwas krampfig, weil Leander lange nichts gesagt hat und ich auch lange nicht, und weil die Sonne sich aber wirklich spektakulär rot und krass dem Horizont näherte, hab ich mir überlegt, dass ich ihm das jetzt einfach mal sage, wie schön und krass das hier alles ist – *Leander-Arsch* hin oder her –, und dann ...

... sagt er plötzlich: »Shit!«

»Wie *Shit*?«, frage ich nach und er murmelt: »Ach, nicht wichtig!«, und dann sehe ich, wie er sein Handy in seine Hosentasche stopft.

Arsch!, denke ich und dann spekuliere ich auch noch mal so richtig arschig hinterher: Vielleicht hat Lea ja Schluss mit ihm gemacht.... nach sechs Tagen schon! Dann war ich unterm Strich mehr als doppelt so lange mit ihr zusammen! Nämlich 14 – in Worten: *vierzehn* – ganze Tage! Und dann geht es innerlich mit mir durch: ... so eine Fernbeziehung ist ja auch immer etwas schwierig, nicht wahr ... Leander, du langweiliger Einwegheld!, und ...

... dann klingelte mein Handy! Ich kramte es aus der Seitentasche meiner Cargohose und der Name *Lea* erstrahlte auf dem Display.

»L... Lüll...«, habe ich laut und sehr doof in Gegenwart von Leander gelallt und gleichzeitig sehr aufgeregt gedacht, dass ja vielleicht was dran ist an meinen irren Fantastereien. Mit Herzschlag bis unterm Unterkiefer nahm ich den Anruf entgegen und meldete mich äußerst wortverspielt mit: »H... hallo?«

Und Leas zarte Stimme fragte: »Vince, bist du das?«

Und ich dann wieder, cool wie Samson aus der Sesamstraße: »Öhmm ... ö ... ... ja ...«, und sehr erwartungsvoll weiter: »W... wie geht's denn so?«

»Ganz gut eigentlich!«, war ihre knappe Antwort und dann kam sie auch direkt zum Anlass ihres Anrufes: »Tut mir leid, dass ich dich jetzt anrufe, aber ich versuche schon seit Stunden, Leander zu erreichen. Sein Handy ist aber wahrscheinlich ausgestellt oder er hat da keinen Empfang, wo ihr seid. Geht's ihm gut? Ist er grad in der Nähe?«

Da habe ich nur noch müde zu Leander rübergeguckt, ihm mein Handy gegeben und mindestens genauso müde gestöhnt: »Ist für dich.«

Und der war dann auch gar nicht so überrascht, dass es seine *angebetete Fernbeziehung* Lea Sanders war. Er ist aufgestanden und im Weggehen höre ich noch, wie er zu Lea sagt, dass sein

Handy keinen Saft mehr hat und dass er bescheuerterweise sein Aufladekabel zu Hause hat liegen lassen. – Was mal so richtig blöd war, weil, soweit ich wusste, hatte niemand sonst von uns ein Huawei-Smartphone.

Leander also ist dann den Strand telefonierend runtergestapft, und während ich noch so darüber nachgrübelte, welche Worte wohl beschreiben könnten, *wie* unbeschreiblich ich es fand, dass dieser Arsch jetzt auch noch ausgerechnet *mein* Handy benutzte, um exakt mit dem Mädchen herumzuturteln, welches er mir ausgespannt hatte. Während ich ihm also sprachlos hinterherglotzte, kam aus der anderen Strandrichtung unerwarteter Besuch. – Ein freakiges Pärchen, so Mitte zwanzig. Sie tuschelten kurz miteinander und kamen auf mich zugeschlurft.

»Hey du, echt jovel, euer Bulli, hm?!«, nuschelte die Frau dann mit so einem freakig-lockerem Slang und der Typ nicht weniger dämlich hinterher: »Voll der chillige Sundown, hm?!« – Beide lachten, wie soll ich sagen, vernuschelt unecht irgendwie.

Zwei Dinge, die mir sofort klar waren – Erstens: Die beiden wollten irgendwas von mir. Und zweitens: Ich konnte sie beide nicht ausstehen!

Und da kam aber auch schon wieder Leander angewackelt. Das Geturtel mit Lea war offensichtlich beendet. Er sah die beiden Freaks und *ich* las in seinem Gesicht ab, dass er sie genauso wenig leiden konnte wie ich, weshalb …

… ich den Schluffis spontan angeboten hab, sich mit an das Feuer zu setzen.

Leander nickte den beiden stumm zu, gab mir mein Handy zurück und setzte sich ebenfalls.

»Hey, du!«, nuschelte die Freak-Lady ihm zu und ihr Typi hinterher: »Hi, ich bin der Michi und das ist die Doro, hm?!«

»Ja, hi!«, entgegnete Leander tonlos.

Und Doro dann wieder: »Echt jovel, der Bulli!«, und ihr Michi wiederholte schlau: »Voll der chillige Sundown, hm?!«

»Mhm!«, machte Leander nur und dann – *bingo* – fragte Doro: »Du, sagt mal, habt ihr vielleicht einen Drink für uns in euerm Bul…?«

»**Nein!**«, schnitt Leander ihr den Fragesatz scharf ab und ich dann aber extra*chillig*: »Ja klar! Wir haben noch Cidre im Kühlschrank. Ich hol ihn euch.«

Leander verdrehte sehr genervt die Augen, Doro und Michi warfen sich kurz einen Blick zu und sie nuschelte so betont locker: »Hey, das ist voll lieb von dir«, und ihr Michi noch: »Dürfen wir mit? Würden gern mal den Bulli von innen sehen, hm?!«

Im Augenwinkel sah ich, dass Leander in meine Richtung beinah unmerklich den Kopf schüttelte, weshalb ich superentspannt geantwortet habe: »Natürlich dürft ihr. Ist aber nicht aufgeräumt. Ha, ha!«

Die zwei lachten mit und folgten mir. Leander blieb schwer genervt zurück und beobachtete vom Feuer aus, wie wir um den Bulli herumgegangen sind, wo ich für die beiden die Schiebetür geöffnet habe.

»Äyyyyyyy, wie nice ist das denn hier?!«, hauchte Doro begeistert aus und Michi wortgewandt: »Äyyyyy, aber volläyyyy!«

Sie warfen sich auf die Schlafcouch, die Ruben bereits für die Nacht ausgeklappt hatte. Ich nahm die halbe Flasche Cidre aus dem Kühlschrank, dann zwei Gläser aus dem Regal und wollte mit den beiden wieder zurück zum Lagerfeuer, da zwinkerte Michi mir zu: »Hey, wir kommen gleich nach, hmm?!«

»Is doch okay für dich, hm?«, gurrte Doro hinterher und …

… da dachte ich erst, dass das auf gar keinen Fall okay ist, diese zwei End-Freaks im Bulli zurückzulassen. Andererseits wusste ich aber, *wie* sehr ich Leander Schubert, den alten Spießer, damit ärgern konnte, und sagte: »Ja klar, okay. Bis gleich!«

Ich schlenderte also betont relaxed allein die rund zehn Meter zum Lagerfeuer zurück und freute mich über Leanders entgeisterten Gesichtsausdruck, den ich exakt so erwartet hatte.

»Kramer, du hast echt ein Rad ab, weißt du das?!«, zischte er und ich grinste aber einfach nur *michimäßig* voll debil zurück: »Äyyy, chill disch, äyyy! Doro und Michi haben ein bisschen Kuschelsex each other, verstehst du … äy?!«

Das fand Leander dann wenigstens ein bisschen witzig, und damit es bloß nicht so aussah, als würden wir spannen, während Michi und Doro vielleicht gerade voll zottelig übereinander herfielen, glotzten wir Richtung Horizont, wo die Sonne just in dem Moment die Meerlinie berührte und alles glutrot und extrem romantisch zum Leuchten brachte, und …

… nachdem die Sonne nach einer Weile komplett im Meer versunken und alles Rot erloschen war, guckten Leander und ich uns doch mal zum Bulli um, weil Doro und Michi wirklich verdammt lang brauchten für … was auch immer.

»Vielleicht sind die eingepennt«, habe ich noch getippt und Leander dann: »Gut möglich! Und falls ja, wäre ich jetzt wirklich dafür, dass wir die beiden Freaks wecken und rausschmeißen, okay?«

Ich wurde weich und nickte. – Wir gingen entschlossen zum Bulli hinüber und …

… einmal drum herum, wo ich dann zaghaft gegen die Scheibe der Schiebetür klopfte, die aber eh offen war. Und weil sich im Bulli-Inneren so gar nichts regte, warnte Leander Doro und Michi noch mal höflich vor, dass wir jetzt reinkommen würden. Was wir dann auch taten, um im nächsten Moment festzustellen, dass der Bulli leer war. – Doro und Michi waren abgehauen. Und hinterlassen hatten sie Chaos. Durchwühlte Rucksäcke, aufgeschlagene Koffer … inklusive eines umgeworfenen Fressnapfs von Wolfgang. Es war schlimm …

… richtig, richtig schlimm war das!

17

Betty, Ruben, Freddy und Wolfgang waren von ihrer kleinen Shoppingtour zurückgekehrt. Tatsächlich gab es ein Dorf südlich von unserem Strand und Betty hatte in einer Taverne Wein kaufen können und Freddy in einer Apotheke ihren ... *Hygienekram*.

Und Freddy war es auch, die mir vor dem ausgeplünderten Bulli die Frage stellte: »Auf einer Skala von eins bis zehn, Vincent Kramer: Für wie blöd hältst du dich selber?«

Worauf Ruben mir riet: »Sag *elf*, Sportsfreund. Da bist du auf jeden Fall auf der sicheren Seite.«

Geantwortet habe ich da aber mal gar nichts, weil, war ja klar, dass die nicht wirklich eine ernsthafte Antwort von mir erwarteten. Betty, Freddy, Ruben, Leander und wahrscheinlich auch Wolfgang – *alle*, wie sie nun um den Bulli herumstanden, wussten: Vincent Kramer ist der amtliche King aller Deppen!

»Nur, damit ich es richtig verstehe«, bohrte Freddy unbarmherzig nach. »Du hast dieses Arschloch-Pärchen, welches du nach persönlicher Einschätzung als nicht besonders vertrauenswürdig eingestuft hast, im Bulli mit all den Wertsachen zurückgelassen. Allein!«

Ich verdrehte von mir selbst genervt die Augen und nickte ein paarmal heftig.

»Na toll, die haben sogar den Zündschlüssel mitgehen lassen«, fiel Betty dann auf, als sie zufällig durch die Beifahrerscheibe zum Armaturenbrett hinüberschaute.

Ihr gegenüber fühlte ich mich jetzt mal so richtig mies. Ich meine, klar: Ich fühlte mich eh mies. Doro und ihr Michi hatten so ziemlich alles mitgehen lassen, was irgendwie von Wert war. Portemonnaies, versteckte Geldreserven, die Handys von Ruben und Freddy, Leanders mordsteures Multitool von *Leatherman* – alles weg. Aber Betty hatte es wohl am schlimmsten getroffen, weil: ihr Kamerakoffer mit der Leica drin war ebenfalls weg. Und falls dir die Marke jetzt nichts sagt: Eine Leica sieht nach nix aus, ist aber unfassbar teuer. – Profikamera halt.

»Es tut mir sooo unendlich leid, Betty!«, jammerte ich sie von der Seite an und da hat sie mich erst mit so einer traurig-ernsten Miene angeguckt, dass ich mir in dem Moment nichts mehr auf der Welt wünschte, als auf einem Sprungbrett vor einem schwarzen Loch zu stehen, wo ich dann – ein-, zweimal auf dem Brett hüpfend – hätte reinspringen können. Und dann aber ...

... hat Betty einmal kräftig durchgeatmet, ein Lächeln aufgesetzt und gesagt: »Shit happens, Schätzchen! Shit happens!« Und für die komplette Runde: »Was machen wir nun? Köpfe in den Sand stecken oder nach Michi und Dora suchen oder was?«

»Die heißt Dor**o**, nicht Dor**a**!«, korrigierte Leander sie ein bisschen zu pingelig und sagte aber auch noch mal: »Ich bin dafür, dass wir Vincents Kopf in den Sand stecken, und *dann* suchen wir die beiden Freaks.«

»Sehr gut, Schubert!«, lobte Freddy Leander, und weil das Freak-Pärchen außer seiner Kohle und dem Multitool sogar die Stoffratte Rudi eingesackt hatte, habe ich auch Leanders Kommentare still und demütig über mich ergehen lassen.

»Alles, was wir brauchen, ist eine Spur!«, wusste Betty, und weil wir mit Spuren so gar nicht punkten konnten, weil Doro und Michi jetzt auch nicht gerade einen Zettel haben liegen lassen, auf dem schnitzeljagdtechnisch ein Hinweis zu ihrem derzeitigen Aufenthaltsort gekrickelt stand, kam irgendwann die Idee auf, Wolfgang die beiden aufspüren zu lassen. Weil, das weiß man ja, dass Wölfe im Allgemeinen so feine Riecher haben. Wir guckten also alle optimistisch zu Wolfgang runter und der machte dann aber ein irritiertes Gesicht, als wollte er raushauen: *Was?!*

Die Idee war gut, aber einfach total unrealistisch. Du kannst einen Wolf nicht einfach mal so abrichten. Und schon gar nicht auf Freaks spezialisieren.

»Es sei denn, du hättest einem der beiden Pissbirnen die Pulsschlagader leicht angeritzt, dann könnte Wolfgang jetzt die Witterung mittels Blutspur aufnehmen«, meinte Freddy und schob leicht vorwurfsvoll die Frage hinterher, ob ich wenigstens **daran** gedacht hätte.

Worauf ich aber nur noch genervt den Kopf in den Nacken geworfen habe, und weil wir so gar keine Spur hatten und Korsika jetzt auch nicht gerade überschaubar klein wie Lummerland war – *tuut, tuut* –, weil eben alles so erbärmlich hoffnungslos war, teilte ich allen echt geknickt mit: »Meine Eltern sind versichert. Ich ruf die jetzt an und frag, was machbar ist. Und dann war's das auch für mich hier. Ich meine, ich muss denen ja auch klarmachen, wo ich wirklich bin und …«

… weiter kam ich nicht!

»Freunde, haltet mich bitte fest«, grätschte mir Freddy nämlich voll in meine Kapitulation. »Gleich fängt dieser Junge an zu weinen und dann wird mir immer schlecht und das wird nicht schön, gar nicht schön wird das, weil …«

»Ich hab's!«, wurde Freddy dann – Gott sein Dank – von Ruben unterbrochen. »Wir kriegen die beiden Freaks über mein iPhone. – Über den *iPhone-Finder*. Suchfunktion, versteht ihr?«

Ja klar, verstanden wir. Die Idee war super. Weshalb ich dann auch meine Eltern *nicht* anrief … vorläufig jedenfalls. – Betty stellte ihr Handy zur Verfügung, damit Ruben da die Zugangsdaten von seinem iPhone eingeben konnte, und …

… *bingo*, es funktionierte! Der Punkt auf der Karte, der den Standort von Rubens iPhone zeigte, war vom Strand aus gesehen ungefähr vier Kilometer rein im Landesinneren. Die Jagd begann! – Leander und ich kramten noch schnell die Taschenlampen aus dem Zelt, das Doro und Michi nicht geplündert hatten, dann brachen wir entschlossen auf …

… mit einer minimalen Verzögerung, weil Freddy nach ein paar Hundert Metern einfiel, dass sie etwas vergessen hatte. – Ich tippte auf den Hygienekram. Aber nachgehakt habe ich da natürlich nicht, als sie kurze Zeit später wieder auftauchte. Mit ihrem langen, schwarzen Mantel, den sie jetzt trug.

Mädchen frieren ja auch immer so schnell. … was aber auch vielleicht mit der Menstruation zu tun hat, dachte ich nach und ließ den Gedanken aber auch gleich wieder fallen, weil ich eh keine Ahnung von der Materie hatte … korrigiere: … *habe*! Immer noch voll das Präsens hier!

Zurück zum Thema: Doro und Michi! Wir hatten sie! ... also so gut wie!

»Hinter den beiden Felsen da müssten sie sein«, flüsterte Betty uns zu, als wir nach gut einer halben Stunde elender Kletterei durch stockfinsteren Wald und über nervig steile Hänge auf einer kleinen Lichtung standen.

Leander und ich machten sofort die verräterischen Taschenlampen aus und wir alle blickten zum anderen Ende der Lichtung, wo wir die Felsen, die Betty meinte, im Mondlicht ganz gut erkennen konnten. Stumm nickten wir uns zu und schlichen gemeinsam über die Lichtung, kletterten über die Felsen und ...

... Fehlanzeige! Kein Freak weit und breit zu sehen.

»Shit! Wie kann das sein?«, hab ich geflucht und auch noch mal mit Betty zusammen die Finder-App auf ihrem Handy kontrolliert. Alles war korrekt. Der Punkt von Rubens iPhone war exakt da, wo wir standen.

»Das kann deshalb sein, weil die Idioten Rubens iPhone verloren haben«, lieferte Freddy direkt neben uns kniend die Antwort ... mit Rubens iPhone in der Hand.

»Okay, das war's!«, stöhnte Leander mit wegwerfender Handgeste. Ruben nickte, während Freddy ihm sein iPhone zurückgab.

»So weit sind wir noch nicht«, widersprach Betty und fragte Freddy: »Wie sieht's denn mit *deinem* Handy aus. Hat das auch eine Suchfunktion?«

»Ja klar hat das eine Suchfunktion.«

»Jetzt echt? Wie geil!«, keimte in mir wieder Hoffnung auf und Freddy dann aber direkt wie mit dem Hammer drauf: »Aber die ist nicht aktiviert.«

»Wie – die ist nicht aktiviert!? Wenn man so was schon mal hat, dann aktiviert man das doch. Wie blöd ist das denn?«, habe ich mich da aufgeregt und sie dann auch prompt zurück: »Sagt jetzt mal genau der Richtige ... du Hohlkörper!«

»Ach kommt, Leute. Das bringt doch jetzt keinem was«, versuchte Ruben Ruhe ins Gespräch zu bringen, aber da schoss Freddy auch schon scharf zurück: »Sagt jetzt der, der sein iPhone zurückhat. Alles klar, *Bro*!«

»Freddy, bitte«, hatte Betty noch gesagt, aber da meinte Ruben ganz ruhig: »Richtig, *Sissss*, das iPhone habe ich zurück. Und auf meine Reisekasse, die in meinem Rucksack war, könnte ich auch noch verzichten. Da war eh nicht mehr so viel Geld drin. Aber, zürnende Freddy, höre: Diese Pissnelken haben etwas mitgehen lassen, woran mir verdammt viel liegt ...«

Ruben machte eine bedeutungsvolle Pause und Freddy, Betty, Leander, ich und vielleicht auch Wolfgang waren gespannt, was das jetzt wohl sein konnte, woran ihm so viel lag ...

»... mein Skizzenbuch!«

»Ach, na dann!«, rutschte es Leander heraus, weil der eben auch schon mal den ein oder anderen Blick auf Rubens Krickelbilder geworfen hatte.

»W... was soll das heißen?«, fragte Ruben mächtig irritiert nach, aber da ...

… zog Wolfgang plötzlich an der Kette, die ich zufälligerweise gerade in der Hand hielt. Alle drehten sich zu dem Wolf um, der ganz offensichtlich weiterwollte. Und zwar exakt in die Richtung, die nach oben führte. In einer pfeilgraden Linie zu der Strecke, die wir bereits zurückgelegt hatten.

»Logisch!«, glaubte ich zu verstehen, was Wolfgang uns mitteilen wollte. »Die haben zwar genau hier Rubens Handy verloren, aber deshalb sind sie ja nicht links oder rechts abgebogen. Die sind da weiter rauf. Jede Wette!«

»Ja, das macht Sinn!«, meinte auch Betty und da sind wir weitergewandert. Wieder in den Wald rein und den Berg hoch.

Dass Wolfgang auf der Strecke ein paarmal nach links, ein paarmal nach rechts zog, hab ich dann aber voll ignoriert und schon gar nicht erwähnt.

»Leute, das bringt's nicht!«, hatte Leander gestöhnt, nachdem wir uns rund einen Kilometer weiter den Hang hochgequält hatten.

Kein Zeichen von Doro, keine Spur von Michi, nichts deutete auch nur irgendwie darauf hin, dass die überhaupt hierhergeschlurft waren.

»Wir könnten …«, wollte ich vorschlagen, dass wir uns trennen könnten, um unsere Jagd-Chancen zu erhöhen, da …

… klingelte mein Handy. Ich kramte es aus der Hosentasche und auf dem Display leuchtete der Name *Schubert* auf. Da fiel mein Blick automatisch doof auf Leander Schubert, der es aber natürlich gar nicht sein konnte – logisch!

Und der fragte dann auch genauso automatisch doof nach: »Ist es Lea?«

»Nein, es ist *nicht* Lea«, knurrte ich zurück, weil mir da mittlerweile auch klar war, wer da wirklich anrief.

Ich holte kräftig Luft, stieß sie aus wie ein Gewichtheber vorm Wettkampf, nahm den Anruf mit Lautsprecher entgegen und rief bestgelaunt ins Handy: »**Hallo, Frau Schubert!**«

Ich sah, wie Leander sich an die Stirn fasste, und hörte, wie Frau Schubert mich besorgt fragte, ob denn alles in Ordnung bei uns sei. Leander wäre nicht erreichbar.

»Ach so, das! Der *Penner* hat sein Aufladekabel zu Hause vergessen! Ha, ha, ha!«, habe ich fröhlich geantwortet und sah, wie Leander die Hand ausstreckte, weil er das Telefonat übernehmen wollte und …

… da habe ich ihm mein Handy aber einfach nicht gegeben und im Plauderton ganz spontan ins Mikro gelacht: »Aber Sie können es ihm ja zu uns an die Tauber schicken. Dann freut er sich.«

Leander zeigte mir verständnislos einen Vogel und Frau Schubert fragte mich, ob ihr Söhnchen denn gerade in der Nähe sei.

»Oooooooo …«, *vokabulierte* ich untröstlich. »Der Leander

ist grad nicht da. Der wollte mit Lea noch zum Ufer runter ... *glaaauuube* ich. Sicher weiß ich es natürlich nicht.«

Leander fiel die Kinnlade runter und auch Betty, Freddy und Ruben guckten mich erstaunt an und Frau Schubert hörte ich *noch* erstaunter nachfragen: Lea und Leander? Da weiß ich ja gar nichts von. Ich dachte, Lea und du ...«

»Dachte ich auch, Frau Schubert, dachte ich auch!«, habe ich endvergnügt geantwortet, um dann aber noch mal mit so einer – wie soll ich sagen – *gebrochen tapferen* Stimme hinterherzuschieben: »Aber wissen Sie was, Frau Schubert? Wenn Leander und Lea glücklich sind, bin ich es auch!«

Das fand Frau Schubert *sooo* rührend und *sooo* edelmütig, dass ich dachte, gleich flennt sie mir die Ohren voll. Aber dann hat sie doch noch mal die Kurve gekriegt und mich gebeten, ihren Sohn schön zu grüßen, und sagen sollte ich ihm, dass er sich doch bitte melden möge und ...

»Kopf hoch, Vince!«, hat sie mir persönlich noch mal geraten.

»Geht klar, Frau Schubert, Kopf hoch! Mach ich«, habe ich voll tragisch wiederholt und dann beendeten Frau Schubert und ich das Telefonat.

Erste Reaktion: allgemeine Stille im Wald!

Dann – Freddy: »Das war groß! Ganz groß war das! Was für eine abgefuckte Rampensau! Hut ab, Vincent Kramer, ich verbeuge mich vor dir!«

... und Leander: »Du Arsch! Was sollte der Blödsinn? Sollte das witzig sein? Falls ja, erklär mir noch mal den Mittelteil, weil ich hab die Pointe nicht kapiert, du ...«

»Pscht!«, zischte Betty plötzlich und Leander verstummte. Betty und auch Wolfgang reckten den Kopf bergaufwärts.

»Was ist denn?«, fragte ich.

Betty legte nur noch mal den Zeigefinger an den Mund und dann hörte ich ihn auch: den wabernden Grundton eines Didgeridoos, ein schlichtes Blasinstrument der australischen Ureinwohner – praktisch gesehen ein ziemlich langes, hohles Stück Holz, das nur einen Ton kann.

Leander und ich knipsten die Taschenlampen sofort wieder aus und wir alle blickten in die Richtung, aus der das Getröte sehr leise zu uns herunterschallte.

»Da, Licht!«, flüsterte Freddy. – Und tatsächlich: Mit geweiteten Pupillen nahmen wir jetzt auch den schwachen Schein eines flackernden Lagerfeuers wahr.

»Guter Wolf! Das hast du fein gemacht«, tätschelte Ruben Wolfgang den Kopf, der ihn daraufhin kurz und genervt anknurrte. Was man ja auch verstehen kann. Ich jedenfalls wollte nicht, dass man mir ungefragt auf dem Kopf herumpatscht, sobald ich mal was richtig gemacht habe. … auch wenn das jetzt mal so eine Gelegenheit gewesen wäre, *mich* zu loben, weil ich schätze, dass am Ende doch eher ich die Idee hatte, den Weg pfeilgeradeaus weiterzugehen. … obwohl: Es war Wolfgang, der mich auf die Idee gebracht hatte. Per Zufall oder Absicht. Wer weiß das schon?!

Egal. Einer von uns beiden hatte was richtig gemacht und wir alle tasteten uns nun weiter den Hang rauf. Bis wir schließlich auf einer Hochebene angekommen waren, von wo wir – versteckt hinter Felsen und Büschen – die Quelle von Getute und Licht noch deutlicher hören und sehen konnten: Gut ein Dutzend Freaks hockte und lag da gackernd und brabbelnd am Lagerfeuer herum. Eine glühende Tüte Marihuana machte die Runde und einige wippten ganz versonnen zu dem monotonen Getröte des Didgeridoos, das von einem Typen geblasen wurde, der ein bisschen Ähnlichkeit mit *Chewbacca* aus *Star Wars* hatte. Neben ihm blöde grinsend saßen: Doro und Michi!

Leander und ich zeigten für die anderen stumm auf die beiden, worauf Freddy direkt auf sie zumarschieren wollte. Ich hielt sie aber an der Schulter zurück und flüsterte: »Ich mach das!«

»Was soll der Quatsch denn jetzt?«

»Ich hab die Scheiße gebaut! Und ich werde sie wieder gradebiegen.«

»Gebaute Scheiße gradebiegen! Was ist denn *das* für ein Deutsch?«

»*Ich* geh mit!«, entschied Leander. »Ich war ja schließlich auch dabei. Will sagen, ich hab auch Scheiße gebaut. … also jetzt nicht so viel wie Vincent hier, aber ein bisschen halt doch, weil …«

»Geht klar! Verstanden! Du kannst mitkommen!«, habe ich ihn da ausgebremst und die anderen nickten zustimmend.

Ich drückte Ruben Wolfgangs Kette in die Hand, habe wieder kräftig durchgeatmet und dann bin ich mit Leander aus der sicheren Deckung raus. Nicht zu schnell, nicht zu langsam – so selbstbewusst wie möglich direkt auf das Dutzend Freaks an ihrem Lagerfeuer zu und …

… dann dauerte das ein Weilchen, bis die Trantüten uns überhaupt registrierten. Bis irgendwann eine Lady mit Tattoo zwischen den Augen den Ellbogen in die Rippen von ihrem kiffenden Nachbarn stieß und das Gebrabbel langsam verebbte. Nur Chewbaccas leidenschaftliches Getröte verstummte erst, als man ihm mit einem geworfenen Tannenzapfen an die Filzbirne darauf aufmerksam machte, dass Besuch da war.
… was in dem Moment auch Doro und Michi peilten – reaktionsschnell wie Steine.

Leander und ich gingen noch ein paar Schritte auf die beiden zu und ich dann: »Hi, Doro! Hi, Michi!«

Die beiden gucken uns wirklich sehr überrascht an, bis Doro schließlich lallt: »Äh … hey, ihr. Das is jetzt aber voll cool hier, dass ihr uns besucht, hm?!«

»Geht so«, raunt Leander. »Wir wollen unsere Sachen zurück, die ihr geklaut habt!«

»*Alles*, bitte!«, hab ich noch ergänzt und Michi dann irrsinnig doof: »Welche Sachen?«

Doro und Michi lachen wieder so vernuschelt, Chewbacca neben ihnen lacht blöde mit. Unklar, ob der überhaupt kapiert, worum es geht.

»Auch lustig. Nä, ehrlich!«, hat Leander gestöhnt und ich

noch mal: »Ihr habt geklaut. *Diebstahl*, versteht ihr?! Und wir haben euch gefunden. Also: Gebt uns einfach alles zurück. Wir machen da kein Ding raus.«

Doro und Michi gucken sich kurz an, dann – kein Witz – meint Doro: »Du, das ist jetzt aber voll aggro, was ihr hier abzieht, hm?!«

Worauf Leander und ich uns kurz und wundernd angucken, und Leander fragt bei Doro nach: »Was ist denn daran bitte schön jetzt *aggro*? Ihr habt Geld und Dinge gestohlen, die nicht euch gehören, sondern uns.«

Dann: Ich sehe, wie der Typ rechts von Michi ein Klappmesser aus seiner Hosentasche herausfummelt und die Klinge langsam herausklappt und wieder in das Messerheft zurückschnappen lässt. Raus und rein – immer wieder. Klar, dass der Spacko uns mit seiner Messerspielerei einschüchtern will. Aber da sagt Leander überraschend cool zu ihm: »Das ist gar nicht gut fürs Messer, was du da machst. Wenn man die Klinge dauernd einschnappen lässt, stumpft sie schneller ab.«

Der Typ hält inne, guckt Leander an, überlegt vielleicht irgendwas oder auch nicht ...

... denn als Nächstes lässt er doof grinsend die Klinge wieder einschnappen.

»Okay, Doro, Michi!«, komme ich wieder auf das zentrale Thema zurück: »Gebt uns *bitte* die Sachen zurück! Das ist nicht mehr lustig!«

Und da hört Michi dann auch mit seiner Grinserei auf und antwortet: »Verpisst euch!«

Wieder treffen sich kurz die Blicke von Leander und mir. Überrascht, ratlos, sprachlos ... – Ich stehe unter Zugzwang, Erfolgsdruck! *Ich* habe gesagt, dass ich es wieder in Ordnung bringen will. Meine Gedanken rotieren und dann ...

... klingelt mein Handy. Doro, Michi, Chewbacca, der Typ mit dem Klappmesser ... alle gucken neugierig auf die rechte Seitentasche meiner Cargohose. Ich hole das Handy da einigermaßen genervt raus, auch Leander direkt neben mir kann dann ebenfalls vom Display ablesen, dass es wieder Lea ist, die da anruft, ich nehme den Anruf an und sage: »Nicht jetzt!« ... und drücke Lea dann einfach wieder weg!

Leander stutzt ... und ich auch innerlich! Ich habe ein Gespräch mit Lea abgewürgt! *Ich!*

»Okay, Typis!«, nuschelt Michi. »Ihr seid unlocker und die totalen Spießer. Die Sachen gehören jetzt uns und jetzt verpiss...«

... und da – sehr spontan – übertöne ich den Rest von Michis Ansage mit einem lauten Pfiff durch meine Finger, worauf ich entschlossen über meine Schulter rufe: »**Wolfgang!**«

Alle Freaks glotzen einigermaßen gespannt hinter uns in die Dunkelheit, aus der dann seeehr langsam die Konturen eines herannahenden Wolfes mit gelb reflektierenden Augen sichtbar werden ... und die vollständigen Konturen eines schwarzen Mannes dann auch, je näher Wolfgang und Ruben sich dem Lagerfeuer nähern.

Starke Szene! Sehr effektvoll!

... da quäkt aber die bescheuerte Kuh mit Tattoo zwischen den Augen voll in die Szene: »Hey, der ist ja voll süüüß, ääääy!«, und Ruben fragt überrascht nach: »Wer? Ich jetzt?«

»Näääääää, ich mein dein Hundi. Ich hatte auch mal so einen. *Näitscha.* Der is mir aber abgehauen.«

Das wundert irgendwie keinen und Leander neben mir korrigiert die Frau für mich überraschend: »*Wolf!* Es ist ein *Wolf,* kein *Hundi!* Unterschied! Und er ist gefährlich!«

»Jetzt ehrlich, äy?!«, grinst Michi, worauf Ruben dann zu ihm sagt: »Okay, Michi. Du und Doro, ihr gebt jetzt besser alles raus, was ihr geklaut habt. Die Kamera, Handys, Geld, mein Skizzenbuch ... Sonst muss ich dieses tadellose, amtliche Raubtier von der Kette lassen und das wird nicht schön, wenn ich das tue.«

Und als hätte Ruben soeben mit *nichts* gedroht, fragt der Didgeridoospieler Chewbacca interessiert nach: »Äyyyy, jetzt echt? Das Skizzenbuch is von dir?«

Und Ruben etwas irritiert: »Ähm ... ja, warum?«

Da lacht Chewbacca lauthals los und ein paar weitere seiner Freakfreunde auch und Doro gackert: »Das is voll schlecht, was du gekrickelt hast. Das kriegt ja selbst Shiva hin!«

»Der indische Gott?«, fragt Ruben nach.

»Näääää, meine dreijährige Tochter!«, informiert Doro ihn.

»Und *meine!«,* ergänzt Michi stolz, worauf Doro aber direkt und so verstohlen nach links zu Chewbacca hochschielt, der seinerseits genauso zurückschielt und kurz mit den Achseln zuckt.

Und Wolfgang? Der hat sich's mittlerweile neben dem irgendwie eingeschnappten Ruben gemütlich gemacht.

Und da denke ich noch, dass ich die Gesamtsituation hier irgendwie nicht mehr so richtig im Griff habe, da …

… höre ich plötzlich Freddy hinter mir brüllen: »**Okay, ihr Arschgeigen! Es reicht! Ihr rückt jetzt den Kram raus, sonst passiert hier gleich ein Unglück!**«

Augenblickliche Stille. Die komplette Freak-Show glotzt auf die dunkle Wand aus Nacht und Wald hinter uns, aus der im nächsten Moment Freddy und Betty heraustreten und kurz darauf neben uns stehen.

Chewbacca schielt noch mal verdutzt an mir vorbei und fragt: »Kommt da noch was?«

»**Ja, Zottelmann!**«, brüllt Freddy wieder. »**Mein Turnschuh in deine Filzfresse, wenn du den beiden Pissbirnen neben dir nicht sofort sagst, dass sie tun sollen, was ich gerade gesagt habe!**«

Der Zottelmann, also Chewbacca oder wie auch immer, etwas verunsichert, denkt irgendwas und fragt vorsichtig nach: »… und das war noch mal was?«

»Meine Güte! Wie dämlich bist du? Soll ich es aufmalen?«, fragt Freddy verdammt ungeduldig nach und …

… da meldet sich aber Doro ganz trotzig zu Wort: »Du, sag mal, du. Warum sollten wir vor dir überhaupt Angst haben, hm? Wir sind hier total überzählig, verstehs'du?!«

Da wird in der Freak-Runde viel mit den Köpfen genickt und der Typ rechts neben Michi klappt auch schon wieder sehr entschlossen sein Messerchen auf und zu.

»Ihr seid in der *Überzahl*, nicht *überzählig*, Schätzchen!«, korrigiert Betty sie da noch freundlich und …

… da reißt Freddy plötzlich ihren schwarzen Mantel weit auf und hält im nächsten Moment plötzlich eine Waffe im Anschlag. – Thomas B.'s Schweizer Armeegewehr!

»Autsch!«, jault der Klappmesser-Held neben Michi kurz auf, weil er vor Schreck die Klinge gerade wieder in das Heft einschnappen ließ – mit Daumen dazwischen.

»Deswegen, Bitch! Deswegen solltet ihr Angst vor mir haben!«, knurrt Freddy Zählmaschine Doro an, die, wie all ihre

Freak- und Zottelfreunde auch, nun doch ziemlich eingeschüchtert wirkt.

Betty, Ruben, Leander und ich starren ebenfalls zu Freddy rüber und jedem von uns ist klar: Das ist von ihr verdammt hoch gepokert. Thomas B. hatte uns und vor allem *sich selber* ja noch mal ordentlich beruhigt, dass das Gewehr *nicht* geladen sei.

Und während mir noch so überflüssig wie nur irgendwas durch den Kopf geht, dass Freddy *nicht* ihren Hygienekram vergessen, sondern heimlich den Karabiner 31 aus dem Kasten unter dem Schlafsofa geholt hatte, steht plötzlich Michi auf und sagt echt mutig: »Äääy, ich hab keine Angst vor dir, *Gun-Lady*. Ich glaub nämlich, dass das Ding da gar nicht geladen ist, verstehs'du?!«

Ja klar, versteht Freddy. Was sie aber nicht davon abhält, den Karabiner mit diesem einen Hebel an der Seite einmal durchzuladen. Keine Ahnung, wie das Teil korrekt heißt. Auf jeden Fall so ein Durchlade…*dings*, bei dem bedrohte Gesprächspartner in Westernfilmen oder Krimis immer gleich wissen: Jetzt wird's ernst! – *Tschack, tschack!*

»Pass auf, Schluffi, und hör gut zu, was ich jetzt sage, denn ich werde es nur einmal sagen und …«

»Komm auf den Punkt, Freddy, bitte!«, bittet Ruben Freddy und sie kommt auf den Punkt: »**Rückt! Den! Kram! Raus! Sofort!!!**«

Da wippen die meisten dann doch sehr nervös auf dem Waldboden hin und her. Nur Michi, dieser enddämliche, angetörnte Michi lässt einfach nicht locker und greift dann grinsend und unbeholfen nach dem Gewehrlauf. Aber Freddy schwenkt die Waffe von ihm weg und …

… exakt in dem Moment löst sich aus dem Schweizer Armeegewehr, welches so was von gar nicht geladen sein dürfte, verdammt unerwartet ein Schuss. – *BANG!*

Die Explosion des abgeschossenen Projektils verhallt noch lang im Wald und alle Anwesenden glotzen mächtig erschrocken zu Freddy und dem Gewehr rüber. Einschließlich Wolfgang, der wieder hellwach an der Seite von Ruben steht.

Und Freddy selbst? … hat sich auch gleich wieder im Griff, spielt ihr Pokerspiel weiter und visiert extrem cool den kreidebleichen Michi. – Ich sag dir: Wenn jemand eine geniale Rampensau ist, dann Freddy.

Verletzt wurde zum Glück niemand. Nur das Didgeridoo, das Chewbacca vorher an einen Baum gelehnt hatte, hat es schwer getroffen.

»Du und deine Bitch, ihr holt jetzt das Zeugs, was ihr gestohlen habt. *So-fort!*«, befiehlt Freddy; Michi und Doro gehorchen umgehend.

Die Stimmung im kompletten Freakcamp war so ziemlich auf dem Nullpunkt. Niemand traute sich, sich auch nur irgendwie zu bewegen. Korrigiere: *Fast* niemand …

»Du da, mit dem Stempel in der Fresse!«, rief Freddy die Lady mit dem Tattoo zwischen den Augen auf, die gerade im Begriff war, den Joint, den sie zwischen ihren Fingern hielt, zum Mund zu führen.

Die erstarrte nun in der Bewegung, guckte angespannt zu Freddy rüber und die meinte: »So viel kiffen ist gar nicht gut für die Birne. Schmeiß das Ding ins Feuer!«

Und da sah man schon, dass es der Lady verdammt schwerfiel, die gerade erst entzündete Tüte den Flammen zu opfern. Aber sie tat es. Und dann sah sie gemeinsam mit ihren Sitznachbarn traurig und kopfschüttelnd dabei zu, wie der Joint langsam zu Asche verbrannte. Feuerbestattung – nichts dagegen.

Kurz darauf kamen dann auch schon wieder Doro und Michi mit unseren Sachen angetrabt. Trotteligerweise stolperte Michi über irgendwas und titschte mit Bettys Kamerakoffer leicht gegen einen Baum.

»Vorsicht, Mensch! Da ist eine sehr teure Kamera drin!«, ermahnte Betty ihn und da antwortete der kleinlaut: »Wenn was dran ist, schicken Sie mir bitte die Rechnung. Ich bin haftpflichtversichert.«

Betty, die einfach nicht gern gesiezt wird, verdrehte stumm die Augen. Aber Doro und auch ein paar andere Freakfreunde gucken Michi echt irritiert an und Doro fragt ungläubig nach: »Du bist *was*?«

Und Michi ganz selbstverständlich zurück: »Haftpflichtversichert!? Kann ja immer mal was passieren, hm?!«

»Wo denn?«, will Chewbacca wissen und Michi fragt zurück: »Wie – *wo denn?*«

»Na, wo du versichert bist?«

»Ach so – *wo!* Bei der *ERGO.*«

Chewbacca überlegt und murmelt: »Kenne ich nicht!«

Und Michi jetzt im Plauderton: »Du, das ist klar. Die hießen ja auch früher anders.«

»*Hamburg-Mannheimer* hießen die!«, ergänzt die Lady mit Tattoo zwischen den Augen. »Da war ich auch mal. Und da habe ich aber gewechselt, weißt du?!«

»Jetzt ehrlich? Warum denn?«, will der Typ mit Klappmesser und blutendem Daumen noch wissen, da …

… grätscht Freddy mit so einem Erzieherinnenstimmchen dazwischen: »Kinder, bitte! Dem Nächsten, der hier den Mund aufmacht, muss ich ins Knie schießen!«

»Trägt das dann eigentlich die Unfallversicherung? Ich meine, ich habe … ei…ne … … und … … w…«, sagt auch Michi am Ende schlauerweise mal lieber nichts mehr und gibt uns stattdessen mit Doro zusammen die gestohlenen Sachen zurück … inklusive Stoffratte Rudi.

Betty checkt ihre Kamera, die aber in Ordnung ist, Leander und ich zählen das Geld in unseren Portemonnaies nach, Ruben prüft sein Skizzenbuch. Und weil Freddy gerade mal keine Hand frei hat, bittet sie Ruben, für sie den Inhalt ihrer sehr fetten Brieftasche nachzuzählen.

»Eintausendsechshundertfünfundachzig Euro und ein bisschen Kleingeld.«

Doro, Michi und auch die anderen beißen sich auf die Lippen und verdrehen leicht verstimmt die Augen.

Umso überraschender dann für alle, als Freddy erklärt: »Da fehlt was!«

Michi und Doro gucken sich irritiert und achselzuckend an und Michi beschwert sich kleinlaut: »Wie, *da fehlt was*?! Kann ja gar nicht sein. Wir haben nichts davon angerührt.«

»Aufwandsentschädigung!«, smilt Freddy.

Ruben, Leander, Betty und ich gucken schon wieder sehr überrascht zu unserer *Gun-Lady* rüber, aber prinzipiell hat niemand von uns etwas gegen ihre Forderung einzuwenden. – Doro und Michi anscheinend auch nicht, weil die beiden machen dann mit Stofftäschchen und Lederhut die Runde und sammeln von ihren Freakfreunden alles Geld ein, was die gerade bei sich haben.

»Dreihundertvierundfünfzig Euro und dreiundzwanzig Cent«, teilt Kassenwart Ruben Piepenbrock nach Auszählung der Kollekte das Ergebnis mit.

Sämtliche Freak-Augenpaare starren nervös auf Freddy in banger Erwartung ihres Urteils. Und die – wie ein schlecht gelaunter Gringo in einem Italowestern – zieht dann auch nach einem quälend langen Augenblick ihre rechte Oberlippe hoch, um …

… im nächsten Moment bestgelaunt im Freaklady-Nuschel-Modus ihre Entscheidung zu verkünden: »Du, die Summe geht voll okay, du, hm?!«

Ruben, Leander, Betty und ich stimmen Freddy grinsend zu und dann tauchen wir mit unseren Sachen, der Aufwandsentschädigung und natürlich zusammen mit Wolfgang dahin ab, woher wir auch gekommen sind – in die Dunkelheit des Waldes.

18

»Das Gewehr war *was* bitte???«, hat Thomas B. am nächsten Morgen entsetzt nachgefragt. Meiner Vorstellung nach wieder an seinem blank polierten Eichentisch sitzend mit einer roten, weiß gekreuzten Schale Birchermüsli vor sich.

»Geladen!«, wiederholte Betty, die zur Abwechslung jetzt auch mal während der Fahrt hinten im Bulli saß. Diesmal mit Leander und mir. – Weil Wolfgang hatte sich aus unbekannten Gründen spontan für den Fensterplatz vorn neben Ruben entschieden. Und den Bulli selbst fuhr: Freddy! Das war für Betty überhaupt kein Thema, weil Freddy ihr ja auch erklärt hatte, dass sie schon seit drei Jahren einen Führerschein hätte. Auf welcher Rennstrecke sie den gemacht hat – schwer zu sagen. Jedenfalls war ihr Fahrstil ein recht sportlicher. Vorteil daran: Auf unserem Weg, zur Ostküste jetzt, kamen wir ziemlich flott voran. – Nachteil: Freddy fuhr, wie sie war! – Unbeherrscht! Unberechenbar! Ungeduldig! … lauter *Un's!*

Aber wurscht! Es ging mit unserer neuen Pilotin flott voran, Betty telefonierte mit Thomas B. und der fragte *Was?*, und Betty wiederholte: *Geladen!* – Was ein cleveres Ablenkungsmanöver von ihr war, dass sie das mit dem geladenen Gewehr erwähnt hat, weil Thomas B. hatte eigentlich nur wissen wollen, wie es denn im Allgemeinen so mit seinem geliebten *VW T2* von 1973 lief.

»Gopferdelli!* So än Sch…«, ärgerte Thomas B. sich *schwyzerdütschelnd* über seine eigene Doofheit.

* Schweizer Variante von *Gott verdammt!*

»Ach, ärgere dich nicht, Thomas. Es ist ja zum Glück wenig passiert.«

Thomas B. stockte und korrigierte unmerklich die Position seines blitzsauberen Müslilöffels neben der Müslischale zu einem noch perfekteren Neunziggradwinkel zur Tischkante ... also vor meinem inneren Auge tat er das, klar. Und dann fragte er: »Was bedeutet: *wenig passiert*?«

Und weil Betty ihrerseits da auf die Schnelle nichts einfiel, sprang überraschenderweise Leander ein: »Bei dem Überfall auf ein Freak-Camp löste sich durch unsere katholische Pilgerin Eva-Maria versehentlich ein Schuss aus dem *Karabiner 31*, der Oskar aus der Tonne nur knapp verfehlte, dafür aber sein Didgeridoo voll traf. Also insgesamt gesehen: *wenig passiert* eben.«

Der komplette Bulli – außer Wolfgang und unserer neuen Fahrerin – starrte Leander an. Wie konnte der Blödmann nur die ungefilterte Wahrheit raushauen?! – Gebannt lauschten wir dem Knacken und Rauschen in der Schweizer Leitung ...

... dem dann aber plötzlich ein schallendes Lachen folgte: »Huuuu, das war lustig, Leander! Filmreif, mein Lieber! Du hast viel Fantasie, od'r?!«

Leander streckte seinen rechten Daumen lässig in die Höhe und wir applaudierten ihm stumm!

Und nach einem freundlichen Wortgeplänkel – Wetter hier, Landschaft da – beendeten Thomas B. und Betty auch das Gespräch. Keine Sekunde zu früh, weil Freddy manövrierte den Bulli gerade wieder mit sehr unschönen Kratz- und Quietschgeräuschen durch eines der unausweichlichen Schlaglöcher.

»Steil hier«, bemerkte Leander leicht nervös mit Blick aus dem linken Fenster, wo nur eine niedrige Mauer die verdammt enge Straße von dem Abgrund trennte.

»Na, immerhin haben wir keinen Gegenverkehr!«, versuchte Betty ihn zu beruhigen und …

… dann hatten wir Gegenverkehr.

Ein halbes Dutzend Motorradfahrer, das plötzlich um die Kurve geeiert kam. – Von jetzt auf gleich ging Freddy in die Eisen. Der Bulli tat das, was er anscheinend immer tat, wenn man von jetzt auf gleich in die Eisen ging: Er zog nach links! Richtung Mäuerchen vor steilem Abgrund. Die Motorradfahrer wichen auf die andere Straßenseite aus. Haarscharf an der schroffen Felswand vorbei. – Der Bulli schrappte noch ein paar Meter an dem Mauerwerk entlang, dann stand er. Und das halbe Dutzend Motorradfahrer ebenfalls.

Betty, Leander, Ruben, Wolfgang und ich starrten geschockt zu Freddy rüber und Freddy selbst umklammerte mit schweißnassen Händen das Lenkrad und schielte mit großen Augen aus dem Fahrerfenster auf die Landschaft mit Abgrund.

»Na, das is ja mal 'n Zufall hier!«, holte uns eine bekannte Stimme aus der allgemeinen Schockstarre: der Motorradheinz vom Splügenpass. Die Milchattacke hatte er offensichtlich einwandfrei überstanden.

Freddy drehte sich hektisch zu mir um und kommandierte: »Das Gewehr! Schnell!«

Und da wusste ich auch nicht, ob das jetzt so eine gute Idee war, Freddy die Knarre aus dem Sofakasten herauszugeben.

Aber da nahm Betty mir auch schon die Entscheidung ab, indem sie ihre Hand ruhig auf Freddys Schulter legte und langsam und entspannt den Kopf schüttelte. – Und, siehe da: Freddy sagte nichts mehr und kam runter.

»Ach, so geht das?!«, grinste Ruben Freddy an und dann fragte er mit Blick durch die Beifahrerscheibe in die Runde: »Und wer ist dieser verwegene Herr in Begleitung seiner edlen Gefährten?

»Tja, öhmm, ein alter Bekannter mit Laktoseintoleranz«, scherzte ich noch etwas unlocker, bevor wir alle aus dem Bulli stiegen.

»Und da ist ja auch der Wauwau«, begrüßte der Motorradheinz Wolfgang neben Ruben an der Kette ein bisschen albern und machte einen Schritt auf ihn zu …

… und dann direkt zwei zurück, als Wolfgang ihm zähnefletschend klarmachte, dass Anfassen, Streicheln, Tätscheln nicht erwünscht ist.

»Sorry, aber da ist unser Wolfgang sehr eigen!«, entschuldigte Betty sich und legte direkt nach: »Du, das tut mir wirklich, *wirklich* richtig leid, was da am Splügenpass passiert ist!«

»Ja, ja, nä, nä – schon klar!«, quakte der Motorradheinz. »Biker mit Eiern und Milch bewerfen und dann einfach weiterfahren.«

»Ihr habt *was* getan?«, fragte Ruben und Freddy präzisierte: »*Ich* habe *einen* Biker mit *zwei* Eiern und *einem* Liter Milch beworfen! Dieses deshalb, weil er uns verfolgt und sich in Dinge eingemischt hat, die ihn so was von gar nichts angingen.«

»Das ist jetzt aber auch ein bisschen unfair, Fräulein«, stand unserem Motorradheinz jetzt einer seiner Bikerfreunde zur Seite. »Ralf hat nur dem Wirt helfen wollen, dem du ja wohl einen Haufen Geld geklaut hast.«

»Wer, zum Teufel, heißt heute bitte schön noch **Ralf**?«, fragte Freddy fast ein wenig entsetzt nach und ihr Eier- und Milchgeschoss-Opfer hob müde seinen Zeigefinger.

Freddy schüttelte verständnislos den Kopf und klärte die Biker auf: »Nicht *ich* habe Luigi, den Arschloch-Wirt, bestohlen, sondern der Arschloch-Wirt Luigi war im Begriff mich, mittels Dumpinglohn übers Ohr zu hauen. So sieht's aus!«

»Na ja ...«, warf der Motorradheinz ein, also *Ralf* jetzt. »... da hat mir der Wirt aber was ganz anderes erzählt.«

»Siehst du, **Ralle**, das ist das Problem mit euch!«, machte Freddy ihm klar. »Einfach immer stumpf glauben, was euch die letzten Spacken von der hinterletzten Alpen-Spasti-Passhütte der Welt erzählen, draufhauen und *dann* nachdenken.«

Da sagten *Ralle* und seine Gefährten erst mal nachdenklich lange nichts und ein Typ mit Helmkamera meinte: »Für so ein junges Ding wie dich, benutzt du ganz schön viele Kraftausdrücke.«

Und bevor Freddy da sehr wahrscheinlich noch mal wegen *des jungen Dings* mit ein paar weiteren Kraftausdrücken nachlegen konnte, grätschte Betty an Ralf gewandt dazwischen: »Was ist denn mit dem Wirt? Luigi! Geht's dem gut?«

Und Ralf wackelte mit dem Kopf: »Na, geht so drum. Der hat sich bei der Aktion ein Bein gebrochen. Ist damit unter der Maschine gelandet, als wir in die Kuh reingefahren sind.«

»In eine K...??? Ach ... du ... Scheiße«, atmete Betty aus.

»Ja, aber halb so wild! *Der* Kuh ist ja nix passiert. Dafür hat es eine *andere* Kuh schwer erwischt«, grinste der Typ mit gestreiftem Helm und so einer weißen Riesenmaschine.

»So?«, fragte Betty besorgt nach.

»Yep! Die *Gummikuh* von unserem Ralf hier«, grinste der Typ mit der weißen Maschine, alle beömmelten sich vor Lachen. Und weil wir den Witz nicht kapierten, zeigte Ralf auch noch mal lässig mit dem Daumen auf seinen BMW-Klassiker, der von Kennern der Materie eben auch Gummikuh genannt wird, ... warum auch immer.

Jedenfalls: Ralfs gute alte BMW hatte es arg getroffen. Die dicke, runde Lampe hing irgendwie schief mit Gaffa-Tape umwickelt zwischen Lenker und Vorderrad. Vom rechten Rückspiegel war nur noch die Stange da und vom Blinker auf der selben Seite fehlte das Glas.

»Warte!«, sagte Freddy zu Ralf, drehte sich um und kletterte zurück in den Bulli.

Und klar! Wir *alle* hatten die Fantasie, dass Freddy gleich mit einem Schweizer Armeegewehr aus dem Bulli springen würde, um Ralfs Gummikuh einen Gnadenschuss zu geben ... oder irgendetwas anderes anzuschießen oder zu erschießen und ...

... nichts von alledem geschah. – Ganz entspannt kam Freddy ohne Gewehr zurück, ging direkt auf Ralf zu, streckte ihm die Hand entgegen und sagte: »Da!«

Ralf glotzte irritiert auf die Geldscheine und die paar Münzen, die Freddy ihm entgegenhielt. »Wie – *da!?*

»Dreihundertvierundfünfzig Euro und dreiundzwanzig Cent. Für dich und deine Gummikuh. Praktisch gesehen: *Aufwandsentschädigung!*«, smilte Freddy.

Ralf stutzte, guckte auch noch mal fragend zu uns rüber, aber da zogen wir auch nur die Schultern hoch, weil: Freddy hatte den Freaks das Geld abgeknöpft und sie konnte damit tun, was immer sie wollte. Ihre Entscheidung.

»Das ist zu viel!«, meinte Ralf dann zu Freddy. »Ich nehm die Hälfte und gut is!«

»Hälfte geht nicht, weil nicht teilbar. Sagen wir hundertneunzig!«

»Hundertsiebzig!«

»Goldene Mitte: Hundertachtzig! Letztes Wort!«

»Deal!«, grinste Ralf und schlug in Freddys freie Hand ein.

Freddy und Ralf steckten ihr Geld ein und dann mussten sich die Biker natürlich auch noch mal den topgepflegten, also *im Prinzip* topgepflegten VW T2 von 1973 etwas genauer angucken. Den gab es schließlich nur noch selten auf den Straßen zu sehen.

»Schade, dass der überall so vermackelt ist«, legte der große Schlanke mit der italienischen Rennmaschine seinen Finger voll in Bettys Wunde.

»Ach, das ist alles nicht so schlimm, wie es aussieht. Das kann man leicht auspolieren«, beschwor sie wieder die gute alte Politurtechnik.

Allgemeine Skepsis war da in den Gesichtern der Biker abzulesen und Ralf scherzte: »Vielleicht könnt ihr ja da überall ein paar Prilblumen draufkleben. Dann sieht man die Macken nicht so.«

Allgemeine Fragezeichen in *unseren* Gesichtern, weil wir nicht wussten, wovon Ralf, der alte Rocker, redete. Und dann klärte er uns auf, dass das Aufkleber aus den Siebzigern waren, die hinten auf dem Geschirrspülmittel klebten, und dass die von allen überall hingepappt wurden – »Kacheln, Tassen, Schränke ... Papis Brille – *Voll kultig!*«

♪ »*Holt euch die fröhlichen Blumen – Holt euch das fröhliche Pril ...*«, stimmte plötzlich der mit der Helmkamera ganz versonnen ein Lied an.

»Gibt's die überhaupt noch?«, fragte der mit dem Streifenhelm nach.

»Weiß nicht, ich spül Geschirr nur mit *Ecover* von *dm*. Ist irgendwie umweltfreundlicher«, meinte Ralf.

»Hm, da sind die von Pril aber mittlerweile auch weiter. Ich jedenfalls spüle *nur* mit Pril!«, verriet der kleine Dicke, der einen mördercoolen Shopper fuhr.

»Dann müsstest du doch sagen können, ob da jetzt noch Blumen hinten drauf sind oder nicht.«, hakte der große Schlanke nach, was der kleine Dicke aber nicht beantworten konnte, weil er bisher nie drauf geachtet hatte.

Und als der dem großen Schlanken aber versprach, das in Zukunft zu tun und ihn umgehend darüber zu informieren, ob Blumenaufkleber, ja oder nein, war das Thema nun auch wirklich durch.

»Ich hab mir so Bikergespräche immer anders vorgestellt. Cooler irgendwie«, sinnierte Leander neben mir, als wir alle wieder im Bulli saßen und Freddy uns Richtung Ostküste chauffierte. Der Zustand der schmalen Straße war eine Spur besser geworden und trotzdem fuhren wir gerade sehr gemütliche dreißig km/h, weil Freddy den Sportsfreund auf einem Rennrad vor uns nicht überholen konnte.

»Na ja, Ralf und seine Recken waren jetzt auch nicht grad die *Hells Angels*. Da wäre die Konversation möglicherweise etwas anders verlaufen«, meinte Ruben zu Leander.

»So, wie denn?«, fragte Betty nach, Ruben überlegte, setzte zur Antwort an und …

… Freddy am Steuer neben ihm haute mit der Faust auf die Hupe und brüllte los: »**Jetzt mach dich vom Acker, du dämliche Pissbirne!**«

Und Ruben zu Betty nahtlos weiter: »So in etwa.«

Und während Freddy als Nächstes mit dem Bulli haarscharf an dem Radfahrer vorbeizog, erklärte sie allen Ernstes, dass sie für diesen Umgangston gar nichts könne. Den habe sie praktisch in die Wiege gelegt bekommen. Ihre Mutter – Bardame auf der Bremer Rotlichtmeile, ihr Vater – Hilfskoch auf einem Öltanker, und da könnte man sich ja wohl denken, wie *da* der allgemeine Umgangston war. Im Vergleich dazu wären Gespräche von Hells Angels wie das Kaffeekränzchen von Barbiepuppen.

»Puh, das klingt aber heftig«, sagte Betty ehrlich betroffen.

Den Radfahrer hatte Freddy nun überholt und dabei auch vollständig von der Straße abgedrängt. Im Heckfenster konnte ich noch sehen, wie der Mann am Straßenrand stehend uns zeternd seine beiden Mittelfinger hinterherschleuderte.

»Pissbirne de luxe!«, knurrte Freddy in den Rückspiegel und an Betty gerichtet: »Alles eine Frage der Einstellung. Meine Kindheit war akzeptabel.«

»Ich dachte, du hättest keine gehabt!«, fragte Ruben wieder etwas ungläubig nach.

Und da guckte Freddy verdutzt zu ihm rüber und grinste dann aber einfach nur: »Eben drum!«

»Das ist unlogisch«, meinte Leander da noch nach gründlicher Überlegung. Zu Recht, wie ich fand, aber …

… da war das Thema sowieso vorläufig beendet, weil mein Handy klingelte und ein anderes Thema dann sehr präsent wurde: drei Buchstaben – ein Name, der den Bildschirm meines Handys zum Leuchten brachte: *Lea!*

Ich atmete einmal aufgeregt durch, nahm den Anruf entgegen und sagte so lässig wie möglich: »Hi.«

Und Lea echt süß zurück: »Hey, Vince!«

Und ich dann wieder lässig …

… gar nichts, weil sie direkt mal wieder nachfragte, ob sie Leander sprechen könne. – Sehr nervig war das und auch so wahnsinnig plump von Lea. Muss man mal echt sagen. Jedenfalls habe ich da gar nicht erst drauf geantwortet und das Handy direkt an meinen Nachbarn Leander-*Arsch-de-luxe*-Schubert weitergereicht.

»Wer ist dran?«, hat der gefragt und ich zurück: »*Barbie!*«

Der stutzte kurz und kapierte dann aber auch, wer dran war, und da strahlte er wieder wie ein Atomkraftwerk.

Und damit der Arsch bloß nicht glaubte, dass ich dem Gespräch extra lauschte, wandte ich mich demonstrativ von ihm ab und glotzte aus dem Fenster auf die vorbeirauschende Landschaft aus Hügeln, Wäldern und Bergen im Hintergrund und …

… hörte ihn natürlich noch klar und deutlich in mein Handy atmen: *Hey!* und *Wie schön!* und *Ja, ich dich auch!* und dies und das und am Ende von allem noch einen zarten Schmatzer, mit dem er die Oberfläche meines Handys kontaminierte.

Und weil ich wusste, dass dieses hochintellektuelle Gespräch der beiden beendet war, drehte ich mich wie zufällig wieder zu ihm um und er sagte: »An der Tauber regnet's in Strömen.«

Da guckte ich ihn sehr müde an und antwortete: »Ach …!«

Und da blitzte etwas in Leanders Augen auf, was ich vielleicht das letzte Mal bei ihm gesehen habe, da waren wir acht, neun oder so. Bei uns zu Hause war das, in meinem Spielzimmer. Ich hatte gerade sein gigantisches Lego-Raumschiff von Star Wars fallen lassen. *Aus Versehen!* Aber er guckte mich da exakt so an, wie jetzt im Bulli: verständnislos und unfassbar wütend. – Damals ist er heulend aus dem Zimmer gestürmt und hat mich bei meiner eigenen Mutter verpetzt.

Und jetzt, ein paar Jahre später auf Korsika, da hielt Leander mein Handy zwischen den Fingern und …

… just in dem Moment rief meine Mutter an. Was ich deshalb sofort wusste, weil ich für sie mal so einen fanfarenartigen Orchestersound als Klingelton eingegeben hatte.

»Oh – *Wagner, Richard!*«, bemerkte Betty Wagner.

»Quatsch! *Kramer, Heike!* Meine Mutter«, hab ich sie da ein bisschen sehr doof korrigiert, weil ich zu dem Zeitpunkt eben noch nicht wusste, dass der Komponist des Stückes ebenfalls *Wagner* hieß.

Jedenfalls: Ich gebe Zeichen, dass Leander mir das Handy zurückgeben soll, und er aber grinst mich finster an, drückt die Freisprechfunktion und brüllt wie ein hyperaktiver Radiomoderator ins Mikro: **»Hallöchen, Frau Kramer. Wie geht's, wie steht's?**

»Leander? Bist du das? Wo ist Vincent?«, hörte ich meine Mutter besorgt fragen.

Und er darauf so *psychopathenfröhlich*: **»Ja, Frau Kramer. Ich bin's. Vincent ist gerade auf dem Klo.** *Schon* **wieder! Ha! Ha! Ha! Aber keine Sorge, Frau Kramer. Unser Vince hat nur ein bisschen zu viel Pflaumenmus beim Frühstück verdrückt. Einen GANZEN Eimer diesmal! Und jetzt hat er den** *Salat* … **ha, ha, ha!«**

Freddy vorn beißt gackernd in den Lenker, auch Ruben und Betty grinsen sich weg vor lauter Vergnügen und ich … ich starre Leander an. Mischung: Verständnislosigkeit, unbeschreibliche Wut mit dröhnenden Wagner-Fanfaren in meinem Kopf! Leander hatte ein Tabu gebrochen, weil … egal jetzt *weil*. Die Details meiner kleinen Magen-Darm-Verstimmung nach dem Verzehr einer zu großen Menge Pflaumenmus von vor ein paar Jahren im selben Camp erspare ich dir. – So viel vielleicht: Es war … verheerend! … und entwürdigend auch. Zwei ganze Tage lang!

»Oje, nicht das schon wieder!«, stöhnt meine Mutter ins Handy und dann, nach einer kurzen Pause, fragt sie verwundert nach: »Was ist denn das eigentlich für ein Motorgeräusch?«

Da hat Leander, die alte Plaudertasche, auf Anhieb keine Antwort drauf und ...

... Freddy dann aber, echt clever, geht sofort vom Gas runter, schaltet den Motor während der Fahrt aus und lässt unseren Bulli durch die korsische Ebene gleiten.

Und Leander schlau zu meiner Mutter: »Welches Motorengeräusch?«

Schweigen am Osnabrücker Ende der Leitung, dann sagt meine Mutter wieder etwas irritiert: »Na, jetzt nicht mehr, aber eben war da doch ...?!? ... ach, egal! Okay, Leander, grüß mal den Vincent ganz lieb von mir. Und er soll sich schön warm anziehen. Ihr habt ja ein richtiges Sauwetter da unten.«

»Och, im Moment knallt hier die Sonne ganz schön und ...«, sagt Leander darauf, bis dem Vollidioten auch auffällt, dass er offiziell ja in einem Camp an der Tauber sein sollte, wo es in Strömen regnet.

»Aha?«, macht meine Mutter natürlich echt irritiert und dann sagt sie dazu aber nichts mehr und beendet das Telefonat.

Leander drückte vorsichtshalber auch noch mal auf die Austaste und von vorne kriegte er das erste Feedback von Freddy: »Das war suboptimal!« Worauf sie wieder den Motor startete und Gas gab.

»Das war ...«, setzte ich total sauer zu meinem persönlichen Feedback an und dann ...

… klingelte wieder ein Handy. Aber das von Betty diesmal. Und da war's aber nur der Ansgar, der eigentlich gar nichts wollte. Also klar, er hatte irgendein Pups-Problem mit einem seiner Agenturkunden vorgeschoben. Ein ganz bestimmtes Foto, das Betty für irgendeinen Türenhersteller geschossen hatte, das suchte er. Und da hat Betty sich gewundert, weil der Auftrag doch längst vergeigt und die verdammte Tür zu war. – Also bildlich gesprochen, weil der Kunde anscheinend superunzufrieden mit ihrem Foto-Shooting gewesen war. Zu experimentell, zu unscharf alles.

»Die klopfen aber vielleicht noch mal an und dann könnte ich doch … also *du* könntest doch … ich meine, *wir* könnten doch …«, konjugierte der Ansgar wild drauflos und da …

… hat Betty ganz überraschend für die komplette Reisegesellschaft – praktisch gesehen: *uns* – ihr Handy zum ersten Mal seit Anbeginn unseres Trips auf *leise* gestellt, es an ihr Ohr gehalten und sich mit einer halben Drehung von uns abgewendet.

Und dann sagte sie lange nichts, weil er wohl die ganze Zeit redete, und irgendwann seufzte sie: *Ach, Ansgar!*, und dann legte sie auf.

»Hat er geflennt?«, hat Freddy mit Blick in den Rückspiegel direkt nachgefragt und Betty hat mit dem Kopf gewackelt, *nicht* geschüttelt. – Unterschied! Was dann nämlich sehr wahrscheinlich hieß: *Geflennt*, nein. Aber *fast*!

»Weichei!«, kommentierte Freddy noch und Ruben neben ihr wollte anscheinend auch was zum Thema beitragen, aber …

… da stockte er, weil er im Fußraum vor sich etwas entdeckt

hat. Er bückte sich danach, und als er wieder zum Vorschein kam, hatte er einen Personalausweis in der Hand, der anscheinend Freddy gehörte. Jedenfalls erkannte man auch aus der zweiten Reihe ihr Gesicht auf dem Passfoto.

Ruben sah sich die Plastikkarte näher an, Freddy neben ihm schielte irgendwie – wie soll ich sagen – unsicher zu ihm rüber, weil sie vielleicht dachte, dass das Foto Mist sei.

War aber gar nicht, wie ich persönlich fand. Und auch Ruben smilte sie mit seinen unbeschreiblich weißen Zähnen an und sagte: »Coole Sache, *Frau* Richter. Der ist Ihnen eben wohl aus dem Portemonnaie gerutscht. Wo kann ich den für Sie deponieren?«

»Nirgendwo!«, war Freddys schroffe Antwort und dann schnappte sie Ruben die Karte aus der Hand und stopfte sie sich in die hintere Hosentasche ihrer Jeans.

19

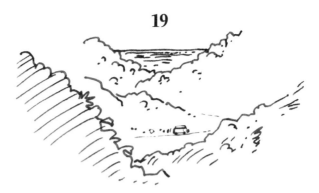

Wenn du mich fragst, wo es am schönsten auf Korsika ist, würde ich sagen: Weiß nicht! Es ist überall richtig schön. Jedenfalls die Ecken, die ich von der Insel gesehen habe. Mächtige Bergmassive, Hügellandschaften, in denen Kühe, Ziegen, Schweine und das alles um alte Steinhütten herumstehen, als hätte man sie da für hübsche Urlaubsbilder festgetackert. – Alles top also. Weshalb wir auch ein paar Stunden später wirklich keinen vernünftigen Grund dafür gefunden haben, warum Wolfgang einfach keine Böcke auf Auswilderung hatte.

Wir hatten fast die Ostküste erreicht, als wir einen weiteren extrem perfekten Ort für Wolfgang fanden. Ein mit alten Laubbäumen bewachsenes Tal, durch das ein kleiner Bach plätscherte. Und ideal für uns: Am Rand des Tals war ein Waldcamp mit einfachen Blockhütten, zwischen denen hier und da auch ein paar Wohnmobile und Zelte standen. Wir hatten uns die Anlage angesehen, fanden die Leute, die dort campierten, ganz entspannt, und Betty hat dann spontan gleich eine ganze Blockhütte für uns angemietet. Mittels Kreditkarte ihres Ex, der vielleicht weniger *Ex* war, als Betty wohl selber dachte. Aber …

... da komm ich dann später noch mal drauf zurück. – Freddy hatte den Bulli hinter unserer Hütte geparkt, wir luden unseren Kram aus, packten alles in unsere neue Bleibe und nahmen Wolfgang wieder Halsband und Kette ab ...

»Er sitzt einfach nur da und bewegt sich nicht!«, kommentierte Leander im gewohnten *Wölfeauswilderungsteamhalbkreis* gelangweilt und dann drehte aber Ruben wie ein Sportreporter auf: »Aber nein! Halt, stopp! Da geht noch was! Jetzt, da! JA! Sehr plötzlich, völlig unerwartet rollt der Isegrim das Feld von hinten auf und ... ja ... ja ... ja ... *JAAA!* Der ausgewilderte Spielmacher aus Rumänien rutscht mit seinen Vorderpfoten übers Mittelfeld und jetzt, ja jetzt, JETZT ... legt er sich in der ersten Spielminute einfach hin!«

Wir alle guckten zu Wolfgang runter, der nun eben auf allen vieren lag und jetzt anfing – wie soll ich sagen –, in seinem Intimbereich herumzuschlabbern.

Und Freddy dann, wieder im niedlichen Kindergärtnerinnenmodus, versuchte Wolfgang zu pushen: »Wo sind die sieben, verfickten Geißlein? Such, Wolf, such!«

Da guckte Wolfgang kurz zu Freddy hoch, entschied, dass er Wichtigeres zu tun hatte, als Geißlein zu töten, und ...

... vergrub seinen Kopf wieder zwischen seinen Hinterläufen.

»Wir machen das wieder mit der cleveren *Vincent-Auswilderungstechnik*«, entschied Betty. »Wir bleiben ein paar Tage hier, Wolfgang kann sich in Ruhe die Gegend angucken, und wenn es ihm hier gefällt, wildert der sich einfach selber aus.«

Wir nickten zustimmend und da ...

… wackelte ein Typ Mitte dreißig im Ringelshirt an uns vorbei und bemerkte mit süddeutschem Slang: »Aber ihr wisst scho, dess Haustiere hier a Bändle brauche?!«

»Was 'n das für 'n Deutsch?!«, wollte Freddy echt nicht wissen, und bevor der Typ überhaupt noch mit einer Silbe was sagen konnte, antwortete Betty: »Ich glaub, das ist Schwäbisch.«

»Iiih … *Schwäbisch*!«, ekelte Freddy sich und Ruben schloss direkt an: »Schwäbisch ist ein Minenfeld. Es klingt immer so niedlich wie original aus der *Augsburger Puppenkiste*, dann macht es ***Bäng…le!***, und ehe du dich versiehst, hast du eine Anzeige am Hals.«

Da musste der Typ im Ringelshirt sich erst mal vor lauter Sprachlosigkeit sammeln, bis er doch schließlich mit erhobenem Zeigefinger hervorbrachte: »Des … *das* ist nicht nur sehr unfreundlich, des isch eine ganz perfide Form von Rassismus. Gerade du solltescht da sehr aufpasse, was du sagscht.«

Ruben guckte ihn verdutzt an, weil er auf Anhieb nicht kapierte, was der geringelte Schwabe meinte, und Freddy aber natürlich: »Weil er schwarz ist?!? Ehrlich jetzt? Du hast ja wirklich nicht mehr alle Tässle im Schränkle, du perfider Schwabe.«

»Jätz schlägt's Kuckucksührle aber glei dreizehn, Mädl. I…«

»Nix *i*!«, unterbricht Freddy den Ringelschwaben. »Du unterstellst meinem *schwarzen Bruder* Rassismus und warnst ihn im selben Atemzug, dass er wegen seiner Hautfarbe sehr vorsichtig mit dem sein solle, was er sagt.«

»Des ... hab ich doch gar ned g'sagt!«

»Aber gemeint!«

Worauf der Typ fassungslos nach Worten ringt und Ruben ihn da aber milde anlächelt: »Gib auf, Schwabe! Gegen meine *weiße Schwester* hast du keine Chance.«

Der Mann ringt und ringt und da ...

... kommt aber auch schon eine Frau vom Bach her hochgeschwebt – ebenfalls so um die Mitte dreißig und ebenfalls mit Ringelshirt. Sie ignoriert uns voll und fragt den Typen aber ganz leise: »Häscht dene des g'sagt wegen's Leinle?« ... also *so* oder *so ähnlich* hat sie's gefragt. Was weiß ich. Ich bin Niedersachse, kein Schwabe.

Jedenfalls: Der Typ hebt resigniert die Schultern und Freddy ballert heraus: »Was ist das hier? Schwäbisches Spasti-Straflager mit scheiß Ringelshirt-Pflicht und direktem Anredeverbot?«

Da ist auch die Schwabenfrau erst mal sprachlos, macht dann aber mit erhobenem Zeigefinger einen energischen Schritt auf Freddy zu. Was einfach nicht schlau ist, weil zwischen Freddy und ihr liegt nun mal Wolfgang rum, dem die Schwäbin jetzt einfach ein *Schrittle* zu nah gekommen ist. Was Wolfgang seinerseits der Schwäbin mit hochgezogenen Lefzen und wildem Knurren sehr deutlich macht – praktisch gesehen ihr mit rasiermesserscharfen, aufblitzenden Reißzähnen verinnerlicht: *Schwabenlady! Du hast eine rote Linie überschritten!*

»Der tut nix!«, behaupte ich kühn und da hat die Schwabenfrau aber eh schon wieder einen Schritt rückwärts gemacht. Weshalb Wolfgang sofort aufhört zu knurren und sich wieder seiner Intimpflege widmet. Gerade so, als hätte es diesen Zwischenfall nie gegeben.

»Okay, Leute. Dies ist das Paradies, ihr wart zuerst hier und wir wollen keinen Stress. Der W… *Hund* braucht aber wirklich keine Leine! Das seht ihr ja«, hatte Betty noch versucht, freundlich einzulenken, da hatte das Schwabenpaar sie – praktisch im Abgang – aber auch nur noch angelächelt – schmallippig irgendwie, sparsam irgendwie … *schwäbisch* halt, wie Ruben, der alte Rassist, später noch ergänzte.

20

Als ich am nächsten Morgen aufwachte, brauchte ich ein Weilchen, um zu peilen, wo ich überhaupt war. Was daran lag, dass wir zum ersten Mal seit Langem nicht im Zelt, sondern eben in einer Blockhütte übernachtet haben. Ruben mit den beiden Damen in der Schlafkoje unter dem Dach, Leander und ich im Erdgeschoss auf der Schlafcouch ... und Wolfgang draußen vor der Tür auf der Veranda. Wenn er denn überhaupt noch da war.

Ich blinzelte ins Morgenlicht, das durch die alten Fenster reinblätterte, nahm das Plätschern des Baches wieder bewusster wahr und hatte Kaffee in der Nase. ... *also den Geruch von*, nicht den Kaffee selbst. Auch klar! – Ich setzte mich auf und sah, wie Ruben auf der gegenüberliegenden Seite an der Küchenzeile stand und Frühstück zubereitete.

»Bonjour Monsieur!«, begrüßte er mich strahlend, als er sah, dass ich wach war. »Kaffee gefällig?«

Da wollte ich erst dankend ablehnen, weil mir das bittere Zeug eigentlich gar nicht schmeckt, aber weil es so gut roch, sagte ich: »Ja, gerne! ... und *Bongschurle*.«

Das war noch von gestern Abend hängen geblieben. Ein Running Gag, bei dem wir auf der Veranda plaudernd hinter allem Möglichen so ein schwäbisch verniedlichendes Schwänz*le* angehängt haben. War jetzt nicht der Ober-Burner, aber wir fanden es halt witzig.

An der Stelle muss ich sagen, dass wir eins so gar nicht im Blick hatten: die Schwaben selbst! Die hatten wir nämlich gnadenlos unterschätzt, wie uns sehr viel später noch mal klar wurde. – Aber egal erstmal. Weil *erst mal* war alles eitler Sonnenschein. – Dämmerung folgt später!

»Nimmscht ei Kaffee-o-lele, gell?!«, stieg Ruben jedenfalls auch gleich wieder aufs *Schwabennümmerle* ein und brachte mir einen *Café au Lait* ans Bett. Die französische Version von Milchkaffee eben.

»Hmmmmmm!«, rutschte es mir wie in einer Kaffeewerbung raus, nachdem ich einen Schluck getrunken hatte.

»Seit wann trinkst du Kaffee, Vince? Schmeckt dir doch gar nicht«, nuschelte es da noch halb verpennt in mein linkes Ohr – Leander.

»Ab heute, mein Lieblingsgetränk!«, verkündete ich und warf mit einem Seitenhieb der Extraklasse fröhlich hinterher: »Seit Neuestem steh ich halt auf die bitteren Dinge im Leben.«

Da rollte Leander aber auch nur mit den Augen und wälzte sich noch mal stöhnend auf die andere Seite.

»Ich will auch einen!«, nölte es dann aus der oberen Schlafkoje – Betty.

»Ich auch! Ich auch! Ich auch! Ich auch! Ich auch!«, jammerte Freddy extranervig hinterher.

Ruben tat den Damen den Gefallen, bereitete zwei weitere Becher Café au Lait zu und balancierte diese über das steile Holztreppchen zum Bettenlager hoch.

Alles in allem: Auch der vierte Tag auf Korsika fing blendend an und dann hörten wir von der Veranda her jemanden einmal kurz und bassig bellen.

»**Wolfgang!**«, platzte es fröhlich aus mir heraus, was mir auch selber ein bisschen peinlich war.

Egal! – Ich stellte die Tasse neben der Schlafcouch ab, bin raus aus dem Schlafsack, habe die Tür aufgerissen und da stand er – Wolfgang. Vollkommen *unausgewildert*, aber mit etwas an seinem Maul, das nach Fellflusen aussah. Er schaute mich einmal lässig an, dann ging er gemütlich an mir vorbei und rein in die Blockhütte.

»Ei, des Wölfle!«, konnte Ruben einfach nicht mehr aufhören zu schwäbeln und fragte ihn dann auch noch, was er denn am *Mündle hänge* hätt.

»Eine Fellfluse. Aber wahrscheinlich nicht von ihm selbst«, habe ich für Wolfgang geantwortet.

»Lass sehen!«, sagte Leander, der jetzt auch vollständig wach und aufgestanden war.

Auch Betty und Freddy kamen dann die schmale Treppe heruntergewackelt und wir alle dann glotzten Wolfgang aufs Maul und auf die Fluse, die da hing.

»Es ist fluffig und hellbraun. Ich würde auf Goldhamster tippen«, tippte Freddy.

»Na, dann doch wohl eher eine Maus oder so was. Goldhamster leben hier doch gar nicht«, klugscheißerte Leander.

»Woher willst ausgerechnet *du* das wissen?«, habe ich da auch direkt nachgefragt.

»Ist das jetzt eine rhetorische Frage oder was?!«, giftete der dann blöd zurück.

»Arsch!«, sagte ich dann aber doch noch wahnsinnig schlagfertig, Leander schüttelte genervt den Kopf und Betty zu uns allen: »Egal, ob Mäusle oder Goldhamster. Ich hoffe nur, dass es geimpft war.«

Und dann, Zufall oder nicht, hob Wolfgang vor uns den Kopf schräg an mit angehobenem Mundwinkel, aus dem die Fluse hing, als würde er sich fragen, was das jetzt wieder für eine bescheuerte Sorge zu viel ist.

Aber da drehte er seinen Kopf auch schon wieder in Richtung offene Tür, an die jemand zart klopfte. Wir alle blickten überrascht auf ein kleines Mädchen – vier Jahre geschätzt, vielleicht auch fünf. Und das räusperte sich kurz und fragte uns ganz leise und besorgt: »Habt ihr vielleicht Pünktchen gesehen?«

Wir sahen uns verdutzt an und Freddy fragte nach: »Welche Pünktchen? Wenn du die schwebenden Teilchen im Auge meinst, das ist ganz normal. Grüner Star geht anders, weil …«

»Ich meine mein Meerschweinchen Pünktchen!«, unterbrach das Mädchen Freddy niedlich. Und echt niedlich weiter:

»Es ist weggelaufen und jetzt ist Anton ganz traurig. Also mein anderes Meerschweinchen. Das heißt Anton.«

Uns kam ein schrecklicher Verdacht. Und während ich noch so unauffällig wie möglich die hellbraune Fluse aus Wolfgangs Gesicht entfernte, fragte Betty das Mädchen lieb: »Wie sah Pünktchen denn aus? Welche Fellfarbe hatte es?«

Und was dem Mädchen vielleicht nicht auffiel, aber uns dann schon, war, dass Betty von Pünktchen bereits in Vergangenheitsform gesprochen hatte, und das Mädchen antwortete mit zartem Stimmchen: »Hellbraun!«

… Totenstille!

… und in die Stille hinein fragte dann Freddy: »Sag mal, war Pünktchen eigentlich geimpft?«

Da kriegte sie von Ruben direkt eins mit der flachen Hand leicht über den Hinterkopf gezogen, Freddy hob fragend die Schultern und dann rief von draußen jemand mit besorgter, heller Stimme: **»Rooooonja!«**

Und das Mädchen piepste zurück: »Hiiiier, Papi!«

Und eine Zehntelsekunde drauf kam ein dünner Mann mit Oberlippenbart auf unsere Veranda gehüpft und nahm das Mädchen, welches offensichtlich Ronja hieß, auf seinen Arm.

»Mäuschen. Du darfst doch nicht einfach so weglaufen«, ermahnte Papi sie ein bisschen und sie darauf: »Ich hab doch nur Pünktchen gesucht.«

»Das verstehe ich, aber du darfst nicht einfach so zu fremden Leuten gehen. Du weißt nie, ob sie lieb oder vielleicht sogar ein bisschen böse sind. Hörst du, Ronja?!«

Ronja nickte brav und dann wollte Papi wieder was sagen, aber da fiel ihm auch schon Freddy leicht genervt direkt in sein helles Stimmchen: »Wir sind alle lieb, *Papi*! Also meistens jedenfalls. Außer wenn irgendein Nerv-Daddy mit seiner kleinen Tochter über exakt die Fremden plaudert, die direkt vor seiner Nase rumstehen. Da können die Fremden schon mal richtig unfreundlich bis anstrengend böse werden.«

Der Papi guckte verdutzt und Ronja ein bisschen erschrocken, weshalb Ruben schnell und freundlich hinterherschob: »Also ein Fünftel von uns könnte dann *ein bisschen* böse werden. Eigentlich sogar nur ein Sechstel, wenn man Wolfgang mitzählt. Das wären in Prozent nur ... lass mich denken ...«

»… sechszehn Komma sechs-sieben!«, half Freddy wie aus der Pistole geschossen nach und meinte dann aber auch noch mal zu dem dünnen Mann: »Also, Paps! Einfach mal *Guten Morgen, liebe Campingnachbarn!* in die Runde sagen oder wie sieht's aus?«

Paps sagte irritiert gar nix und Ronja lächelte süß: »Guten Morgen, liebe Campingnachtwahn!«, und zu Ruben direkt: »Warum bist du so dunkel?«

Da lächelten wir alle ganz verzückt, weil das ja auch immer so niedlich ist, wenn Kinder in Ronjas Alter ungefiltert raushauen, was sie sich gerade selber fragen.

Aber Paps sagte mit mahnend heller Stimme zu seinem Mäuschen: »Ronja! So was darf man nicht fragen! Das ist rassistisch, verstehst du?!«

Ronja nickte erschrocken und – jede Wette – sie hat *nichts* verstanden!

»*Heilands Säckle*, der jetzt auch noch«, stöhnte Ruben halb schwäbisch.

Da guckte *Mr. Voice* ihn aber auch nur etwas schräg an, nahm die kleine Ronja auf den Arm und sagte zu ihr: »Jetzt sag *Auf Wiedersehen* zu den Leuten und dann suchen wir zusammen nach Pünktchen!«

Ich schielte heimlich auf die hellbraune Fluse in meiner Hand und Betty sagte extra fröhlich: »Viel Glück, liebe Ronja. Und schöne Grüße an Pünktchen … wenn du ihn findest!«

»Danke, das mache ich! Auf Wiederseeeehn!!!«, piepste Ronja winkend auf dem Arm ihres Vaters und der lächelte nur krampfig in die Runde, bevor er mit seiner Tochter einfach so, ohne auch nur ein Wort mit uns geredet zu haben, wegging.

»So ein blödes, arrogantes Arschloch!«, sagte Freddy extralaut. Aber unklar, ob der das noch gehört hat oder nicht. Und nachdem ich die Tür von unserer Blockhütte wieder sicher verschlossen habe, damit der Paps von Ronja garantiert nicht mehr hören konnte, was wir sprechen, stöhnte Ruben: »Ja, und was machen wir jetzt? Wir können Wolfgang ja schlecht den Bauch aufschlitzen.«

»Was ja auch nur in den Märchen funktioniert, dass da die Mahlzeiten an einem Stück wieder herauskommen. … lebendig!«, wusste ich.

»Und in echt würde das garantiert kein Kind sehen wollen, was aus den Geißlein geworden ist oder der versoffenen Großmutter oder dem strunzdoofen Rotkäppchen«, ergänzte Freddy und Leander fasste zusammen: »Walking Dead nach den Brüdern Grimm. FSK ab achtzehn!«

Doch Betty meinte ernsthaft: »Was wir brauchen, ist ein Ersatzmeerschweinchen. Wir besorgen eins aus der nächstgrößeren Stadt.«

Da schauten wir sie an und ich sagte vermutlich, was alle dachten: »Zu riskant, Betty. Ich meine, selbst wenn du ein hellbraunes kriegst, wird Ronja sehr wahrscheinlich peilen, dass es nicht ihr Pünktchen ist. Zu klein, zu groß, mit weißem Fleck auf der Stirn, ohne weißem Fleck auf der Stirn. Das weiß man alles nicht.«

»Mal ganz zu schweigen von ihrem Vater«, warnte auch

Leander. »Der war eh schon so misstrauisch. Und wenn du dann auch noch mit einem Double-Schweinchen um die Ecke kommst, weiß der doch gleich, dass da was faul ist. Dann wird er sich an Wolfgang erinnern und – zack – haben wir mächtig großen Ärger am Hals.«

Was soll ich sagen?! Das war jetzt wirklich mal nicht ganz so blöd, was Leander da erklärt hatte. Aber Betty war von ihrer Idee nicht mehr abzubringen und fragte nur noch, wer mit nach Porto-Veccio wollte, der nächstgrößeren Stadt vom Camp aus gesehen. Sehr wahrscheinlich ein Mekka der Kleintierhandlungen. Nur Freddy wollte mit. Ruben, Leander und ich blieben mit Wolfgang im Camp.

»Merde!*«, fluchte Ruben auf Französisch und schätzungsweise zum 43. Mal in sein Skizzenbuch. Also von dem Zeitpunkt an gerechnet, als ich mich am späten Vormittag zu ihm und Wolfgang an den Bach gesetzt hatte.

* gängiger französischer Fäkalausdruck für *Scheiße*

Ich wusste so gut wie gar nichts über Ruben Piepenbrock. Außer dass er in Gütersloh aufgewachsen ist, nun in einer WG in Berlin lebte, weil er dort Grafikdesign studieren wollte und dass er von einem asiatisch anmutenden ... nicht unattraktiven Mädchen namens Su Bin gestalkt wurde. *Und* was ich eben bis dahin nicht wusste: Ruben Piepenbrock konnte richtig schlechte Laune haben und er konnte fluchen. Wie jetzt zum geschätzten 44. Mal: »**Merde!**«

Ich linste in sein Skizzenbuch, in dem er angefangen hatte, eine frische Seite zu bekrickeln. Den dösenden Wolfgang hatte er mit Füller in den Vordergrund gekratzt und die spielenden Kinder am Ufer in den Hintergrund. – Wobei überhaupt keine Rede von Vorder- und Hintergrund sein konnte. Und schon mal gar nicht vom *dösenden Wolfgang* und den *spielenden Kindern*. Ich sah ja live vor uns, was Ruben zu Papier bringen wollte, aber es ganz klar nicht konnte. Das war alles einfach echt nicht gut. Und es wurde auch nicht besser. Oder wie Ruben selbst (zum 45. Mal) auf den Punkt brachte, war auch diese Skizze: »**... Merde Deluxe!**«

»Hascht ei Problemle?«, wollte ich ihn da mit unserem *Schwabentalk* aufheitern, obwohl ich ganz klar wusste, was das Problem war.

Er guckte mich an, dachte nach und antwortete schließlich: »Michi, Doro, der Zottelmann – sie alle hatten recht! Ich bin untalentiert. Ich bin schlecht. Ich bin ein Nichts!«

Ich sag mal so: Zu einem Drittel hatte Ruben ganz klar recht. Weshalb ich mich dann clever auf die restlichen zwei Drittel gestürzt und dagegengehalten habe: »Das ist doch Quatsch! Du bist nicht *nichts*. Und schlecht schon mal gar nicht! Du bist ein cooler Typ!«

Er musterte mich argwöhnisch und meinte schließlich: »Da kam jetzt aber nicht drin vor, dass ich *nicht* untalentiert bin!«

»… … … … … wie?«

»Ich sagte …«, sagte Ruben und dann gar nichts mehr, weil ihm anscheinend auch klar wurde, dass es keinen Sinn machte, mich mit dieser Art von Fragen in die Ecke zu drängen.

Und ich schwieg, weil, wer war ich, dass ausgerechnet ich einem echt sympathischen Typen, dessen größter Wunsch es war, Illustrator zu werden – wer war ich, dass ich exakt diesem Typen, Ruben also, sagen würde: Das taugt nicht!

»Das ist aber doof!«, sagte ein Junge, der plötzlich mit ein paar weiteren Kindern hinter Ruben stand und skeptisch über seine Schulter auf das Skizzenbuch glotzte. – Die Gang von drei- bis fünfjährigen Strategen, die vorher noch ein paar Meter stromaufwärts am Wasser gespielt hatten.

Ruben drehte sich zu seinem derzeit ärgsten Kritiker um, starrte ihn kopfschüttelnd an und fragte ihn extradramatisch: »Why?«

Der Junge guckte Ruben stirnrunzelnd an und fragte schließlich zurück: »Wott?«, worauf das Mädchen neben ihm wusste: »Das ist Englisch und heißt: auwei!«

Und der Junge dann wieder zu Ruben: »Ja, *auwei!* Tut mir leid, aber ist so! Echt kacke, das Bild!«

Dann zog die Horde auch schon grölend weiter. Einem kleinen Bötchen folgend, das über den Bach durch Ministrudel und -strömungen trudelte.

»Kinder können so grausam sein!«, raunte Ruben der Gang bitter lächelnd hinterher.

Ich suchte nach tröstenden Worten, fand aber keine und dann kam Leander dahergelatscht.

»Stör ich?«, hat er gefragt.

Und ich sofort: »Ja!«

Und Ruben aber: »Nein!«

Leander ignorierte meine Antwort und setzte sich stumpf zwischen Ruben und mich.

Und weil weder Ruben noch ich gerade was zu sagen hatten, streichelte Leander aus Verlegenheit über das Rückenfell von Wolfgang, der immer noch vor uns lag und rumdöste.

»Der lässt sich nie und nimmer auswildern!«, dachte er laut nach.

»Abwarten!«, meinte ich und Ruben brummelte jetzt mehrsprachig: »La verdammte fucking Merde.«

Leander guckte erst etwas irritiert zu Ruben rüber, dann fragend zu mir, weshalb ich ihm auch erklärt habe: »Ist wegen der Skizzen.«

Und Leander extrem feinfühlig: »Ah, klar! Verstehe!«

Ruben guckte ihn müde an und stöhnte: »Auch du, mein Freund? Na toll!« ... und klappte das Skizzenbuch zu und legte es auf den Felsen neben sich.

Schweigen am plätschernden Bach!

Dann, ganz passend, klingelte aber mein Handy. Ich kramte es aus meiner Seitentasche, um zu gucken, wer da anrief. Lea wieder. Ich sah zu Leander rüber, der so cool wie möglich so tat, als wäre es ihm komplett egal, wer da gerade anrief. Was aber ganz klar nicht stimmte. Natürlich hoffte der Arsch, dass es Lea sein möge, die *ihn* sprechen wollte.

Und da guckte ich meinerseits wieder so gelangweilt wie möglich auf mein Display und drückte den Anruf einfach weg.

Plätscherndes Schweigen!

»Wer war's denn?«, fragte Leander so beiläufig wie möglich.

Da habe ich erst mal sehr langsam mein Handy zurück in die Tasche geschoben und daraufhin genauso beiläufig geantwortet: »Lea.«

»Was soll das, Kramer? Warum gehst du da nicht ran?!? Vielleicht war es ja wichtig«, zickte Leander mich direkt an.

»Vielleicht wollte sie aber auch nur ihren neuen Freund sprechen«, zickte ich zurück und – *ringdingding* – bimmelte mein Handy schon wieder. Ich holte es also noch mal raus, sah, dass es tatsächlich wieder Lea war, die anrief, sagte lässig »Oh, schon wieder sie« und drückte auch diesen Anruf weg.

»Arsch!«, brummelte Leander und »Selber Arsch!«, sagte ich und …

… Ruben sagte zu Leander: »Wie wär's, wenn Lea und du über mein iPhone miteinander telefoniert?«

»Super! Gerne, Ruben! **Danke!**«, freute Leander sich erst wie ein Idiot und sackte dann aber in sich zusammen und erklärte: »Hab aber die Nummer von Lea nicht im Kopf.«

Worauf er und Ruben und – Zufall wieder oder nicht –, dann auch Wolfgang mich abwartend anguckten.

»Ach so, ja klar. Ich schick dir den Kontakt per *Air Drop*«, habe ich da natürlich sehr locker zu Ruben gesagt, weil, was hätte ich auch sonst sagen sollen? Dass mir das echt nicht recht war, Leas Nummer rauszurücken? Weil es mir gefiel, wenn Lea mich anrief und ich sie dann einfach wegdrücken konnte? – Wie bescheuert musste das denn klingen?!

C'est égal, wie wir Franzosen sagen: Ich also schicke Ruben Leas Mobilnummer rüber, Ruben reicht sein iPhone an Leander weiter, der ruft Lea an, erklärt ihr glücklich, dass er sich ein Handy leihen konnte, und dann …

… nimmt Leander nach einer kurzen, stummen Weile das Handy vom Ohr, hält es mir leicht angefressen hin, weil Lea *mich* unbedingt sprechen will!

Ich nehme das Handy und höre sie sagen: »Hi, Vince, hab versucht, dich zu erreichen.«

»Äh, ja! War wohl ein Funkloch«, lüge ich. – Leander, Ruben *und* Wolfgang gucken mich müde an.

Und während da natürlich irgendwo unterhalb von meinem Hals wieder so was Ähnliches wie Hoffnung aufflammt, frage ich so cool wie möglich nach, was es denn so Wichtiges gibt.

Und sie darauf: »Du musst dich bei deinen Eltern melden. Deine Mutter hat schon ein paarmal bei mir angerufen und den Thorsten wollte sie auch anrufen.«

»Ach du Scheiße!«, sage ich und sehe, wie Leander ganz unruhig wird, weil er natürlich nicht weiß, worüber ich mit *seiner* Freundin spreche.

»Ja!«, lacht sie süß in mein Ohr und erklärt: »Aber da habe ich sie noch gerade so von abbringen können, weil ich ihr klargemacht habe, dass sie dann die zehnte Mutter wäre, die ständig bei Thorsten anruft und ihm auf die Nerven geht. Was sogar stimmt!«

»Clever!«, lobe ich sie und sie dann noch: »Ja, dasselbe habe ich Leanders Mutter auch erzählt. Die hat ja auch schon ein paarmal bei mir angerufen.«

»Ah ...«, sage ich und: »... toll!«, sage ich auch noch und denke gleichzeitig darüber nach, woher Leanders Mutter Leas Mobilnummer hatte. Hatte Leander, der Arsch, sie ihr gegeben? An dem Donnerstag vielleicht, an dem Lea mit mir Schluss gemacht hat? Oder schon früher? Zwei Wochen früher? Also exakt an dem Donnerstag, als Lea und ich ein Paar wurden?

»Vince? Hallo? Bist du noch dran«, holt Lea mich aus meinen Überlegungen und ich sage etwas albern: »Ja klar, Schatz!«

Und weil Leander da wieder so nervös auf seinem Hintern hin und her rutscht, tue ich so, als hätte Lea noch etwas gesagt, und hauche zärtlich ins Handymikro: »Ich dich auch!«

»Was?«, höre ich Lea noch irritiert fragen und da gebe ich das iPhone aber auch schon wieder breit smilend dem verdutzten Leander zurück.

Und der guckt mich wenig später auch nur noch so gelangweilt an, als Lea ihm vermutlich erklärt, dass sie gar nichts zu mir gesagt habe.

Als die beiden Turteltäubchen das Telefonat dann auch endlich beendet hatten, habe ich auf Leas Rat hin Leander den Vorschlag gemacht, dass wir mit meinem Handy wieder mal ein paar Alibi-Selfies für unsere Mütter machen sollten. Da war er auch mit einverstanden und wir beide setzten für unser Fotoshooting die bestgelauntesten Mienen vor Waldhintergrund auf. Damit die zu Hause eben auch wirklich glaubten, dass bei uns im Camp in Süddeutschland an der Tauber selbstverständlich alles in bester Ordnung sei.

Bei der Bilderauswahl guckte auch Ruben mit drauf und der meinte, dass wir irgendwas übersehen hätten, er wüsste jetzt aber auch nicht, was. Und weil wir alle drei dann auch echt nicht erkennen konnten, was an den Selfies im sonnenversprenkelten Wald verkehrt sein könnte, schickte ich sie ab.

Wenig später kam auch schon wieder die Kinder-Gang mit ihrem Bötchen fröhlich brüllend den Bach hochgewetzt. Und auf unserer Höhe angekommen, schlug der Chef-Macker der Truppe plötzlich einen Haken und sprang über Rubens überkreuzte Beine. Ich schätze mal, dass er damit seiner Gang und vielleicht auch uns imponieren wollte. Unsicher! Sicher ist, dass der Knirps bei seiner Landung Rubens Skizzenbuch übersehen hat. Das lag eh etwas wackelig hinter Rubens Beinen auf dem Felsen und nun schlidderte Mr. Cool auf dem Ding lang in den Bach. Großes Vergnügen beim Rest der Mannschaft – Panik bei uns. Wir sprangen auf und Ruben hechtete in den Bach und zog als Erstes natürlich den Jungen aus dem Wasser. Dann erst griff er mit seiner linken Hand nach seinem Skizzenbuch, verfehlte es aber und …

… erinnerst du dich noch? Leander hatte zwei Tage zuvor mal die Frage in die Runde geworfen, ob Wölfe Fische jagen würden. Die Frage könnte ich dir heute zwar immer noch nicht ordentlich beantworten, aber *was* ich weiß, *ist*, dass Wölfe unwahrscheinlich gern in Bächen schwimmende Skizzenbücher jagen. Also Wolfgang jedenfalls. Der tut so was. – Mit einem Satz war er im Bach, schnappte nach dem Buch und schüttelte es durch, wie er es vielleicht auch mit Pünktchen getan hatte, um sicherzugehen, dass es auch wirklich tot war.

Und nachdem Wolfgang sich anscheinend sicher war, dass Rubens Skizzenbuch wirklich tot war, hüpfte er damit zurück ans Ufer, legte sich wieder hin und …

… biss darauf herum, als wäre es ein Kauknochen.

»**Aus! Aus! Aus! Böser Wolf! Aus!**«, befahl der entsetzte Ruben von der Mitte des Baches her, mit *King Louis* auf dem rechten Arm.

Wolfgang gehorchte aber nicht, weshalb ich mir dann ein Herz fasste, um Rubens Lebenswerk des Wolfes Rachen zu entreißen. Aber bevor ich auch nur einen halben Schritt auf Wolfgang zu gemacht habe, ahnte der anscheinend schon meine Absicht, sprang plötzlich wieder mit dem Buch zwischen den Zähnen auf und war mit zwei Sätzen auf der anderen Seite des Baches.

»Wolfgang?«, hab ich echt ungläubig nachgefragt, weil die alberne Seite von unserem Meerschweinchenkiller kannte ich noch nicht.

»Der will spielen!«, kommentierte ein Mädchen mit süßen Zöpfen aus der Mitte der Gang, die wiederum das Ganze amüsiert verfolgte, als wäre es ein Kasperletheater.

Und dann stapfte genau dieses echt kleine Kind dem Wolf hinterher – also rein ins Wasser und durch den Bach.

Schlecht war: Die Kleine wurde direkt von der Strömung des Baches umgehauen und trieb ab.

Gut war: Ruben stand praktischerweise ja eh schon in der Mitte des Baches, kriegte das Mädchen dann auch gleich mit seiner freien linken Hand an ihrem rechten Bein zu fassen und zog es aus dem Wasser.

Und schlecht dann wieder: Das Mädchen, kopfüber in Rubens Klammergriff, fing an loszuquieken, weshalb auch *King Louis* auf Rubens rechtem Arm bitterlich losbrüllte, als gäbe es kein Morgen mehr. Das Publikum – also der Kinderclub jetzt – schwieg ernst, als wäre das Kasperletheater in eine Tragödie von, sagen wir mal, Shakespeare abgedriftet, ... was als Beispiel jetzt gar nicht *so* schlecht ist, weil ich weiß aus dem Englischunterricht, dass es wenigstens ein Stück von dem englischen Schreibefürst gibt, in dem ein dunkelhäutiger Mann namens *Othello* mitspielt.

Und echt perfekte Inszenierung dann: Eine Frau rief vom oberen Bachlauf her: »**Mona! Mona! Ich bin hier! Ich komme! Alles wird gut!**«

Ringdingding – mein Handy bimmelte. Die Theatergäste guckten genervt zu mir rüber und ich machte automatisch eine entschuldigende Geste und holte mein Handy aus der Seitentasche. Ohne auf das Display zu gucken, nahm ich den Anruf entgegen und sagte: »Nicht jetzt, *Schatz*! Voll das Drama hier!« … und legte wieder auf.

»Arsch!«, knurrt Leander und ich sag »Selber Arsch!« zurück und im nächsten Moment war die Frau vom oberen Bachlauf in rekordverdächtiger Zeit auf unserer Höhe, stürzte in die Fluten und nahm dem Ruben das weinende Mädchen ab. – Szenenapplaus von der Gang.

»Darf ich bitte erfahren, was das hier soll?«, fragte die Frau mit einer nervig spitzen Stimme nach.

»Ich … **ich rette Kinder!**«, übertönte Ruben den plärrenden Jungen, den er dann auch neben der empörten Dame absetzte.

»Ich … ich … ich …«, japste die kleine Mona todunglücklich: Ich war nur mal kurz im Wasser und da hat mich der schwarze Mann da auf einmal am Bein gepackt und hochgezogen.

»Das … das … stimmt so nicht ganz. Ich …«, kam Ruben in eine ganz bescheuerte Lage.

»Kinder!«, unterbrach die Frau den Ruben aber einfach. »Wir gehen jetzt alle zusammen den Bach hoch. Weg von diesen, diesen … *jungen Männern* hier und der Töle, die nicht mal angeleint ist.«

»Töle, Töle, Töle!«, wiederholte King Louis, der schnell wieder zu alter Form zurückgefunden hatte, und dann stiefelten alle miteinander den Bach hoch und ließen uns sprachlos zurück.

Ruben schüttelte nur noch mal den Kopf, stapfte auf Wolfgang zu, der an seinem Skizzenbuch herumkaute, und sagte ruhig, aber bestimmt: »Wolfgang! Aus! ... bitte!«

Wolfgang fixierte Rubens offene ausgestreckte Hand. Dann nahm er das tropfnasse Skizzenbuch wieder zwischen seine Zähne und ...

... legte es vorsichtig in Rubens Hand.

21

Der Rest des Tages verlief dann ganz ruhig und friedlich. Ruben hängte sein Skizzenbuch zum Trocknen an die Wäscheleine vor unserer Blockhütte – Leander wollte zum Mittagessen Nudeln kochen – Ruben verriet ihm, wie man sie mit ein paar frischen Kräutern und Tomaten verfeinerte – ich besorgte in dem kleinen Kiosk am Eingang des Waldcamps frische Kräuter und Tomaten und außerdem ein ganzes Dutzend Dosen Whiskas, welche die von Wolfgang bevorzugte Dosenfuttermarke war – wir aßen zu Mittag Nudeln und Wolfgang sein Katzenfutter –, dann spülten wir die Töpfe, die Teller und …

… so plätscherten wir mit diesem und jenem geschmeidig durch den Tag, bis es tatsächlich schon wieder halb sechs am Abend war und wir uns fragten, wo denn wohl Betty und Freddy blieben. Und kurz darauf hörten wir aber auch schon das vertraute Motorengeräusch unseres Bullis.

»Wir mussten unbedingt noch shoppen! Ging nicht anders«, entschuldigte Betty sich über beide Backen grinsend und mit einem Haufen Einkaufstaschen voller Klamotten in den Händen.

»Ich brauchte sie einfach. Ich kann ohne sie nicht leben. Das weiß ich jetzt!«, erklärte Freddy neben ihr und drehte verzückt ihre Füße vor unseren Augen, damit wir auch jedes Detail ihrer neuen Plateau-Sandalen bewundern konnten.

Und während die Ladys uns noch weitere Trophäen ihres Shoppingzuges präsentierten, hatte ich persönlich schon so eine

Ahnung, dass die beiden mit der eigentlichen Mission des Ausflugs sehr wahrscheinlich gescheitert sind, da …

… zauberte Freddy als Letztes noch eine Schachtel aus dem Bulli, die von Betty vorsichtig geöffnet wurde, und zum Vorschein kam …

»… *Pünktchen Reloaded!*«, wie Freddy das Meerschweinchen in der Pappschachtel stolz präsentierte.

»Ihr habt es tatsächlich bekommen! Wow!«, staunte Ruben.

»Yep! Und es ist hellbraun. Vorderseite, Unterseite, Kopf … kein Schnickschnack!«

Leander hob anerkennend den Daumen und auch ich lobte die beiden Meerschweinchen-Hunter.

… und was am Ende Wolfgangs einmaliges Bellen bedeutete, der natürlich auch den kleinen, schmackhaften Nager wahrgenommen hatte, konnten wir nur ahnen.

Eine gute Dreiviertelstunde später kam die Stunde der Wahrheit. Wir hatten auf dem Campingplatz nach dem Mädchen Ronja rumgefragt, und als Freddy dann auch noch das helle Stimmchen von Ronjas Vater imitierte, war relativ schnell klar, wer gemeint war und wo wir das Wohnmobil von Ronjas Familie finden würden.

»Hallooo?«, begrüßte uns echt niedlich dann auch gleich die kleine Ronja am Eingang zu dem Wohnmobilvorzelt.

»Hallo, Ronja«, sagte Betty freudestrahlend und dann, wie vorher abgesprochen, fragte sie die Kleine clever: »Sag mal, dein Pünktchen ist nicht wieder aufgetaucht, oder?«

Und sie erwartungsgemäß ganz traurig zurück: »Leider nein.«

Die Tür vom Wohnmobil öffnete sich und heraus traten Ronjas Vater und ihre höchstwahrscheinliche Mutter. Wir nickten und winkten ihnen freundlich zu und sie aber stellten sich nur stumm hinter ihre Tochter und beobachten misstrauisch, was als Nächstes geschah.

»Dann haben wir jetzt eine Überraschung für dich, Lady!«, strahlte auch Freddy Ronja ganz aufgeregt vor lauter Vorfreude an und dann brachte sie zum Vorschein, was sie bisher hinter ihrem Rücken versteckt hatte: den Schuhkarton mit dem *Double-Meerschweinchen* drin.

Betty, Freddy, Ruben, Leander und ich blickten gespannt zu Ronja runter, supergespannt auf ihre Reaktion. Und – bingo …

»**Püüünktcheeen!**«, rief Ronja überglücklich, als sie das hellbraune Wollknäuel im Karton entdeckte.

Die Eltern guckten verdutzt und Ronja nahm das Ersatz-Pünktchen vorsichtig aus der Schachtel und streichelte ihm zärtlich über den Rücken.

»Mein kleines Pünktchen. Anton hat sich schon ganz viel Sorgen gemacht. Wo warst du denn nur?«, schimpfte Ronja ganz liebevoll mit dem kleinen Kerl, und weil ich auf die Frage irgendwie reflexartig und verräterisch über meine rechte Schulter zu Wolfgang heruntergeschaut habe, rammte mir Freddy so ganz nebenbei ihren Ellbogen in die Rippen.

»Darf ich mal?«, fragte Ronjas Vater seine Tochter, nahm ihr das Pünktchen vorsichtig aus der Hand und sah es sich zusammen mit seiner Frau gründlich an. Und nach Blickkontakt untereinander hielt er das Meerschweinchen Betty hin, die es dann auch etwas irritiert in die Hand nahm, und sagte zu der kleinen Ronja: »Das ist nicht Pünktchen, Ronja.«

Ronja glotzte ihren Vater mit glupschig großen Augen an und uns fehlten echt die Worte.

»Pünktchen hatte einen kleinen weißen Fleck am Bauch«, erklärte er seiner Tochter dann.

Worauf Freddy zu ihm vor allem wegen Ronja kontrolliert freundlich meinte: »Der wurde vom Bach vielleicht ausgewaschen, als Pünktchen dort hineinfiel?!?«

Und da wusste *jeder*, bis auf Ronja, dass das so eine Art Strohhalm für den Vater sein sollte. Er brauchte ihn nur zu packen und zu sagen: *Stimmt! So was passiert schon mal! – Jeder* wusste es! Und natürlich auch Ronjas Mutter! Und was sagt *die* als Nächstes? Sie sagt als Nächstes: »Das ist dummes Zeug. Außerdem war Pünktchen ein Männchen. Dieses Meerschweinchen ist eine *Sie*.«

Erst guckt die kleine Ronja ihre Mutter mit diesem gepressten Kinderblick an, den ich von meinem kleinen Bruder Max kenne, bevor er heulend in sich zusammenbricht. Dann guckt sie *noch* stärker gepresst die Meerschweinchen-Lady an und *dann* bricht sie heulend in sich zusammen und wimmert: »Es ist mir egal, ob Weibchen oder weiße Flecken. Es ist süß und Anton ist allein und traurig. Ich ... ich ... ich ... ...«

Ronja erstickt! ... also nicht wirklich, sie kriegt nur vor lauter Kummer keine Luft mehr und schließlich aber doch wieder und rennt weinend ins Wohnmobil.

»Na toll! Das haben Sie ja *echt ganz toll* hingekriegt!«, sagt Freddy zu den Ronja-Eltern.

»Ich weiß ja nicht, wie es in deiner Familie zugeht, in *unserer* Familie wird niemals gelogen!«, rechtfertigt Ronjas Vater sich mit diesem dünnen Stimmchen und seine Partnerin ergänzt: »Und wer weiß, woher Sie dieses Meerschweinchen haben. Am Ende ist es krank und steckt uns alle an.«

»Es ist geimpft!«, informiert Betty die Frau noch ganz ruhig, woraufhin sie dann aber mit finsterem Blick, den ich so von ihr noch nicht kannte, abwechselnd die beiden Elternteile fixiert und mit bebender Stimme erklärt: »Wissen Sie, ich könnte echt kotzen! Die kleine Ronja wusste vielleicht ja auch schon, dass es nicht ihr Pünktchen war. Sie sollten sich schämen, dass Sie nicht mal für Ihre eigene Tochter fünfe grade sein lassen können. Das ist …«, unterbrach Betty sich selbst, überlegte kurz und meinte dann noch mal zu den beiden: »Sorry, ich muss mich korrigieren. Ich kann nicht mal so viel essen, wie ich kotzen möchte!«

Die Frau sprachlos und der Mann aber erhebt noch mal seinen Zeigefinger, schnappt nach Luft und …

… da warnt Freddy ihn mit ruhiger Stimme: »Don't!«, und drückt mit ihrer flachen Hand einfach seinen Zeigefinger langsam wieder nach unten.

Betty schaut in die Runde, wir nicken ihr zu und dann kehren wir den beiden Super-Eltern den Rücken und lassen sie einfach stehen.

»Großartig! Losgezogen, um ein Raubtier auszuwildern, und am Ende kehrt man mit zweien zurück«, zählte Ruben später auf unserer Veranda zusammen und prostete mit seinem Becher Cidre dem Neuzugang unserer Gang zu – dem Meerschweinchen im Karton auf dem Tisch.

»Noch sind wir nicht am Ende!«, beharrte Betty zwangsoptimistisch und prostete mit.

»Und ich sage euch: Am Ende werden es sogar drei oder noch mehr an der Zahl sein«, prophezeite Freddy mit erhobenem Becher geheimnisvoll.

Weshalb ich dann auch fragte: »Meint?«

»Meint, dass Meerschweinchen nie allein sein sollten.«

»Es hat doch Wolfgang!«, bemerkte Leander nicht unwitzig und Freddy führte aber auch noch mal aus, dass Meerschweinchen auf die Dauer Artgenossen brauchten, weil sie einfach sehr soziale Tiere seien, die eingehen, wenn sie allein sind.

»Kenne ich!«, hab ich da lustig angemerkt und ebenfalls meinen Becher mit Cidre drin auf das Meerschweinchen erhoben und ihm zugeprostet: »Auf meine Leidensgenossin!«

»Oh! Kramers zum Kringeln komische Witzerakete wurde gezündet. Gleich lache ich mich tot«, leierte Leander gelangweilt.

Und ich extragelangweilt zurück: »Ich bitte drum! Ein Störfaktor weniger in meinem Dunstkreis!«

»Arsch!«, sagt er.

»Selber Arsch!«, sag ich.

»Fresse halten! Alle beide!«, sagt Freddy genervt und dann gut gelaunt: »Kinder! Als Erstes braucht Madame hier einen Namen. – Irgendwelche Vorschläge?«

Und exakt in dem Moment ertönten Fanfaren in der Seitentasche meiner Cargohose. – Ein Anruf meiner Mutter.

»Oh, Heike!«, erinnerte sich Betty smilend an ihren Vornamen. Worauf Freddy meinte: »*Heike!* Perfekt. Wir nennen die Meerschweinchen-Lady Heike!«

Und bevor ich da überhaupt ordentlich widersprechen konnte, erhob Ruben wieder seinen Becher und prostete: »Auf Heike!«

»Auf Heike!«, prosteten Freddy, Betty und natürlich auch Leander grinsend hinterher und damit war es beschlossene Sache.

Den Anruf von der *Original-Heike* habe ich dann nicht mehr entgegengenommen. Aber damit sie sich bloß keine Gedanken machte, habe ich ihr kurz darauf noch eine pfiffige Textnachricht geschickt. Also dass wir grad alle schön gemütlich am Ufer der Tauber vorm Lagerfeuer sitzen und miteinander quatschen, singen und Spaß haben. – Ich sag mal so: Diese Textnachricht war nicht halb so pfiffig, wie ich dachte. Richtig *un*pfiffig war sie sogar. Genauso wie eben das inszenierte Selfie mit Leander ein paar Stunden zuvor. Das wurde mir aber erst sehr viel später klar. ... also *zu* spät auch! ... auch klar.

22

In der Nacht habe ich verdammt unruhig geschlafen. Heike, also das *Meerschweinchen* jetzt, hatten wir vom Schuhkarton in eine etwas größere Holzkiste umquartiert und auf der Anrichte platziert. Aus Sicherheitsgründen! Weil Wolfgang musste nun ebenfalls in der Blockhütte übernachten. Ebenfalls aus Sicherheitsgründen!

Jedenfalls: An Schlaf war nicht zu denken, weil Meerschweinchen ganz offensichtlich nachtaktiv sind und Heike die ganze Zeit in ihrer Kiste herumraschelte.

»Das nervt!«, habe ich Leander links neben mir auf der Schlafcouch angeknurrt und der war aber schon längst eingepennt.

»Yep! Stell die Kiste einfach auf den Boden. Ich kümmere mich darum«, kriegte ich da aber sehr unerwartet von der rechten Seite eine Antwort. Von Wolfgang eben, der sich neben unserer Schlafcouch eingerollt hatte und ...

... das kennst du: Du träumst und du weißt, dass du träumst, und anstatt einfach aufzuwachen, träumst du weiter und machst Sachen, die man in Träumen halt so macht. – Zwei Meter über dem Boden schweben, vor Gefahr in Zeitlupe flüchten ... oder eben mit Wölfen plaudern.

»Ganz sicher nicht, Wolfgang. Heike bleibt auf der Anrichte!«, mache ich also Wolfgang ganz normal klar und der beugt sich im nächsten Moment über mich.

»Und was soll das jetzt?«, frage ich genervt.

»Damit ich dich besser sehen kann!«, grinst er mich albern an.

»Ach, Wolfgang, lass gut sein, ja?! Reicht mir schon, wenn der Schubert mir den ganzen Tag auf den Sack geht.«

»Der Waschbär?!«

»Bullsh…«, fluche ich unvollständig, weil ich gleichzeitig links neben mir Leander Schubert überraschenderweise wieder als schlafenden Waschbären registriere.

»Das nervt jetzt echt!«, flüstere ich gestresst, weil ich Schiss habe, dass Waschbär Schubert aufwacht und mir wieder ins Gesicht beißt.

»Dann steh halt auf! Ich hatte eh noch was mit dir vor«, sagt Wolfgang und geht dann ganz normal auf zwei Beinen Richtung Haustür.

Ich schiele noch mal kurz zu Leander, dem Waschbären, rüber und entscheide mich, dass ich lieber dem Wolf folge, als neben dem Arsch hier die Nacht zu verbringen.

»Aber vergiss den Anorak nicht! Und um zwölf bist du wieder zu Hause!«, fiept mir Heike aus der Holzkiste streng hinterher.

Ich verdrehe leicht genervt die Augen, ziehe aber tatsächlich meinen Anorak über und folge Wolfgang nach draußen und weiter um die Hütte herum, wo der Bulli steht.

»Das ist jetzt keine besonders gute Idee. Der Bulli gehört Thomas B-Punkt«, sage ich, als ich sehe, wie Wolfgang die Fahrertür von dem *T2* aufsperrt.

Aber Wolfgang zeigt auf die Radkappe mit dem *VW*-Logo drauf und grinst: »Die Kiste gehört uns. Da steht's! *V.* und **W.**! Vincent und Wolfgang! Noch Fragen?«

Nein, hatte ich nicht. Es war logisch. Und kurz darauf ballern wir ganz logisch mit 187 km/h über eine dieser echt engen und holperigen Küstenstraßen – rechts nur Felswand, links der Abgrund.

»Wolfgang, das ist jetzt echt schnell!«, sage ich.

»Das ist Rock 'n' Roll!«, grinst er und drückt während der Fahrt eine Kassette in den Radiorekorder und im nächsten Augenblick ertönt ein Song eines Rockpoeten, den ich aus der Vinylplatten-Sammlung meines Vaters kenne:

Keep me searching for a heart of gold
You keep me searching and I'm growing old
Keep me searching for a heart of gold
I've been a miner for a heart of gold

»Nice! Neil Young!«, sage ich, weil mir tatsächlich diese ungewöhnliche, diese federnde Stimme von diesem rastlosen Typen gefällt.

Und dann aber – Rock 'n' Roll hin oder her – frage ich noch mal höflich: »Wolfgang, würde es dir etwas ausmachen, etwas langsamer zu fahren? Ich meine …«

»Ja, würde!«, unterbricht Wolfgang mich, drückt aufs Gaspedal, das sich erstaunlicherweise immer weiter durchdrücken lässt, ich werde durch den Rückstoß in den Sitz gepresst und sehe, wie wir auf eine verdammt scharfe Rechtskurve zurasen.

»Du hattest übrigens recht mit Osnabrück. Ich hab nachgeguckt. Liegt tatsächlich nicht mehr in NRW«, erklärt Wolfgang im entspannten Plaudermodus.

»Wolfgang? Bittäää!!! Die Kurve!!!«, erkläre ich komplett unentspannt.

»Ah, die Kurve, ja. Die ist ein Problem, nicht wahr?!«, knurrt Wolfgang lässig und denkt aber nicht daran, vom Gas runterzugehen.

»Ja, natürlich ist die ein Problem!«

»Ja, aber mehr für *dich*, nicht für *mich*! *Du* musst die Kurve kriegen, nicht *ich*!«

»Bullshit, Wolfgang! *Wir* müssen die Kurve kriegen! *So sieht's aus!*«

»Siehst du, Vincent Kramer, das meine ich. Du bist rechthaberisch und hörst nicht mehr zu. Und wenn du nicht aufpasst, wird es immer schlimmer und schlimmer und ...«

»... *die Kurvääää!!!!*«

»... schlimmer und schlimmer! Und am Ende wirst du zu einem ätzenden, verbitterten Spießer mutieren, der beigefarbene Sachen trägt und Ein-Sterne-Bewertungen im Internet verteilt.«

Darauf will ich noch irgendwie clever kontern, aber da durchbrechen wir auch schon die kleine Steinmauer und wir stürzen in die Tiefe in den sicheren Tod.

»Na ja, Wolfgang, jedenfalls sterbe ich nicht allein«, fällt mir dann doch noch ein unwahrscheinlich schlagfertiger Konter ein.

Aber da lacht Wolfgang nur sein dreckiges Reibeisenlachen, bellt: »Wieder falsch, Vinci-Baby!«, und drückt die Eject-Taste vom Kassettenrekorder. Woraufhin der Rock-Poet verstummt, gleichzeitig das Dach weggesprengt und Wolfgang per Schleudersitz aus dem Bulli katapultiert wird.

Ich reiße den Kopf hoch und sehe, wie ein Fallschirm sich über dem irre lachenden Wolfgang öffnet. Dann glotze ich durch die Windschutzscheibe wieder den Abgrund an, auf den ich immer schneller zurase. – *Panik* ist ein zu schwacher Ausdruck für das, was ich empfinde. Ich schreie, ich brülle, ich weine vor Angst und Einsamkeit und ...

… dann wache ich auf, weil mich jemand energisch an den Armen fasst und mich durchrüttelt. – Leander!

»Alles in Ordnung, Vince?«, hat er besorgt gefragt.

Ich guckte ihn verständnislos an und habe weitestgehend cool geantwortet: »Ja, natürlich! Alles ganz wunderbar hier!«

… und da war ich ein wenig erschrocken, als ich selber gemerkt habe, wie ätzend, wie bitter meine eigene Stimme geklungen hat.

Wenig später saß ich mit ihm, Betty und Freddy im baumverblätterten Morgenlicht auf der Veranda am Frühstückstisch. Leander und ich hatten vom Minimarkt am Camp-Eingang Croissants und Baguettes besorgt und Ruben servierte uns wieder seinen erstklassigen *Café au Lait* und nahm dann ebenfalls Platz. Heike hatten wir in ihrer Holzkiste in der Blockhütte gelassen und Wolfgang lag direkt vor meinen Füßen unter dem Tisch. *Sprachlos* auch. Wie sich das für einen ordentlichen Wolf gehört. Alles also war in bester Ordnung!

Ruben hatte sein Skizzenbuch von der Leine genommen und öffnete es vorsichtig. Beim Durchblättern knackten die getrockneten Seiten mit den komplett verwischten Tintenzeichnungen drauf.

»Man erkennt nichts mehr!«, jammerte Ruben ein wenig.

»Och, das war vorher auch schon schwierig«, haute Freddy fröhlich raus und Betty schob dann aber noch tröstend hinterher: »Aber weißt du was, Ruben? Ich find's besser so. Wirkt viel lebendiger jetzt!«

Ruben guckte beide Damen schief an und Leander meinte ganz praktisch: »Schreib doch neben den Skizzen, was du dir dabei gedacht hast.«

»Erstens: nix! Zweitens: nix! Drittens: nix! Viertens: n...«, verwandelte Freddy den Elfmeter und da habe ich dann aber noch gesagt: »Ernsthaft, Ruben. Die Idee ist gut! Da ist überall Platz und das Wichtigste ...« – ich machte eine bedeutende Pause, griff nach dem Baguette, zeigte mit ritterlicher Geste damit auf Rubens Kopf und ...

... schwätzte im Schwabenmodus fort: »Des Brainle hätt Fantasie und ei großes Wortschätzle, gell?!«

Hammergag natürlich, auch wenn ich es im Kern sogar ernst meinte. Ruben hatte das verdammt große Talent, sich ausdrücken zu können. Ein amtlicher Poet war er.

Aber egal erst mal: Hammergag auf jeden Fall – und alle, inklusive Ruben Piepenbrock, schmissen sich bei meiner Schwabennummer weg vor Lachen, außer ...

... dem original Schwabenpaar, welches ziemlich plötzlich und extrem unerwartet in einigen Metern Entfernung vor unserer Veranda stand. Absolut spaßfrei auch. Und wie verabredet, gesellten sich nach und nach die Ronja-Eltern und andere Camper dazu. Was irgendwie echt bedrohlich wirkte – Creepy! – Intuitiv standen wir alle auf und brachten uns vor dem Treppchen zu unserer Veranda in Stellung.

»Wie können wir weiterhelfen?«, fragte Betty freundlich in die Runde und die Schwabenfrau antwortete spitz: »Indem Sie weiterfahre!«

Wir guckten uns fragend an, dann legte ihr Partner nach: »Seitdem Sie hier sin', isch der Friede im Camp nicht mehr gegebe, gell?!«

»Was soll die Scheiße jetzt, Schwabenmann?!?«, wollte Freddy nicht wirklich wissen.

»Mir ha'n Sie auschdrücklich drauf hingewiese, dass des Hündle an die Leine g'hört«, zickt die Frau.

»Ja und?«, will Freddy wissen.

»Wie – *ja und?*«, fragt die Schwäbin.

»***Jaaa uuund*** warum sollten wir tun, was irgendwelche Endschwaben einfach so vorschreiben«, ergänzt Freddy ungeduldig.

»Das war jetzt aber wieder sehr rassistisch!«, grinst Ruben Freddy von der Seite an.

»Eure Bestie hat sehr wahrscheinlich eines der Meerschweinchen unserer Tochter gefressen!«, mischt der Ronja-Vater sich ein.

»Beweise, Mister Holmes, Beweise!«, fordert Ruben von ihm.

Worauf die Ronja-Mama uns mit dem Besuch am Vorabend schwer belastet, was wir ja selbst auch schon als echte Schwachstelle einkalkuliert hatten.

»Das sind Indizien, keine Beweise!«, wendet aber Leander schlau ein.

Doch da kommt im selben Moment auch zufällig eine etwas korpulentere Dame in dieses unwirkliche Tribunal gehüpft und die ruft panisch: »Mein Mops ist weg! Hat jemand von euch meinen Otto gesehen?«

»Ist das Ihr Mann?«, fragt eine Frau aus der Mitte.

Und sie antwortet: »Ach was, es ist ein richtiger Mops. Ein Rüde. Champagnerfarben mit schwarzer Maske!«

»Na, wenn den nicht auch die Beschtie erlegt hätt?!«, reimt sich der Schwabenmann da was zusammen und zeigt auf Wolfgang neben mir.

Ein Raunen geht durch den Camping-Mob. Alle starren Wolfgang an.

»Oh, mein Gott. Mein armer, armer Otto. Oh, mein Gott!«, klagt die dicke Dame, die ihren Mops verlor.

»Okay, Leute! Das reicht jetzt!«, will Betty die schlichten Gemüter wieder beruhigen. »Unser Wolfgang kann Ihren Otto gar nicht gefressen haben. Der hat nämlich bei uns in der Hütte übernachtet.«

»Wer Meerschweinchen frisst, der macht vor Möpsen nicht halt«, behauptet die Ronja-Mama extrem dreist, extrem dumm.

»Jetzetle! Es reicht! Mir rufe jetzt die Schandammerie und erstatte a Anzeig!«, droht der Schwabenmann uns.

»Hab ich's gesagt oder hab ich's gesagt?! *Bängle!!!*«, triumphiert Ruben mit hochgerissener Faust, als hätte er eine Wette gewonnen.

Und dann: Ein unscheinbarer Typ mit Schnauzbart und Plauze tritt hervor und erklärt wichtig: »Ich betreibe Hundesport und kenne mich aus. Ihr überlasst uns jetzt den Husky da und wir gucken uns dann mal an, was der so ausscheidet.«

»Was ist denn das für eine Hundesportart? Hundekotkampfraten oder was?«, frage ich nach und da habe ich nicht nur von unserer Crew die Lacher auf meiner Seite. Auch einige aus der Campinggesellschaft lachen und prusten.

Und jetzt kann ich dir auch nicht so ganz genau sagen, ob das der Grund war, warum der Hundesportprofi als Nächstes direkt auf Wolfgang zugestapft ist und dann auch noch sämtliche, wahnsinnig eindeutigen Warnsignale von Wolfgang ignoriert hat.

»**Nicht!**«, warne ich den Blödmann jedenfalls klar und deutlich, als er seine Hand nach Wolfgang ausstreckt und …

… es geschieht, was geschehen musste: Wolfgang schnappt zu, der Hundeprofi zieht seine Hand zurück und brüllt laut auf vor Schmerzen.

»Ruhig, Wolfgang, ganz ruhig«, sage ich geistesgegenwärtig zu dem zähnefletschenden Wolfgang, der sprungbereit neben mir verharrt – halb sitzend, halb liegend. Wolfgang entspannt sich …

… aber der Typ nicht. Geschockt starrt er auf die Bisswunde in seiner rechten Hand, aus der nun ein wenig Blut tröpfelt.

»Die Wunde muss gereinigt werden!«, weiß Leander.

»Und Sie müssen damit zum Arzt! Wegen Tetanus! Verstehen Sie?«, spricht Betty eindringlich zu dem Mann. Der guckt sie mit einem Dackelblick an, nickt dann aber, dreht sich um und tapert davon. – So weit, so gut!

Schlecht dann aber: Die anderen Camper blieben. Und meinem Gefühl nach wurden es mehr und mehr und sie kamen näher und näher. Allen voran das Schwabenpaar. Und ihnen gegenüber: Leander, Wolfgang, Ruben, Betty und …

… Freddy fehlte! Ausgerechnet unsere Kampf-Lady hatte sich in die Blockhütte zurückgezogen.

Wir saßen in der Falle.

Und da war es aber Ruben, der freundlich, aber bestimmt zu ihnen sprach: »Liebe Leute! Campingfreundinnen und -freunde! Wie wunderbar, dass wir uns hier versammelt haben, um in aller Offenheit darüber nachzudenken, ob meine Freunde und ich nicht vielleicht doch weiterziehen sollten.«

Und den Faden nahm Betty geschickt auf und lächelte: »Und wisst ihr was? Wir haben es uns überlegt! Wir verlassen euch! Jetzt gleich! Korsika hat ja so viel zu bieten!«

Die Campingfreundinnen und -freunde schwiegen mit versteinerten Mienen und rückten weiter auf. Die Stimmung war längst gekippt. Die Frage war nur noch, wann der erste Stein fliegen würde, und …

… da, plötzlich, brüllt ein Motor auf. Der Bulli hinter der Hütte!

Wer, zum Henker …, frage ich mich noch und da sehe ich auch schon, wie unsere rot-weiße Rakete hupend um die Ecke geknattert kommt. Und hinter dem Steuer sitzt: Freddy! Sie hatte wohl geahnt, dass diese Begegnung kein optimales Ende finden würde, und ist dann unauffällig in die Blockhütte rein und durch das hintere Fenster zum Bulli wieder raus. Sehr vorausschauend, sehr clever!

Und damit die Leute ihr auch wirklich Platz machen, die wie die Zombies vor unserer Veranda lauern, lässt Freddy den Motor noch mal extragefährlich aufbrüllen und – richtig gutes Argument dann – hält das Schweizer Armeegewehr von Thomas B. im Anschlag, weshalb die Meute dann auch sportlich zur Seite springt.

»**Steigt ein!**«, brüllt Freddy, als sie mit dem Bulli auf Höhe des Verandatreppchens ist.

Wir überlegen nicht lang. Betty springt als Erste von der Veranda durch die offene Schiebetür in den vorbeifahrenden Bulli, Ruben folgt ihr, dann Leander.

»Spring, Wolfgang! Spring …«, befehle ich Wolfgang, der Bulli fährt langsam weiter und Wolfgang springt aber nicht.

»**Spring jetzt!**«, wiederhole ich streng und nach dem Zusatz … *bitte!* – Zufall wieder oder nicht – springt Wolfgang in den Bulli … und ich ihm hinterher.

23

»Und wenn die sich das Nummernschild notiert haben?«, hatte Leander, der alte Schisser, nachgefragt, als wir bestimmt schon eine halbe Stunde unterwegs waren.

… also gut! Ich persönlich spähte auch immer wieder mal zum Heckfenster unseres Fluchtfahrzeugs heraus. Aber auch jetzt waren keine Verfolger in Sicht.

»Digger, die haben sich gar nichts notiert!«, hatte Freddy hinter dem Lenkrad einfach mal so behauptet.

Da hat aber keiner was gesagt, weil Freddy war die Heldin des Tages. Unsere Flucht-Queen. Und sie hatte wirklich an alles gedacht. An unsere Rucksäcke, die Koffer, Schlafsäcke … an Heike – fast alles hatte sie in der Eile aus der Hütte durchs hintere Fenster in den Bulli geworfen, bevor sie uns dann vorn eingesammelt hat.

»Trotzdem, Leute!«, meinte Betty. »Ich bin dafür, dass wir Korsika wieder verlassen. Also in erster Linie wegen Wolfgang, versteht sich. Ich schätze, dass der einfach nicht auf Korsika ausgewildert werden möchte.«

»Ja, da ist was dran. Irgendwie scheint ihm das Inselleben nicht zu schmecken«, pflichtete Ruben ihr bei.

Und da wir eh schon Richtung Norden unterwegs waren, war es beschlossene Sache: Wir würden mit der nächstbesten Fähre wieder aufs Festland übersetzen. Und die legte laut Google-Info um zwölf Uhr mittags von L'Île-Rousse Richtung Nizza ab – immer noch Frankreich also …

Brüllend heiß war's auf der Fähre, aber sehr ideal unser kleines Lager mit ausgebreiteten Schlafsäcken zwischen Treppen und Tauen im Halbschatten. Eine leichte Brise wehte vom Westen her über den tiefblauen Ozean, der dieses tonnenschwere Schiff ganz erstaunlicherweise nach Nizza trug.

Dösend ließ ich meine Blicke über unsere kleine Reisegesellschaft schweifen. – Mir gegenüber saß Ruben an die Taue gelehnt und schrieb konzentriert in sein Skizzenbuch. Und mit ihrem Kopf bequem auf seinen rechten Oberschenkel gestützt, lag Betty und chattete mit ihrem Ex. Also sehr wahrscheinlich war es ihr Ex. Jedenfalls lag immer ein zärtlicher Hauch von einem Lächeln in Bettys Mundwinkeln, wenn eine neue Nachricht reingerauscht kam, auf die sie dann wieder antwortete. Ganz anders bei *Reisebegleiterscheinung* Leander, der nur ein, zwei Meter weiter herumhockte und enddebil von einem Ohr bis zum anderen grinste, wenn eine Nachricht von Lea auf dem geliehenen Ruben-Handy aufploppte.

Den Kreis schloss Freddy neben mir. Ganz verträumt lag ihr Blick auf Wolfgang, der in unserer Mitte döste und seinerseits einen Punkt direkt vor der Nase verfolgte. Ich machte mir die schreckliche Mühe und hob meinen Kopf um einige Zentimeter, um zu sehen, welcher Punkt das war. – Heike hieß der Punkt!

Den Wolf im Blick, tippelte die Meerschweinchen-Lady echt nervös zwischen seinen ausgestreckten Vorderbeinen vor seiner Nase rum. Ausweglos auch, weil Freddy ihr zu allen Seiten den Weg versperrte.

»Ähm ... Freddy, ich weiß nicht, ob das so eine gute Idee ist, da mit Heike und Wolfgang. Der hatte noch kein Whiskas und überhaupt, du weißt schon ... *Pünktchen!*«, erinnerte ich sie an Wolfgangs dunkle Seite.

Da schielte sie mich leicht irre von der Seite an und grinste: »Vincent Kramer, du verstehst nichts!« Und nachdem sie Heike mit ihrer rechten Hand sozusagen wieder in die Schranken gewiesen hat, fuhr sie fort: »Das hier ist der Beweis, dass Wolfgang Antons Lebenspartner Pünktchen gar nicht gefressen haben kann.«

Da meldete sich auch Ruben zu Wort und meinte: »Na ja, Freddy, nur weil Wolfgang grad keinen Appetit auf Heike hat, heißt das noch lange nicht, dass er grundsätzlich Meerschweinchen verschmäht.«

»Ich denke, da ist was dran, Freddy«, meinte auch Betty.

»Und ich denke an nie aufgeklärte Verbrechen. Was, wenn jemand anderes für den Tod des verschollenen Pünktchens verantwortlich ist? Ich sage nur …«, Freddy machte eine bedeutsame Pause und vollendete: »… Otto, der Mops!«

Alle guckten Freddy skeptisch an und Leander gab zu bedenken: »Ich weiß nicht, Freddy. Möpse sind jetzt nicht grad die geborenen Jäger. Und ich persönlich kann mir einfach nicht vorstellen, dass so ein Rasse-Mops überhaupt irgendwem gefährlich werden könnte.«

»Was nicht heißt, dass er es nicht ist. – Möpse! Verschlagen und böse sind sie«, verrannte sich Freddy nun in etwas.

»Das ist Spekulation«, meinte Betty.

»Möglich, Betty-Boss! Also reden wir über Fakten: Wolfgang hier zeigt überhaupt kein Interesse an Heike. Ergo: Meerschweinchen stehen offensichtlich nicht auf seiner Speisekarte«, hatte Freddy irgendwie echt dünn geschlussfolgert.

Und weil Wolfgang jetzt auch anfing, Heike mit der Schnauze anzustupsen, meinte ich noch mal zu unserer Verschwörungstheoretikerin: »Freddy, bitte! Nimm Heike da weg. Das macht mich echt nervös.«

Und da guckte sie mich an, nachdenklich auch, hob die arme Heike dann aber endlich aus diesem Mini-Kolosseum des Todes und sagte betont vorwurfsvoll: »Du bist die Bremse der Wissenschaft. Einer, der Galileo Galilei damals zum Tod verurteilt hätte, als der verkündete, dass die Erde sich um die Sonne bewegt.«

»Starker Tobak, Lady«, grinste Ruben sie an und ich lehnte mich wieder entspannt zurück und murmelte: »Ist auch Quatsch. Die Erde kann sich gar nicht um die Sonne bewegen, weil sie nämlich eine Scheibe ist. So sieht's aus.«

Alle lachten und machten dann wieder da weiter, womit sie zuvor beschäftigt waren. Und auch Freddy fand für sich und vor allem für Heike einen entspannteren Zeitvertreib, indem sie ihren flauschigen Bauch liebevoll kraulte.

Alles in allem: Die Überfahrt zurück zum Festland war extrem relaxed. Also exakt bis zu diesem Zeitpunkt. Dann nämlich ertönten die Fanfaren aus den Lautsprechern meines Handys. – Ein Anruf meiner Mutter. Ich kramte das Handy aus dem Rucksack, nahm den Anruf bestgelaunt entgegen und meine Mutter unterbrach mich angespannt freundlich: »Was macht die Krätze, mein Sohn?«

»Kr… … …?«, fragte ich mich einen bescheuerten Augenblick lang, was der Blödsinn denn sollte, bis mir dann natürlich auch einfiel, was meine Mutter meinte. – Unsere clevere Ausrede für unser Fehlen an der Tauber.

Und weil Leander und auch Betty, Ruben und Freddy an meiner Stimmlage wohl merkten, dass irgendetwas nicht in Ordnung war, schauten sie neugierig zu mir rüber und ich schaltete dann auch mein Handy direkt auf *laut*, damit sie hören konnten, was aktuell so gar nicht in Ordnung war.

Und dann – Überraschung – hörten wir alle zusammen die Stimme von Leanders Mutter und die fragte ebenfalls in einer tinitusgefährdenden Tonlage: »Hat mein Leander sein Aufladekabel bekommen?«

»Fuck!«, stöhnte Leander.

»Das habe ich *gehö-hört!*«, klang die übertrieben freundliche Singsang-Stimme von Leanders Mutter aus dem Handylautsprecher. Aber auch nur, um mit verschärftem Ton noch einmal deutlich hinterherzuzetern, dass dieser *Vollidiot* von Thorsten das kleine Päckchen an diesem Freitagmorgen für Leander bekommen habe. Und da erst sei diesem *Extremdenker* in den Sinn gekommen, sie anzurufen, um bei ihr *saublöd* nachzufragen, ob denn – bis auf die Krätze – alles in Ordnung mit ihrem Sohn sei. Und dann kam eins zum anderen und da wusste auch meine Mutter endgültig Bescheid. Einen Verdacht, dass irgendetwas nicht stimmte, hatte sie eh schon, weil ...

»Ihr beiden **Sunny-Boys** hättet euch schon die Mühe machen sollen, euch nach der Wetterlage in Süddeutschland zu erkundigen. Da regnet es nämlich wie aus Eimern und das schon seit Tagen!«, hatte meine Mutter nämlich den entscheidenden Fehler offengelegt, den wir bei unseren letzten Sunshine-Selfie-Shootings gemacht hatten.

»*Das* war's! Der Regen! Natürlich!«, freute sich Ruben über die Auflösung, weil der ja auch immer schon gesagt hatte, dass irgendwas nicht mit den Fotos stimmte.

»Und wer war jetzt das, bitte schön?«, fragten Leanders Mutter und meine fast gleichzeitig.

Da kam mir Betty zuvor und erklärte den beiden Damen, dass alles in bester Ordnung sei und sie sich bitte keine Sorgen machen müssten.

Da war erst mal Schweigen am anderen Ende der Leitung. Dann undeutliches Getuschel. Und Frau Schubert sagte schließlich: »Wir haben keine Ahnung, wer Sie nun wieder sind, aber – Leander? Vincent? Hört ihr uns?«

Wir bestätigten und Frau Schubert fuhr fort: »Macht euch bitte auf den Weg nach Hause, sonst ...«

»... sonst was, Ladys?«, mischte sich Freddy nun auch ins Gespräch. »Drohen Sie dann mit der Polizei? Wie lächerlich ist das denn?«

Und bevor da auch nur eine der Ladys nachhaken konnte, wer das nun wieder war, sagte ich mit fester Stimme: »Okay, Mama! Wir kommen nach Hause. Natürlich tun wir das. Aber nicht sofort! Wir haben noch was zu erledigen. Und das ist wichtig!«

Wieder Getuschel in der Leitung.

Dann: »Und wo, bitte schön, hast du, Vincent, so Wichtiges zu erledigen?«, fragte meine Mutter mit so einem zickigen Unterton nach.

»Südfrankreich!«, habe ich geantwortet und sie dann noch mal: »Und wo genau da?«

»Südfrankreich!«, habe ich wiederholt, weil erstens sollte meine Mutter bloß nicht glauben, dass ich ihr unser exaktes Ziel verraten würde, und zweitens gab es ja auch gar kein exaktes Ziel.

Schweigen in der Leitung.

Dann: »Also gut, Vincent. Lasst euch Zeit. Aber denkt bitte daran, dass ihr Mitte August wieder nach Hause kommt. Du weißt schon – Schulbeginn!«, gab meine Mutter unerwartet klein bei ...

... eine Spur zu freundlich, eine Idee zu relaxed, wie Leander nach dem Telefonat auch noch mal meinte. Womit er natürlich recht hatte. Meine Mutter war nicht entspannt.

Also vom Prinzip her schon, aber sicher nicht in dieser Situation. Irgendwas hatte sie in der Hinterhand. Sie oder Leanders Mutter. Aber was? Wir kamen einfach nicht drauf.

... noch nicht!

24

»Hey, Hardy-Spatz! Das ist ja schön, dass du dich mal wieder meldest. Habt ihr einen schönen Urlaub?«, nahm Betty gut gelaunt den Anruf von Hardy und Edwin entgegen. Wie gewohnt mit Freisprechfunktion, weil sie nun wieder selbst den Bulli fuhr. Raus aus Nizza und nun schon eine ganze, sonnige Weile weiter Richtung Süden entlang der Côte d'Azur.

»Äh, ja. Danke der Nachfrage. Haben wir«, antwortete Hardy, wieder mal von Bettys guter Laune überrumpelt.

»Weshalb wir anrufen, *Schatz*: Habt ihr unseren Wolf nun auf Korsika ausgewildert oder nicht?«, kam Edwin dann aber zur Sache.

Und Betty darauf ganz ehrlich: »Nein, leider nicht, Edwin. Wolfgang wollte irgendwie nicht. Wir haben auch keine Ahnung, warum er da nicht bleiben wollte. Die Insel ist wunderschön. Müsst ihr unbedingt mal hin, wenn ihr wieder mal unterwegs seid.«

Und nach einer kleinen Pause knödelte Hardy raus: »Wir *sind* auf Korsika!«

»Ach?!«, staunte Betty.

»Ja – *Ach?!* Heute früh angekommen«, seufzte Hardy und Edwin stöhnte: »Traumschön hier, aber nichts für Wohnwagengespanne. Die engen Straßen hier – schrecklich! *Ganz, ganz schrecklich!*«

»Ja, die sind ein Problem!«, wusste auch unsere Fluchtfahrerin Freddy.

»Also! Dann habt ihr noch unseren Yves«, kam Hardy noch mal auf das Hauptthema zurück und Betty: »Ja, natürlich. Wir fahren mit ihm jetzt die Côte d'Azur runter. Wenn es sein muss, bis zur spanischen Grenze in die Pyrenäen. Dort soll es ja auch frei lebende Wölfe geben.«

»Pyrenäen! Na toll!«, stöhnte Hardy und dann fiel dem Edwin noch etwas ein: »Sag mal, Betty, ist der Ruben noch bei euch?«

»Yep!«, war Rubens ungewohnt kurz angebundene Antwort, weil er wieder mit einem Skizzenbucheintrag beschäftigt war.

»Ah! Sehr schön, mein Lieber!«, freute sich Edwin. »Dann noch mal ganz herzliche Grüße von Su Bin, die ausrichten lässt, dass sie dir beim nächsten Treffen mit einem Samuraischwert die Eingewei…«

Und weiter kam Edwin nicht, weil Ruben sich wieder Bettys Handy aus der Ablage schnappte und die Verbindung einfach kappte. – Worauf Freddy von hinten kommentierte: »Da hat aber jemand ganz schön was zu verbergen, nicht wahr?!«

Ruben drehte sich zu ihr um und lächelte entspannt zurück: »Sagt wie immer die Richtige, nicht wahr, Frau Rich…«

Und da – verdammt plötzlich, extrem überraschend – gingen Rubens drei letzte Buchstaben vollständig in einem aufbrüllenden Motorengeräusch unter. Wir schauten uns alle ratlos an, bis Betty vom Gas runterging. Da peilten wir auch, dass es unser eigener Bulli war, der in der Lautstärke eines Maschinengewehrs jetzt in die nächste größere Stadt reinknatterte – Cannes!

Betty fuhr rechts ran und machte sofort den Motor aus. – Die Ursache für das plötzliche Geknatter war relativ schnell klar: Der Bulli hatte den Auspuff verloren. Rund fünfzig Meter hinter uns lag er auf der Straße.

»Ja, und jetzt?«, fragte Leander.

»Ja, wie – *und jetzt?*?«, antwortete Freddy mit Gegenfrage. »Wir fahren weiter! Ein kaputter Auspuff?! Das ist der Soundtrack unseres Trips. Das ist Rock 'n' Roll, verstehst du?!«

Aber da hielt Betty dagegen: »Das ist kein Rock 'n' Roll, das ist total bescheuert. Wenn wir bisher auch noch keinen Stress mit der Gendarmerie hatten, dann ja wohl jetzt mit einem Bulli, der laut ist wie ein Hubschrauber.

Da hatte sie natürlich recht und ...

... nenne es den absoluten Zufall oder Telepathie oder wie auch immer: Exakt in dem Moment klingelte wieder Bettys Handy und wer war dran?

»Sali, Betty!«, hörten wir Thomas B.'s Stimme über die Lautsprecher von Bettys Handy. »Ich wollte nur mal so hören, wie es euch und meinem Bulli-Mobil geht, od'r?!«

»Oder was?«, fragte nicht Freddy, sondern Betty diesmal etwas gestresst, weil sie absolut am Ende war mit ihrem Latein.

»Uns geht es prächtig und dem Bulli auch!«, lachte Freddy aber wie eine Entertainerin ins Handymikro. »Aber weißt du, was wir uns überlegt haben, Tommy?«

»Äh ... nein, Eva-Maria«, antwortete *Tommy* und *Eva-Maria* – alias Freddy – antwortete: »Wir werden den guten alten Bulli in die Inspektion geben. Hier in Cannes! Weißt du, da ist nämlich so ein ganz feines Geräusch, das mir aufgefallen ist. Und da habe ich zu Betty gesagt: Betty, habe ich gesagt, das ist die Wasserkühlung. Da muss mal ein Fachmann draufgucken.«

Schweigen am blank polierten Eichentisch in der Safrangasse in Schaffhausen, in der meiner Vorstellung nach nun die späte Nachmittagssonne durch die bleiverglasten Kristallscheiben schien und Thomas B.'s fragendes Gesicht in zerlegten Spektralfarben beleuchtete.

Dann: »Da hast du ein sehr feines Gehör, Freddy! Aber die Wasserkühlung kann es auf gar keinen Fall sein, weil ...«

Da kratzte Betty mit ihren Fingernägeln soundtechnisch effektvoll über das Handymikro, simulierte wieder Funklöcher mit abgehackten Wörtern und kappte die Verbindung schließlich endgültig.

Dann fielen unsere Blicke wieder einigermaßen resigniert auf den Auspuffschrott auf der Straße hinter uns. Nur Betty setzte wieder ein fröhliches Gesicht auf und verkündete: »Das kriegen wir schon wieder hin!«

Freddy, Leander, Ruben, ich ... Wolfgang und Heike schauten Betty ziemlich ungläubig an, aber ...

... was soll ich sagen? Wir kriegten es hin!

25

Warst du schon mal in Cannes? Falls nein: unbedingt mal hinfahren! Lohnt sich. Was du allerdings mitbringen solltest, ist Geld! Viel Geld! ... oder praktischer noch: eine Kreditkarte, so wie Betty sie von ihrem Ex dabeihatte. Damit hat sie nämlich alles bezahlt. Restaurantbesuche, Strandeintritt, Stand-up-Paddling, Jet-Ski, das Hotel ... alles eben! Echt großzügig von ihr ... und von ihrem Ex vor allem, weil: Cannes ist teuer, richtig teuer! Selbst unser Hotel, das *nur* in der zweiten Reihe hinter der Strandpromenade lag. Aber dafür war der Hotelier am Empfang auch *très distingué* ... also echt vornehm. Selbst als Freddy sich beim Check-in aus total bescheuerten Datenschutzgründen erst weigerte, ihren Personalausweis rauszurücken, ließ Monsieur Freddys Wutausbruch über sich ergehen. Und erst als sie fertig war mit Schimpfen, streckte der Mann in aller Ruhe seine Hand aus, in die Freddy am Ende doch murrend ihren Personalausweis hineinlegte.

Das ganze Wochenende verbrachten wir in dieser mondänen Hafenmetropole. Bis Montagmorgen eben, an dem wir den Bulli tatsächlich wieder abholen konnten. Das hatte uns jedenfalls dieser knurrige Kfz-Fritze versprochen, der den Bulli noch am Freitagabend abgeschleppt hatte.

Wobei von Versprechen eigentlich keine Rede sein konnte. Der Typ kriegte die Zähne kaum auseinander und Freddy musste ihm jedes Wort aus der Nase ziehen. Sie war eben die Einzige, die Französisch sprach. Und das meinem Gefühl nach ganz passabel. Aber Monsieur Plaudertasche tat halt so, als würde Freddy klingonisch oder so was sprechen. Nur einmal hat er herzhaft gelacht. Als Freddy für Betty die Frage dolmetschte, ob er denn bei der Gelegenheit nicht auch die paar Kratzer an den Seiten des Bullis wieder rauspolieren könne.

C'est égal, wie wir Franzosen sagen: Das Wochenende in Cannes war also extrem *magnifique* und dann war …

… Montagmorgen! Nach dem gemeinsamen Frühstück hatten wir uns in der kleinen Hotellobby für zehn Uhr verabredet. Nach dem Check-out wollten wir los und den Bulli abholen.

Als ich mit Wolfgang an der Kette die Treppe zum Foyer hinunterkam, war Leander schon da. – Immer der Erste! Natürlich!

Wir nickten uns stumm zu, ich setzte mich neben ihn und dann warteten wir schweigend auf die anderen.

Ein Mann und eine Frau – beide so um die fünfzig – betraten das Hotel. Von ihren Klamotten her hätte ich auf *Geschäftsleute* getippt. Am Empfang zeigte der Mann unserem Hotelier seinen Ausweis und die Frau redete aufgeregt mit ihm auf Französisch. Und der erklärte ihr dann auch irgendwas auf Französisch und zeigte in unsere Richtung.

Da stand Leander, der alte Schleimer, auch schon auf, weil er dachte, dass die beiden Herrschaften sich ebenfalls auf die Bank setzen wollten, und ...

... ich stand eben auch auf. Die Überraschung dann: Die beiden wollten sich gar nicht setzen, sie wollten reden. Mit *uns*!

»Moin, Jungs!«, begrüßte der Mann uns mit so einem norddeutschen Slang. »Kennt ihr zufälligerweise eine Frederike Richter? Der Hotelier meinte, dass ...«

»Öhmm, nein!«, antwortete Leander viel zu hektisch, viel zu schnell, was uns beide natürlich echt verdächtig machte. Weil klar kannten wir Frederike Richter.

Und die kam dann prompt mit Heike in den Händen die Treppe heruntergeschlendert.

»**Frederiiiike!**«, rief die Frau schrill und überglücklich und Frederike, also Freddy eben, guckte erstaunt von den Treppenstufen zu ihr und dem Mann runter und sagte: »Fuck! Wusste ich's doch! Scheiß Perso!«

Da verdrehte der Mann genervt die Augen und knurrte: »Auch eine Art, seine Eltern zu begrüßen!«

Leander und ich guckten uns irritiert an, weil Freddys Eltern – den Hilfskoch und die Bardame also – hatten wir uns etwas anders vorgestellt.

»Was wollt ihr hier? Geht weg! Ich kenne euch gar nicht!«, sprach Freddy mit den beiden – wie soll ich sagen – nicht unfreundlich, aber irgendwie auch ein wenig vorwurfsvoll, fast verzweifelt.

»Wen kennst du nicht?«, fragte Betty hinter ihr, die mit ihrem Gepäck nun ebenfalls die Treppe herunterkam.

»Ihre Eltern!«, antwortete Leander für Freddy und zeigte auf die beiden Herrschaften.

»Echt? Das ist die Nutte und ihr Hilfskoch?«, smilte Ruben, der gleich hinter Betty folgte.

»Bitte, *was* haben Sie da gesagt?«, fragte die feine Dame in ihrem Kostüm ziemlich pikiert nach und auch ihr Mann knurrte: »Vorsicht, junger Mann, Vorsicht!«

»Ähmmm ... Mum und Dad sind jetzt in anderen Berufsfeldern unterwegs!«, quetsche Freddy noch verzweifelt grinsend heraus. »Sie ist Oberstudienrätin, er bei der Kripo. – Quereinsteiger, versteht ihr?!«

»Schätzchen, das wäre jetzt der geeignete Moment, mit der Wahrheit rauszurücken«, lächelte Ruben vom Treppenabsatz her, weil der offenbar mehr über unsere mysteriöse Freddy wusste als der Rest unserer kleinen Gang.

Alles drehte sich um diesen Personalausweis. – Wie Freddy uns dann gestand, war sie erst sechzehn, und sie kam nicht aus Bremen, sondern aus Delmenhorst. Einem Kaff in der Nähe von Bremen. Einen Führerschein hatte sie natürlich auch noch nicht, was insbesondere Betty unglaublich komisch fand.

Und wie ihr Vater uns dann noch mal erklärte, hat der als Bundeskriminalbeamter einen guten Draht zu Europol. Und als bei denen am Bildschirm die Personalausweisnummer von seinem Töchterchen aufploppte, als die in dem Hotel in Cannes eincheckte, gaben die Kollegen dem Herrn Richter sofort Bescheid.

»Als wäre ich eine Kriminelle. Die eigene Tochter! Das ist sooo ... *krank* ist das!«, machte Freddy beiden Eltern noch mal schwere Vorwürfe.

»Aber Frederike, wir wollen doch nur das Beste von dir!«, verplapperte ihre Mutter sich etwas selbstmitleidig, der dann aber selber auffiel, dass die Elternphrase eigentlich anders heißt. Eben *für dich* das Beste, nicht *von dir*. – Großer Unterschied!

»Siehst du, Mum. Das ist das Problem!«, erklärte Freddy ihr da auch erst leicht genervt und dann aber ruhig und ernst weiter: »Ich kann hochbegabt sein, Klassen überspringen, Jugendmusiziert-Wettbewerbe mehrfach gewinnen ... immer und überall die Beste sein und: *Nie* ist es genug! – Mama! Ehrlich!

Ich hab euch *beide* echt lieb und ich weiß, ihr mich auch. Aber: Am Ende bist du die totale Helikopter-Mutti, die mir die Luft zum Atmen nimmt. Deswegen bin ich abgehauen! Verstehst du?«

Ob Frau Richter wirklich verstand, wusste ich nicht, aber sie schien ehrlich berührt von Freddys Worten. Und gerade, als sie irgendwas sagen wollte …

… schwenkte Wolfgang neben mir seinen Kopf herum und knurrte die Hoteltür an, die sich dann auch im nächsten Moment öffnete. Und herein kamen – *ta-taaa* – Hardy und Edwin. Gefolgt von Rubens vermeintlicher Stalkerin Su Bin … die mit ihren eng anliegenden Klamotten in Schwarz und Weiß aussah, als wäre sie einem Manga-Comic entsprungen. – Sehr cool. Wirklich!

»Ihr? Aber wie …???«, begrüßte Betty die beiden da natürlich genauso überrascht, wie wir es waren.

»Bingooo!«, triumphierte Hardy mit seinen zarten Fäusten wedelnd, cool wie Mister Bean – und: »Punktgenaue Ortung per *GPS Tracker*!«, erklärte Edwin stolz und hielt uns sein Smartphone hin.

Wir alle sahen ziemlich baff den pulsierenden Punkt auf der Karten-App und Betty fragte die beiden entrüstet: »Ihr konntet die ganze Zeit sehen, wo wir – also wo Wolfgang ist?«

Die beiden nickten und Hardy zeigte auf Wolfgangs Halsband mit dem schwarzen Teil dran, das wir bisher immer für so eine Art *Ausweis* gehalten haben, den man vielleicht scannen kann. Es war aber natürlich der Peilsender.

»Der Hund da heißt *Wolfgang*?«, fragte Herr Richter ungläubig nach.

»Er ist ein Wolfshund, heißt *Yves* und er gehört uns«, korrigierte Edwin ein wenig zickig.

»*Yves*«, wiederholte Frau Richter beinah angewidert. »Wie kann man so ein schönes Tier *Yves* nennen!«

»Ja, Mum, das ist hier leidiges Dauerthema«, seufzte Freddy.

»Wie der Hund heißt, steht hier überhaupt nicht zur Diskussion. Wir nehmen *Yves* jetzt mit und basta«, beschloss Hardy, ging auf Wolfgang zu, stockte dann aber, weil Wolfgang ihm knurrend die Zähne zeigte.

»Sind Sie sicher, dass der Hund Ihnen gehört?«, fragte Herr Richter nach, kriegte da aber keine Antwort mehr, weil die Manga-Lady Su Bin nämlich Hardy sachte beiseiteschob, um daraufhin direkt auf Ruben zuzugehen – wütend auch. *Mächtig wütend!*

Wahrscheinlich dachte nicht nur ich an das Samuraischwert, das die Lady gleich von irgendwoher hervorzaubern würde, um Ruben damit zu touchieren.

»Lass gut sein, Su Bin! Ich komme wieder nach Hause!«, lächelte Ruben die Asiatin entspannt an.

Und die war, das sah man richtig, total aus dem Konzept.

»Wie, was soll das jetzt heißen – *du kommst wieder nach Hause?*«, wiederholte sie – überraschend für mich auch, höchst deutschsprachig. Und dann weiter im Text: »Seit über einem Jahr turnt der Herr in der Weltgeschichte herum, meldet sich nicht bei Mama, nicht bei Papa, nicht bei mir …«

»Das stimmt ja nicht! Ich hab mich gemeldet! Und ich hab dir dann sogar verraten, wo ich da gerade war, sonst hättest du mich ja auch erst gar nicht gefunden, da in den Alpen«, warf Ruben ein.

»Das stimmt ja nicht!«, stritt sie dann aber einfach ab.

»Stimmt ja wohl!«, hielt Ruben dagegen.

»Stimmt gar nicht!«

»Und ob das stimmt!«

»Sind die beiden ein Paar?«, fragte Frau Richter ihre Tochter nebenbei. Die hob aber auch nur die Schultern und Hardy neben ihr wusste aber: »Nein, Geschwister. Nicht blutsverwandt, wie man vielleicht ahnt. Adoptivtechnisch gesehen, verstehen Sie?«

Frau Richter nickte … und wir, höchst erstaunt, ebenfalls.

»Stimmt so was von gar nicht!«, haute Su Bin unterdessen noch einmal raus und dann tackerte sie hinterher: »Was jetzt aber auch komplett egal ist, ob du dich in den verdammten Alpen gemeldet hast oder nicht. Fakt ist: Der feine Herr war ein Jahr lang nicht zu erreichen! Und nun verkündet er, dass er nach Hause kommt? Ruben Piepenbrock! Du hast echt ein Rad ab!«

Und der aber erklärte: »Versteh es doch einfach! Ich brauchte die Zeit! Für mich! Und für die Kunst!«

»Jetzt geht *das* wieder los!«, seufzte Su Bin irgendwie echt süß und legte mit Finger auf seine Brust tippend nach: »Ruben, du musst jetzt ganz stark sein: Du – kannst – nicht – zeichnen!«

»Das weiß ich jetzt! Also auf eine Art kann ich es doch, aber es spielt keine Rolle mehr!«, strahlte Ruben sie an.

Wir ahnten, was Ruben meinte. Nur Su Bin glotzte ihren Bruder peilfrei an. Er machte eine Handgeste, dass sie warten solle, schnürte seinen alten Rucksack auf, zog sein Skizzenbuch heraus, gab es ihr und sagte: »Hier, schau! *Das* ist mein Weg! *Das* bin ich!«

Fragend nahm Su Bin Rubens Skizzenbuch entgegen, klappte es auf, sah mit Erstaunen die verwischten Zeichnungen und das, was ihr Bruder dazugeschrieben hatte. In engen Zeilen über den Skizzen, unter ihnen, daneben und auch in den Skizzen selbst. Still las sie Wort für Wort, Zeile für Zeile dieser einen Seite seines Buches und hauchte währenddessen sehr gerührt Sätze wie: *Das bin ja ich!* und *Das ist so schön!* und *Das ist so wahr!* und …

… da öffnete sich erneut die Hoteltür und herein kamen diesmal: meine Eltern und die von Leander!

»M… Mama? P… Papa?«, stammelte ich echt bescheuert und Leander aber mindestens genauso bescheuert auch irgendwas.

»Scheint so was wie ein Elternsprechtag zu sein, was?!«, kommentierte Herr Richter.

Unsere Eltern waren erst etwas irritiert, weil sie den Gag natürlich nicht auf Anhieb verstehen konnten. Mein Vater guckte mich dann aber erleichtert an und sagte nur: »Vincent, Vincent, Vincent!«

Und Leanders Mutter aber nicht ganz so entspannt zu ihrem Sohnemann: »Leander Schubert. Was hast du dir nur dabei gedacht?«

Da guckte Leander neben mir komplett verständnisfrei seine Mutter an und platzte los: »**Was *ich* mir dabei gedacht habe??? Nix! *Ich* hatte hier nichts zu denken! Ich bin einfach nur mit, weil ich den Arsch da nicht alleine lassen konnte!**«

»Na, na, na, Leander – Sprache!«, tadelte ihn meine Mutter vorsichtig, weil das ja auch immer so eine Sache ist, wenn die Original-Mutter des Getadelten daneben steht. – Finden, glaube ich, alle Eltern scheiße.

Jedenfalls Leander voll im Stimmbruch überschlägt sich vor Erregung und ich dann zu ihm: »Ich hab nicht drum gebettelt, dass du Arsch mitkommst!«

Und da will Herr Schubert vielleicht auch mal was sagen, aber da fährt Leander mich voll von der Seite an: »Und ich hab auch nicht drum gebettelt, dass ich mit auf eine mordsbescheuerte Odyssee komme! Ich hab mir einfach nur Scheißsorgen um dich gemacht!«

»*Oooooh, Scheißsorgen hat er sich um mich gemacht …schluchz*«, äffe ich ihn betont jammernd nach und dann, echter Treffer: »Das hättest du dir vielleicht überlegen sollen, bevor du mir meine Freundin ausgespannt hast!«

»Autsch!«, kommentierte Freddys Vater wieder und Leanders Vater sagte immer noch nichts und Leander selbst auch nicht und ich dann aber noch: »Kapierst du das denn überhaupt nicht, Leander? Du weißt das schon seit Ewigkeiten, dass ich Lea gut finde. Und dann komme ich tatsächlich mit ihr zusammen und …«

»Du weißt gar nichts, Vincent Kramer!«, mischt sich da plötzlich Freddy ein.

Ich drehe mich komplett verständnislos zu ihr um – kopfschüttelnd, genervt, nach Worten suchend – und sie aber fährt gelassen fort: »Ich kenne Lea nicht und will sie auch gar nicht kennenlernen, weil ich die Kuh, glaube ich, auch ziemlich schlicht finde.«

»Wie du alle Mädchen irgendwie ziemlich schlicht findest, Kind!«, ergänzt Freddys Mutter kühl.

»Da ist was dran, aber darum geht es jetzt nicht, *Mutter*!«, informiert Freddy sie und in meine Richtung wieder: »Vince! Dein Kumpel da hat dir Lea doch gar nicht weggenommen! … also gut, irgendwie schon auch, aber Fakt ist: Das Prinzesschen hat sich doch selbst entschieden. Gegen dich und für ihn! Weil … was weiß ich *weil*. Das ist auch komplett nebensächlich. Du bist ein Hammertyp, Vincent, aber ganz eindeutig wohl nicht für Lea, verstehst du?! Lea wollte vielleicht immer schon so einen Lappen wie Leander haben. Was ihr aber vielleicht auch erst klar wurde, als sie mit dir zusammengekommen ist. Was total bescheuert ist, auch klar. Aber es ist, wie es ist, Vincent Kramer. Lass endlich locker!«

Sprachlos gucke ich Freddy an und höre, wie der *Lappen* Leander neben mir nach Luft schnappt, um Freddy jetzt vielleicht um die Ohren zu hauen, wie bescheuert er sie findet. Doch da hat Freddy ihm auch schon grinsend zugezwinkert – mit Luftkuss hinterher. Absolut entwaffnend also, sodass Leander dann auch peilt, dass sie den *Lappen* nicht ganz ernst gemeint hat.

Und ich? Ich verstehe, was Freddy da ganz erstaunlicherweise gesagt hat. Was die Angelegenheit ja nicht von jetzt auf gleich besser macht. Weil mit Worten kannst du auch keinen komplizierten Oberschenkelhalsbruch heilen … um das jetzt mal irgendwie zu vergleichen. Aber man kann die Fakten benennen. Sagen, dass es dauert, bis es nicht mehr wehtut und bis es heilt. Und je eher man das akzeptiert, umso schneller ist man vielleicht auch wieder auf den Beinen, wenn du verstehst, was ich meine. Ich hoffe, weil viel besser kann ich es auch nicht erklären.

Ich gucke Freddy also an, kapiere einiges und wische mir mit dem Handrücken heimlich eine verdammte Träne aus dem Auge und ...

... sie wieder, ganz die alte, grinst: »Und heul woanders hin! Das stört mich!«

Ich lache kurz auf und drehe mich zu meinen Eltern herum und erkläre denen – wie soll ich sagen – etwas wacklig: »Es tut mir leid! Aber es war absolut richtig, dass ich mit Betty hier mitgefahren bin! Weil Freizeitcamp mit Lea *und* Leander? Das hätte ich nicht ausgehalten. Versteht ihr das?«

Ja, taten sie. Alle beide. Meine Mutter kam mit großen Schritten auf mich zu und nahm mich in ihre Arme und mein Vater wischte sich mit dem Handrücken ebenfalls verstohlen über die Augen.

Und nachdem auch Leander seine Eltern etwas herzlicher begrüßt hatte, fragte er seinen Vater: »Wie habt ihr uns überhaupt gefunden?«

Und da antwortete aber auch schon seine Mutter mit triumphierend aufblitzenden Augen für ihn: »*Ha-haaaa!* Durch Lea! Du hast ihr ja geschrieben, dass ihr hier übers Wochenende in diesem Hotel in Cannes seid!«

»Ich sag ja: *schlichte Kuh!*«, kommentierte Freddy und Leanders Mutter schob aber auch noch mal zu Leas Verteidigung hinterher, dass sie erst gar nichts verraten wollte. Erst nachdem *sämtliche* Eltern – also Leanders, meine und auch Leas eigene Herrschaften – ihr ordentlich Druck gemacht hatten, war sie eingeknickt.

»Okay, Leute, das ist alles sehr rührend, aber so kommen wir auch nicht weiter!«, meinte Hardy dann freundlich, aber bestimmt, während sein Partner Edwin ergriffen nickte und sich mit einem Stofftaschentuch etwas aus den Augen rieb.

»Hardy! Edwin! Wie lange kennen wir uns?«, strahlte Betty plötzlich, die ganz offensichtlich wieder eine ihrer Ideen hatte.

»Lass mich rechnen … round about … eine Woche!«, antwortete Edwin.

»Erst? Kommt mir viel länger vor, aber egal. Hört zu!«, sagte Betty. »Als wir uns das erste Mal trafen, hatte ich nicht den Eindruck, dass ihr besonders glücklich mit *eurem* Yves wart. Angespannt, unlocker! Das wart ihr! So ganz anders als jetzt.«

Hardy und Edwin guckten sich an und Edwin legte zärtlich seine Hand auf Hardys Schulter und gab schließlich zu: »Das stimmt! Ohne Yves ist manches einfacher geworden.«

»Bitte keine Details, ja!«, warf Freddy zweideutig ein und Betty fuhr begeistert fort: »Wisst ihr, was euch fehlt?«

Die beiden zuckten die Achseln und Betty verkündete: »Heike!«

»Wie bitte?«, fragte da meine Mutter echt irritiert nach und ich sag dann auch noch: »Ja klar! Heike! Das ist die perfekte Lösung!«

»Ich gebe meine Frau nicht her, Sohn!«, witzelte mein Vater, bis auch er und alle anderen kapierten, dass es sich hier um Heike, das Meerschweinchen, handelte, das Freddy immer noch in den Händen hielt. Und in *ihrem* Gesicht las ich ab, dass ihr das echt schwerfiel, Heike rauszurücken.

Dann gab sie sich aber sehr wahrscheinlich innerlich einen Ruck und überreichte das hellbraune Wollknäuel Edwin, der es dann gleichermaßen verwundert wie entzückt entgegennahm.

»Toller Tausch! Meerschweinchen gegen Wolf!«, seufzte Hardy, bevor er vorsichtig seine Hand nach Heike ausstreckte und ihr dann aber auch ganz versonnen über den flauschigen Rücken strich ... also dem Meerschweinchen nach wie vor, *nicht* meiner Mutter.

Betty, Ruben, Su Bin, Leander, Freddy, sämtliche Eltern ... der Hotelier – *alle* in der Lobby schauten gerührt zu, wie liebevoll zwei erwachsene Männer ein Meerschweinchen liebkosten, und dann hörten wir vom Eingang her jemanden fragen: »Was ist denn hier los?«

Da guckte allen voran Betty extrem überrascht zu dem Jemand in der Eingangstür rüber und stieß aus: »Ansgar?«

»Jetzt ehrlich? *Das* da ist Ansgar Zimmer? *So* alt?«, fragte Freddy betont entsetzt.

»Na, so alt bin ich auch wieder nicht«, zickte Ansgar beleidigt und Freddys Vater fragte grinsend: »Sind Sie der Herr Vater der jungen Dame?«

Ansgar schüttelte resigniert den Kopf und dann erklärte er Betty, dass er sie natürlich über die Kreditkartenbuchungen gefunden hätte und nahtlos hastig hinterher: »Es tut mir leid, Betty! Ich bin ein Arsch! Ich bin schwierig! Ich werde aber dran arbeiten! Komm zurück! Bitte!«

Und darauf wollte Betty vielleicht auch antworten, aber da fiel Oberstudienrätin Richter ihr ins Wort und fragte kritisch: »Na, wie lange haben Sie denn für *die* Ansprache gebraucht?«

»Er kommt aus der Werbebranche, Mum. Da muss immer alles zack, zack gehen«, erklärte Freddy ihr.

»Ah, verstehe. So was in der Richtung von Baumarkt Hornbach – *Yippiejaja-yippie-yippie-yeah!*«, sagte jetzt auch Leanders Vater mal was, worauf der Hotelier hinter der Empfangstheke ganz überraschenderweise mit starkem Akzent raunte: »*'ornbach! Äääs gibt immärrr waszutuuun.*«

Da war echt was los in dem Foyer. Freddy, Ruben, Su Bin, sämtliche Eltern … *alle* lachten, nur Ansgar guckte Betty müde an und brummelte: »Das habe ich mir jetzt doch irgendwie ganz anders vorgestellt!«

Und da hüpfte Betty die paar Treppenstufen hinunter, ging freudig auf Ansgar zu, umarmte ihn und tröstete ihn: »Ansgar, es gibt immer was zu tun.«

26

»Der Bulli läuft jetzt auf jeden Fall sehr viel geschmeidiger«, informierte Betty Thomas B. über ihr Handy in der Ablage.

»So ist das, Tommy! Der Mechaniker meinte auch, dass die Wasserpumpe überfällig war. Jetzt ist alles wieder tippitoppi«, ergänzte Freddy.

Und Thomas B. sagte lange nichts und dann doch irgendwann sehr, sehr nachdenklich: »Du, Betty, der Bulli hat einen Boxermotor, od'r?!«

Da klingelte bei mir was. *Boxermotor!* Die alte BMW, die mein Vater mal hatte und die Biker-Ralf noch fuhr, die hatte auch so einen Motor.

Die Ladys lachten jedenfalls eine Spur zu selbstsicher ins Handymikro und Betty meinte: »Aber Thomas, das wissen wir doch!«

»… … … … aha?!?«, hörte man Thomas B. noch einmal erstaunt fragen, bevor Betty mit Vollspeed in einen Straßentunnel reinknatterte und die Leitung in die Schweiz nach Schaffhausen in die Safrangasse zu Thomas B. wieder wegbrach.

Und da saß der gute alte Thomas B. nun wieder vom sanften Abendlicht beschienen an seinem blank polierten Eichentisch und starrte exakt 30 Sekunden auf sein Handy mit der roten *Victorinox*-Schutzhülle, brach sich daraufhin sauber ein Stück von der Toblerone ab, die parallel zur Tischkante vor ihm lag, und sagte zu sich selbst: »Der Boxermotor hat keine Wasserpumpe … od'r?!«

Meine Eltern, Leanders Eltern, Su Bin, Ansgar ... sie alle hatten uns tatsächlich fahren lassen. Also nach einem gemeinsamen Mittagessen in Cannes, bei dem ich an der langen Tafel in einer einfachen, aber genialen Taverne sehr zufällig neben Rubens Schwester Su Bin saß, und ... das war ganz nett ...

... und *c'est égal* erst mal! Sie alle ließen uns ziehen. Leander und ich mussten nur versprechen, pünktlich zum Schulstart wieder da zu sein. Ruben versprach seiner Schwester, dass er sich nun regelmäßiger bei seiner Familie melden würde und auch bald mal wieder nach Hause käme. Freddy versprach ihren Eltern, wieder nach Hause zu kommen, wenn ihre Mutter versprach, sie einfach mal machen zu lassen. Und Betty? Die musste gar nichts versprechen. Das hatte Ansgar ja für sie übernommen – sich ändern, sich bessern ... und all das. Wo das hinführen würde, wusste man nicht, aber Betty war's recht und das zählte.

Und als ebendiese Betty und wir mit unserer rot-weißen Rakete nach einigen Kilometern wieder aus dem Berg rausgeknattert kamen, sollte laut ihrer Prognose auf der linken Seite eigentlich wieder das Mittelmeer zu sehen sehen sein. ... war aber nicht! Betty hatte sich verfahren und das war, wie sie meinte, natürlich *goldrichtig*!

Die Straße wurde enger, kurviger und führte uns über einen kleinen Pass, hinter dem ein weites, grünes Tal lag. Und irgendwo dort auf halber Strecke lenkte Betty den Bulli wie ferngesteuert vom Asphalt auf einen breiten Waldweg, an dessen Ende sich eine Lichtung auftat: Vor uns lag eine Blumenwiese mit Apfelbäumen darauf, durch die ein breiter Bach floss. *Paradies* – nichts dagegen! Dort schlugen wir unser Lager auf, blieben über Nacht und …

… da habe ich dir doch so ziemlich am Anfang von allem hier von dem dämlichsten, schwärzesten, unperfektesten Tag meines Lebens erzählt, weißt du noch?! Und da muss ich dir am Ende hier unbedingt auch von dem perfektesten Tag meines Lebens erzählen, weil: Der begann nämlich in diesem traumschönen Tal am darauffolgenden Morgen des 23. Juli – praktisch gesehen an meinem Geburtstag!

Ich saß schön träge auf dem Klappstuhl vor unserem Bulli in der apfelbaumverblätterten Morgensonne und Wolfgang neben mir. Jetzt ohne Halsband und Peilsender. Das hatten wir ihm am Abend vorher noch feierlich abgenommen.

Nebenbei kraulte ich ihm das Fell und sah zu Ruben hinüber. Der saß weiter oben am Bach auf einem Stein und zeichnete und schrieb eifrig in sein Skizzenbuch. Hin und wieder schöpfte er eine Handvoll Wasser aus dem Bach und träufelte es zufrieden lächelnd auf die Buchseiten. Betty und Freddy saßen mitten auf der Wiese, aufrecht im Lotussitz, und begrüßten die Morgensonne … oder andersrum die Sonne sie?! Jedenfalls war das so ein *entschleunigendes* Yoga-Ding, das Betty Freddy beibrachte. Und die machte auch brav mit, lächelte ganz entspannt in sich rein und haute auch nur hin und wieder irgendwelche Insekten platt, die blöd genug waren, sich auf Freddys freien Hautstellen niederzulassen.

Ich schloss die Augen und da ging mir rein zufällig wieder Rubens Schwester Su Bin durch den Kopf. Und da erst fiel mir auch auf, dass ich schon länger nicht mehr an Lea gedacht habe.

»I schätz, des is ei Fortschrittle, gell?!«, schwäbelte ich etwas albern zu Wolfgang neben mir herunter, da …

… ging die Schiebetür vom Bulli auf und Leander stieg heraus. Er kam zu mir – wie soll ich sagen – etwas unsicher rüber, stellte sich mit einer Hand hinter seinem Rücken vor mich und murmelte: »Alles Gute zum Geburtstag, Vince!«

Darauf zog er seine Hand hinter dem Rücken hervor und drückte mir die Pappschachtel in die Hand, in der Betty und Freddy unsere Heike transportiert hatten. Mit Kuli hatte er sie verziert und ein Schuhband mit Schleife drumgemacht.

»D… danke!«, stotterte ich wortgewandt und löste die Schleife.

Und klar, als ich den Deckel der Schachtel langsam anhob, war mein erster Gedanke natürlich, dass da eigentlich nur ein Haufen Scheiße drin sein konnte, so als Revanche für die ganze letzte Woche, in der ich Leander gegenüber zugegebenermaßen nicht der *Allerfreundlichste* war. – Und war dann aber gar nicht. Also *kein* Haufen Scheiße. Rudi war's! Leanders Stoffratte! Also die, die ganz früher mal mir gehörte und dann in seinen Besitz übergegangen ist und zu seinem Talisman wurde, seinem Glücksbringer, seinem ständigen Reisebegleiter.

Verdammt erstaunt glotzte ich von Rudi in der Schachtel zu Leander vor mir hoch und der machte dann auch den Mund auf und fragte: »Freunde?«

Und ich sag da erst mal gar nichts vor lauter Überraschung und dann doch natürlich mit einem breiten Grinsen im Gesicht: »Ja klar, Freunde! *Beste* Freunde! Wie immer ... du *Arsch*!«

Da geht – sozusagen – auch bei Leander voll die entspannte Yoga-Sonne auf und er smilt zurück: »Selber Arsch!« und ...

... schnappt sich einen Stuhl und setzt sich stumm zu uns, also zu Wolfgang und mir. – Das war's! So geht Freundschaft. *Tausche Freundin gegen Stoffratte und alles ist wieder gut.* So schlicht ist das manchmal.

Aber was diesen Tag dann zu dem perfektesten meines bisherigen Lebens machte, war, dass Wolfgang neben mir im Gras sich auf einmal langsam erhob, seinen Rücken entspannt dehnte und ...

... dann einfach ging. Weg von uns, Richtung Wald.

Und da habe ich ihm sehr spaßig hinterhergerufen, wo er denn, bitte schön, um diese Zeit hinwolle, die Geschäfte hätten doch noch alle zu. Da blieb er tatsächlich stehen, warf einen Blick über seine Schulter und fixierte mich ein letztes Mal mit seinen goldfunkelnden Wolfsaugen. – Und, ja klar gingen mir da die Träume mit ihm durch den Kopf und der irre Gedanke auch, dass Wolfgang sich im nächsten Moment nur noch mal kurz räuspern würde, um mir mit tiefergelegter Batman-Stimme *alles* zu erklären. Was natürlich Quatsch war. Wolfgang schwieg und ...

... ich sag mal so: Ich hatte eh kapiert, was Sache war! Wolfgang hatte von Anfang an alles unter Kontrolle. Es schien so, als hätte er nur auf den richtigen Moment gewartet, um endgültig abzuhauen. Und der Moment war gekommen. Zeit und Ort waren perfekt und alles war geregelt. Betty, Freddy, Ruben, Leander und ich hatten gefunden, wonach wir gesucht haben. Schwer zu sagen, wie ich das zusammenfassen könnte, aber alles in allem würde ich denken, dass das Wort *Glück* ganz passend ist. Wir ... *Wolfgangs Rudel* war save!

KIMS LEBEN:
ROMAN ODER REALITÄT?

Über Freundschaft, Verrat, Selbstfindung
und die erste Liebe – und darüber, wie ein Buch
das Leben auf den Kopf stellen kann.

ALLE LIEFERBAREN TITEL,
INFORMATIONEN UND SPECIALS
FINDEST DU ONLINE

Auch als eBook   www.dtv.de

SCHNELL
SPANNEND
SHORT

ALLE LIEFERBAREN TITEL, INFORMATIONEN UND SPECIALS
FINDEST DU ONLINE

Auch als eBook   www.dtv.de

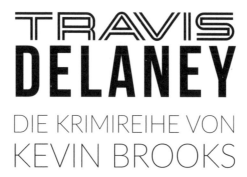

DIE KRIMIREIHE VON
KEVIN BROOKS

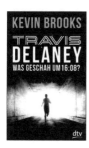
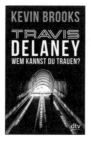
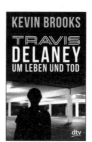

ALLE LIEFERBAREN TITEL, INFORMATIONEN UND SPECIALS
FINDEST DU ONLINE

Auch als eBook   www.dtv.de   dtv